Andrea Wegener
Wo die Welt schreit

www.fontis-verlag.com

Zur Information:
Alle Namen von Geflüchteten wurden,
wenn nicht ausdrücklich anders vermerkt,
aus Sicherheitsgründen geändert.

Andrea Wegener

Wo die Welt schreit

Wunder und Wagnisse im Camp der Vergessenen am Rande Europas

fontis

Bibliografische Information der Deutschen Nationalbibliothek
Die Deutsche Nationalbibliothek verzeichnet diese Publikation in der Deutschen Nationalbibliografie; detaillierte bibliografische Daten sind im Internet über www.dnb.de abrufbar.

FSC
www.fsc.org
MIX
Papier aus verantwortungsvollen Quellen
FSC® C014138

Umschlag: Spoon Design, Olaf Johannson, Langgöns,
und René Graf, Fontis-Verlag, Basel
Satz: InnoSet AG, Justin Messmer, Basel
Karten-Skizzen S. 9 und 30: Andrea Wegener und InnoSet AG, Basel
Fotos im Bildteil und auf dem Cover:
© by Andrea Wegener und Silas Zindel, GAiN Schweiz,
sowie Claudia Dewald, GAiN Deutschland (Irak-Fotos)
Druck: Finidr
Gedruckt in der Tschechischen Republik

ISBN 978-3-03848-177-5

Inhalt

Vorwort: Das Herz am rechten Fleck

Um gar nicht lange drum herum zu reden: Ich mag Andrea Wegener. Diese Frau hat einfach das Herz am rechten Fleck. Sie ist einer von diesen Menschen, die nicht wegschauen, wenn andere Menschen in Krisen geraten. Im Gegenteil: Wenn sie eine Not sieht, dann schaut sie erst recht hin, genau hin, fragt, was zu tun ist, und packt mit an. Das Hilfswerk GAiN (Global Aid Network) bietet den idealen Rahmen dafür.

Andreas Horizont ist nicht weniger als die Welt. Eine humanitäre Katastrophe in Haiti? Andrea Wegener fliegt hin, hilft den Menschen – und schreibt ein Buch darüber. Verfolgte Christen im Kreuzfeuer des IS im Nordirak? Andrea macht sich auf den Weg, organisiert praktische Hilfe – und schreibt ein Buch. Flüchtlinge stranden in Lesbos? Andrea lässt im wohligen Gießen den Schreibtisch Schreibtisch sein und macht sich auf den Weg ins Lager Moria, um vor Ort Menschen willkommen zu heißen oder Matratzen in die Container zu schleppen – und wieder ist ein Buch entstanden.

Andrea ist tatkräftig, und gleichzeitig hat sie diese unglaubliche Begabung, mit leichter Hand über Schweres zu berichten. Sie führt Tagebuch und wird damit zur Chronistin dessen, was sie sieht und miterlebt. Sie kann schwerste Schicksale so beschreiben, dass du nicht unter dem Elend zusammenbrichst, sondern dir das Herz aufgeht. Wer ihre Texte liest, ist getroffen – aber nicht frustriert. Im Gegenteil: Man schöpft immer wieder Mut, man bekommt einen Schub, sich selber zu engagieren.

Der trotzige Optimismus, die authentische Fröhlichkeit, der zupackende Glaube, die Andrea als Mensch ausstrahlt, die dich anstecken, wenn du ihr persönlich begegnest, die transportiert sie auch in ihren Büchern. Sie schreibt unprätentiös und gradlinig, dabei sehr präzise und anschaulich. Sie erzählt Geschichten, die man riechen und schmecken kann. Geschichten von Menschen. Von Hilfsbedürftigen und Helfenden, von ausweglosen Notlagen – und überraschenden Wendungen.

In diesem Buch schreibt Andrea Wegener über Flüchtlinge. Über Menschen, die an den Grenzen Europas gelandet sind. Sie schreibt über die Zustände im Camp Moria auf Lesbos. Über Männer, Frauen und Kinder, über Junge und Alte, über Lebensumstände und Lebenswege. Sie malt uns sehr anschaulich ein Bild vor Augen, das wir immer häufiger ausblenden, wenn wir von «Flüchtlingskrise» sprechen.

Die Welle der Hilfsbereitschaft von 2015 ist abgeebbt, die allgemeine Stimmung ist gekippt. «Die» Flüchtlinge, oft pauschal als «Wirtschaftsflüchtlinge» und Schlimmeres abgestempelt, seien es, die uns wohlsituierte Europäer in die Krise stürzen. Globale Zusammenhänge werden ausgeblendet, einzelne Schicksale ignoriert.

Andrea Wegeners Buch erinnert uns an die Menschen, die *wirklich* in der Krise sind. Menschen, für die eine Flucht die einzige Option war. Menschen, die unter erbarmungswürdigen Umständen zusammengepfercht leben. Menschen, die im Warteraum der Zukunft, im Niemandsland, gestrandet sind. Die nicht wissen, *wann,* ja nicht einmal, *ob* es eine Zukunft für sie gibt.

Insofern ist es ein politisches Buch. Ein wichtiges Buch. Ein Buch zur rechten Zeit.

Uwe Heimowski
Politischer Beauftragter der Deutschen Evangelischen Allianz in Berlin

Die Insel Lesbos mit dem Camp Moria

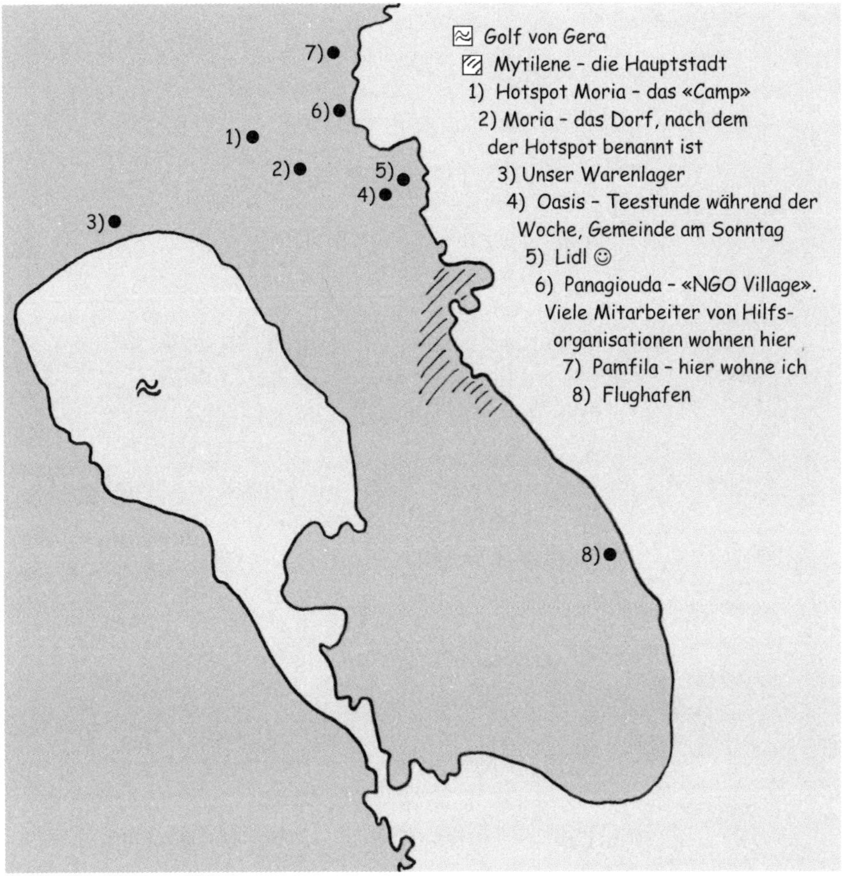

Inselgedanken

Sie dachten

Sie dachten, er würde in einem Palast geboren werden.
Aber er kam in einem Stall zur Welt.
Der König kam als Diener.

Sie dachten, er würde sie aus der Gewalt der Besatzer befreien.
Aber von denen ließ er sich zu Tode foltern.
Sein Reich ist nicht von dieser Welt.

Sie dachten, er würde ihnen ihre Leiden nehmen.
Aber er erinnerte sie an seine Gnade.
Seine Kraft ist in den Schwachen mächtig.

Der Löwe lässt sich als Lamm schlachten.
Der Schatz wohnt in zerbrechlichen Gefäßen.

Wir dachten, wir könnten seine Liebe sichtbar machen
in dem, was wir bringen:
Gaben, Licht und Wärme.
Aber durch verwinkelte, rissige, verstopfte Leitungen
dringt wenig von dem,
was wir weiterzugeben hofften,
durch
in ein Fass ohne Boden.

Seine Wege sind nicht unsere Wege.
Und er wird doch zu seinem Ziel kommen.

(Camp Moria, Lesbos, in der Weihnachtszeit)

Vorgeschmack: Ankunft in Moria

Der widerliche Gestank der Dixi-Klos weht mit jedem Windhauch durch den Bereich der «New Arrivals». Wenn kein Wind geht, ist die schwere Hitze erst recht unerträglich. Das Thermometer zeigt 36 Grad.

Zwischen der Nische mit den Klos und dem Tor, an dem ich heute für etwas Ordnung zu sorgen versuche, haben sich auf einer acht Quadratmeter großen Fläche auf dem Boden zwei afghanische Familien mit insgesamt fünf kleinen Kindern niedergelassen. Sie haben in dem überfüllten Bereich gestern keinen besseren Platz mehr finden können und sitzen seitdem dort; die Kinder dösen auf dem Schoß der Mütter vor sich hin, die Väter versuchen mit Decken und Planen etwas Schatten zu schaffen.

Viele der Leute, die in den letzten Tagen in diesem Bereich übernachten mussten, haben nicht einmal einen solchen Platz am Zaun bekommen: Jeder freie halbe Quadratmeter ist besetzt, und man steigt ständig über die erschöpften Körper hinweg.

Das vielleicht 10 mal 15 Meter große Zelt, das den größten Teil von «New Arrivals» einnimmt, ist schon längst überfüllt. Insgesamt hat der New-Arrivals-Käfig – er ist eher ein «Gehege», mit festem Draht und Metalltüren vom übrigen Lager abgetrennt, und der NATO-Draht an der Oberseite lässt sich nicht überklettern – vielleicht 250 Quadratmeter; dass 400 oder mehr Leute hier übernachten, ist keine Seltenheit.

Im Moment kommen fast täglich wieder viele dazu. Gestern sind es 80 gewesen, heute sollen es noch einmal 62 sein. «Frontex»[1] hat sie bisher nur kurz befragt; ihr erstes offizielles Quartier wird hier in Moria sein, und je nachdem, woher sie kommen und wie ihre Bleibe-Aussichten sind, werden sie monate-, vielleicht auch jahrelang hier festsitzen.

Durch das Gewühl drängen sich gegen neun Uhr einige Polizisten und «Frontex»-Mitarbeiter: «Der Bus kommt!» Ich werde mitzählen, wie viele Männer, Frauen und Kinder wir heute aufnehmen, und der Kollegin Bescheid geben. Wir hoffen, dass wir für alle etwas zum Frühstücken da haben. «Einige von denen sind schon seit drei Tagen hier und haben noch nichts zu essen bekommen», gibt einer der «Frontex»-Übersetzer schnell noch durch.

Und dann steigen sie aus dem Bus: verwirrte, erschöpfte Gestalten aus dem Kongo, aus Afghanistan, Sierra Leone und Syrien, dem Irak und Nigeria, die mit dem Boot die paar Kilometer zwischen der Türkei und Lesbos[2] zurückgelegt haben, ohne von der türkischen Küstenwache aufgegriffen zu werden.

Das Elend der ganzen Welt: Es findet sich als Substrat in diesem Menschenhäuflein neben einem griechischen Reisebus. Viele wissen noch gar nicht, dass sie hier auf einer Insel gelandet sind. Und in einer Sackgasse.

«Welches Land?» – «Wie viele Kinder?» – «Go! Go!» – «Arabisch oder Farsi?» – «Wie alt?» – «Wait!» – «Gehört das Kind zu dir?» – «Go! Go!» – kein Wunder, dass die Ärmsten, desorientiert wie sie sind, nicht einmal mehr auf Rufe in ihrer Muttersprache reagieren. Ich versuche ihnen allen wenigstens freundlich zuzulächeln, wenn sie an mir vorbei durch das Tor stolpern. Zu sagen fällt mir nichts ein – «Welcome!» würde mir zynisch vorkommen.

Ein kleines Mädchen, vielleicht sieben oder acht, steht verloren herum, einigen Frauen haben wir ihre Männer noch nicht zuordnen können, aber 62 Leute haben wir doch schon gezählt? «Es kommt noch ein Bus!»

Es sind noch einmal 53 Leute, und die Croissants in Plastikverpackung, die wir zum Frühstück verteilen, reichen nicht für alle. Die POCs («Persons of Concern» klingt wohl besser als «Flüchtlinge») bleiben erstaunlich ruhig; vielleicht ist «resigniert» das bessere Wort. Sie bekommen bei der Polizeistelle hinter einem anderen Zaun ihre ersten Papiere und treten dann nach und nach wieder in unseren New-Arrivals-Käfig ein.

Das fassungslose Erschrecken im Gesicht eines jungen Vaters

– ein Kleinkind an der Hand, ein Baby im Arm – verfolgt mich bis in meine Träume. Ja, hier werden er, seine Frau und die fünf Kinder auf einer dünnen Plastikmatte im Gewühl auf dem Betonboden die Nacht verbringen. Und nein, es wird nicht besser, wenn sie nach einer Zeitspanne von einem halben Tag bis zu drei Tagen den New-Arrivals-Bereich verlassen.

Privatsphäre gibt es in Moria genauso wenig wie Platz oder Hygiene. Das Lager ist so hoffnungslos überfüllt, «dass man sich nicht einmal ungestört umbringen kann», wie ein Kollege es ausdrückt. Eine Hilfsorganisation spricht von bis zu 15 Suizidversuchen am Tag; dass die wenigsten gelingen, liegt schlicht daran, dass überall, überall, überall Menschen sind, die es mitbekommen und einschreiten.

Das eigentliche Lager fasst theoretisch zweitausend Leute; inzwischen sind aber etwa achttausend in Moria. Und obwohl jeder verfügbare Quadratmeter – am Wegrand, halb unter Regenrinnen, im Eingangsbereich von Wohncontainern – mit Campingzelten oder selbstgebastelten Konstrukten aus Seilen und Planen besetzt ist, haben mehrere Hundert Familien nur noch in einem Olivenhain hinter dem Lagerzaun einen Platz gefunden.

Der Hain, auch «Der Dschungel» genannt, ist halb-offiziell: Auf ein Dixi-Klo kommen hier weit mehr Leute als die durchschnittlichen 75, es gibt Schlangen und anderes Getier, weniger Wasser und keine Polizei, die im Lager im Notfall Streitende auseinandertreiben oder junge Mädchen auf dem Weg zu den Sanitäranlagen beschützen kann.

Ich vermag mir nicht auszumalen, wie es hier im November sein wird, wenn der Regen beginnt: unter den meisten Zelten befindet sich nicht einmal die Europalette, die eigentlich zum Mindeststandard in der humanitären Hilfe gehört.

Inzwischen sind viele der Neuen im New-Arrivals-Käfig angekommen, und ich leiste am Tor vollen Körpereinsatz: Die Neuankömmlinge wollen raus, um das Camp zu erkunden; die alteingesessenen POCs wollen rein, Freunde besuchen und Geschäfte machen. Unbegleitete minderjährige Jungs, die hier nichts zu suchen, aber ansonsten nichts Sinnvolles zu tun haben, versuchen sich wahlweise an mir vorbei zu schäkern oder zu schubsen. Es wird eng, und im Gewirr der Sprachen und lautstarken Forderungen die Nerven zu behalten, fordert Kraft.

Die afghanische Familie zu meinen Füßen hat Chai besorgt – woher eigentlich? Es ist beeindruckend, mit welcher Schnelligkeit sich die Leute hier organisieren! – und die junge Frau bietet mir schüchtern eine Papptasse an. Zum Glück habe ich gestern gelernt, was «Danke» auf Dari heißt.

Bevor ich mich's recht versehe, hat sich der geschäftstüchtige Syrer vom Kaffeestand gegenüber an mir vorbeigemogelt («My friend! Just one minute!») und verkauft SIM-Karten an die Neuankömmlinge. Ich beobachte sie aus den Augenwinkeln: Die Irakerin, die leise in ihr Telefon weint und sich anschließend verschämt mit dem Zipfel ihres Kopftuchs die Augen wischt. Den offenbar geistig behinderten kleinen Jungen, der sich zwischen all den Menschen verläuft und von seinen Geschwistern liebevoll immer wieder eingesammelt wird. Die vollverschleierte Syrerin, die irgendwann mitten im Getümmel ihr Baby zu stillen beginnt. Die Männer, die ihren Familien mit Pappdeckeln, die sie aus einem der überquellenden Müllcontainer gefischt haben, etwas Luft zufächeln.

Sie alle haben sich Europa anders vorgestellt.

Und ich bin selbst auch bedrückt.

Ich bringe das nicht zusammen, sage ich an diesem Abend zu Gott, als ich bei gutem griechischen Essen auf die Bucht von Mytilini hinausschaue: Hier ist so viel jahrtausendealte Hochkultur. Hier ist so viel Schönheit, dass man weinen möchte. Hier bin ich mit meinem Reichtum und all meinen Vorrechten, bloß weil ich zufällig in Deutschland geboren bin. Und wenige Kilometer von hier sitzen Menschen im Dreck, die eh schon alles zurückgelassen und für die Zukunft keine echte Perspektive haben. Ist dir das egal? Hast du die weniger lieb als mich, Gott? Nein, ich bringe diese völlig verschiedenen Welten nicht zusammen!

Und dann wird mir bewusst, dass Gott diese beiden Welten schon längst zusammengebracht hat: Meine Kollegen und ich sind die Verbindungsstücke. Die Männer, Frauen und Kinder in Moria sind nicht ganz allein gelassen. Und wir – wir haben all unsere Privilegien auch nicht für uns alleine bekommen, sondern um mit offenen Händen und Herzen auf die Menschen in Moria zuzugehen.

Ich weiß noch nicht, wie es auf Dauer gelingen soll, in all dem Elend immer wieder ein wenig von der Güte, Menschenliebe und Freundlichkeit Gottes weiterzugeben. Aber eine ehrenvollere Aufgabe kann ich mir im Moment nicht vorstellen.

Kapitel 1

März 2018

Vorbereitung

Wann hat dieses verrückte Abenteuer eigentlich angefangen? Vielleicht 1997, als ich mit Anfang zwanzig nach meiner Germanistik-Zwischenprüfung für ein halbes Jahr nach Kenia ging und die Idee einer Uni-Karriere, mit der ich mein Studium eigentlich begonnen hatte, zunehmend fader fand?

Oder 2007, als ich bei «Campus für Christus»[3] einstieg und bei jährlichen Kurzzeiteinsätzen in verschiedenen Ländern weitere Erfahrungen im Ausland sammelte?

War es 2010, als ich nach dem Erdbeben in Haiti mithalf und mir meine Gedanken darüber zu machen begann, wie praktische Hilfe und das Evangelium zusammenspielen?

Oder 2014, als ich bei einem Katastropheneinsatz im Irak hautnah die Folgen des IS-Terrors mitbekam?

All diese Erlebnisse haben mich geprägt und mein Herz weich werden lassen für Menschen in Not. Gleichzeitig waren sie Ausnahmeerfahrungen: «Eigentlich» hatte ich ja einen Job am Schreibtisch – als Chefassistentin, Organisatorin einer größeren Konferenz in Estland, dann sechs Jahre lang als Leiterin unserer Öffentlichkeitsarbeit. Ich hatte ein tolles Team, eine erfüllende und abwechslungsreiche Arbeit «im Auftrag des Herrn» und trotz popeligem Missionarsgehalt ein ganz schön bequemes Leben.

Und doch: Die paar Wochen jedes Jahr, in denen ich ganz praktisch in Projekten von «Campus für Christus» und GAiN[4] mit anpackte, waren besonders. Sie hielten mich lebendig für den Rest des Jahres und rückten mir immer wieder die Perspektive auf das Leben und meinen Glauben zurecht: Ja, da draußen ist eine sehr reale Welt, die mit meiner Wirklichkeit in Deutschland nur sehr wenig zu tun hat. In dieser Welt gibt es unendliches Leid – und gleichzeitig ist Gott auch und gerade dort erfahrbar.

Mein eigener Glaube und mein Wissen von Gott ist in diesen Erfahrungen viel weiter, weniger schwarz-weiß und gleichzeitig «robuster» geworden, wie man es im Englischen ausdrücken würde.

Im Sommer 2017 durfte ich nach zehn Jahren im Dienst bei «Campus für Christus» eine dreimonatige Weiterbildungs- und Orientierungszeit machen. Ich lebte sechs Wochen in einer christlichen Kommunität in Israel mit und lief anschließend noch fünf Wochen lang den Jakobsweg quer durch Spanien nach Santiago de Compostela. Es war eine gute Gelegenheit, jenseits der üblichen Verpflichtungen den Kopf freizubekommen und viel Zeit mit Gott zu verbringen.

Ich lernte den Philipperbrief neu auswendig, mit dem ich mich in meiner Studienzeit intensiv beschäftigt hatte, und was ich da in mein Hirn einzuhämmern versuchte, traf mich tief: Hier wurde Jesus als Vorbild dargestellt, wie er um der Menschen willen alles hinter sich ließ und zum Diener wurde. Und der Brief war geschrieben von Paulus, der dasselbe von sich behauptete: dass er allen Status und alle Bequemlichkeit aufzugeben bereit war, «um Christus zu gewinnen» und ihn immer besser kennen zu lernen, indem er ihm immer ähnlicher wurde.

Das alles war mir immer für den Hausgebrauch ein bisschen zu abgehoben vorgekommen, aber schließlich schrieb Paulus seinen Brief an ganz normale Menschen. Wie konnte das, was er beschrieb, in meinem Leben aussehen?

Ich hatte, als ich seinerzeit für die Leitung unserer Öffentlichkeitsarbeit angefragt wurde, für drei bis fünf Jahre zugesagt; anschließend wollte ich frei sein «für was ganz anderes» – was auch immer das dann sein würde.

Fünf Jahre waren nun vorbei. «Wie lange soll ich das denn jetzt noch machen?», fragte ich Jesus auf dem Jakobsweg.

Ich hatte den Eindruck, dass er sagte: «Du wirst merken, wenn es Zeit ist zu gehen.»

Als ich ein halbes Jahr später mit unserer Leitung die nächsten Schritte für meinen Bereich besprach und innerlich ganz unruhig wurde, hatte ich ein leises «Siehste?!» im Ohr. Ohne dass es ein konkretes Problem gegeben hätte, war mir plötzlich klar: Ich höre auf, sobald es vertretbar ist. Wir einigten uns auf Herbst, was uns Zeit gab, meine Nachfolge zu regeln und den Bereich zu übergeben.

Aber was würde als Nächstes kommen?

Nun ist die Karwoche 2018. Ich habe mir einige Tage frei genommen und bin spontan nach Erfurt gefahren, um den Kopf freizubekommen, zu beten und nachzudenken. Was will ich mit meinem Leben eigentlich noch erreichen? Es ist ungefähr Halbzeit in meinem «Arbeitsleben»: Seit dem Abitur habe ich 24 Jahre hinter mir und bis zur Rente noch 24 Jahre vor mir. Da kann man die Weichen schon noch mal neu stellen!

Irgendwann setze ich mich in meiner Aufgewühltheit für ein Stündchen in eine Kirche. Hinter mir auf der Empore proben zwei Frauen mit wunderbaren Solostimmen einige Stücke für die Karfreitagsandacht, und ich merke, wie mein Herz in all den wilden Fragen zur Ruhe kommt. Der Altar vorne ist verborgen hinter einem großen Bild in freundlich-hellen Farben, auf dem Christus mit weit ausgebreiteten Armen eine Zuflucht für eine Menschenmenge bildet. Und ich denke wieder an den Philipperbrief und an Jesus, der zum Diener in einer verlorenen Welt wird und sich in ihr sogar zerbrechen lässt. Wie kann ich diesem Vorbild folgen? Wo kann Gott mich so, wie ich bin, am besten brauchen?

Eine kleine innere Bestandsaufnahme ergibt: Ich finde mich schnell in neuen Situationen zurecht, bin ungebunden, körperlich und emotional stabil und, in den Worten einer Kollegin, «abgeklärt genug, nicht mehr die Welt retten zu müssen». Mein deutscher Pass lässt mich leichter überall hinkommen als Menschen aus den meisten anderen Ländern. Vielleicht steckt in all dem ja eine Berufung, die über den gelegentlichen Auslandseinsatz hinausgeht?

«Ich möchte mein Leben da einsetzen, wo die Welt schreit», ist mir plötzlich klar, und dieser Satz wird in den nächsten Monaten zu einer Art Motto. Ich möchte Menschen zur Seite stehen, die sonst vergessen werden. Und ich möchte in dem Schweren, das das sicher mit sich bringen wird, Jesus besser kennen lernen, so wie Paulus es schreibt.

Das Verrückte ist: Vor ein paar Tagen habe ich eine Mail von meinen Katastrophenteam-Kollegen bekommen, in der über die Flüchtlingssituation auf Lesbos berichtet wurde. Eine Partnerorganisation von uns arbeitet dort im berüchtigten Camp Moria[5], und man kann ehrenamtlich ein paar Wochen, gerne auch mehrere Monate, mithelfen.

Ich hatte die E-Mail schon gelöscht, als mir plötzlich bewusst wird: Genau da möchte ich hin! Dort «schreit die Welt» – wir hören nur nicht mehr hin!

Was die total abgefahrene Idee zu einer ernsthaften Option macht: Mein Dienst wird ohnehin schon durch einen Kreis von Missionspartnern finanziert, und ich bin angestellt bei einem Werk, das weltweit aktiv ist und mich im Prinzip überallhin schicken kann.

Um es kurz zu machen: Ich strecke die Fühler aus und frage an, ob man mich in Lesbos für einige Monate bis zu einem Jahr brauchen kann (Ja!). Und ich frage meine Chefs, ob man mich über GAiN offiziell dorthin entsenden würde (Ja!). Wie es danach weitergehen würde, ist in diesem Moment noch offen.

Kapitel 2

Juli 2018

Kleidchen tragen

Ich muss hier raus! Am besten sofort, bevor mich irgendjemand anspricht!

Es ist Juli, und in der Schweiz trifft sich bei herrlichstem Wetter fünf Tage lang die gesamte europäische Campus-Mitarbeiterschaft. Das tut so gut!

Wir hören, was in den unterschiedlichen Ländern passiert, haben viel Zeit zum Austausch, beten miteinander und singen viel. In den Liedern, die wir heute im Plenum zusammen singen, loben wir gemeinsam Gott. Wir erinnern einander – und vielleicht auch ein Stück weit uns selbst – an das, was uns alle verbindet: der Glaube an Gott, den Schöpfer der ganzen Welt, der über allen Dingen steht. Der es wert ist, dass wir ihn anbeten. Der uns zutiefst kennt und trotzdem (!) unendlich lieb hat. Den wir in seiner ganzen Freundlichkeit kennen lernen, wenn wir Jesus anschauen.

Die einzig logische Antwort auf seine Liebe ist die, ihm unser ganzes Leben zur Verfügung zu stellen: ihn zurückzulieben mit ganzer Kraft, mit ganzer Seele, aus ganzem Herzen – und den Nächsten wie uns selbst.

Was ja auch alles stimmt. Irgendwie. Theoretisch. Nur wird mir gerade bewusst, was es im nächsten Jahr konkret bedeuten wird, mein Leben Gott zur Verfügung zu stellen und mich in praktischer Nächstenliebe zu üben.

Die letzten Monate waren mit all den Absprachen und Planungen, der Übergabe meines Bereichs, all den großen und kleinen Formalitäten so ausgefüllt, dass kaum Raum war für die andere, die «emotionale Seite» meiner Entscheidung. Ich bin ohnehin der Typ, der auf die Frage «Wie geht's dir denn damit?»

nicht sofort eine Antwort weiß. Ich «mache» immer erst einmal – meine Gefühle stolpern hinterher. Sie finden ihren Weg schon irgendwann an die Oberfläche, wenn auch manchmal etwas verspätet.

Wie zum Beispiel jetzt. Beim letzten Lied habe ich die Tränen nicht mehr zurückhalten können. Ja, Jesus ist wunderbar – aber ist er «wunderbar genug» fürs nächste Jahr? Auf was lasse ich mich hier eigentlich ein? Was wird mich das alles kosten?

Ich bahne mir meinen Weg aus dem großen Zelt, in dem unsere Morgenveranstaltung gerade endet, und flüchte mich in den Gebetsraum. Der ist am Rand des weitläufigen Geländes sehr liebevoll und kreativ eingerichtet, und ich setze mich mit Blatt und Stift in eine Ecke. Ich werde ganz spontan eine Liste machen mit Dingen, die ich vermissen werde, beschließe ich. Und dann werde ich diese Liste einfach mit Gott durchgehen und mein Ja dazu finden. (Man beachte das kleine Wörtchen «einfach»!)

Ganz oben auf der Liste – sie soll ja spontan sein – steht: Kleidchen tragen! Ich finde es ziemlich doof, zur Arbeit keine Blümchenkleider, Röckchen und Schuhe mit Absätzen mehr zu tragen, sondern praktische Trekkinghosen und flache Schuhe. Ganz abgesehen davon, dass ich nur ein, zwei Koffer mitnehmen werde.

Ich werde meine Wohnung und die Hausgemeinschaft vermissen. Seit elf Jahren wohne ich im selben Haus wie die Familie meines Chefs, mit der ich mich gut verstehe, und auch jede Menge interessanten Besuch bekomme ich dadurch mit. Der unkomplizierte Familienanschluss hat mich vor mancher Einsamkeit bewahrt, von der mir Single-Freunde berichten.

Mein Öffentlichkeitsarbeits-Team. Die Arbeit an kreativen Projekten. Das Immer-miteinander-im-Gespräch-Sein im gemeinsamen Büro. Das viele laute Lachen, das ein bisschen das Markenzeichen unseres Teams ist. Die engagierten Diskussionen und herzhaften Streitgespräche in den Redaktionssitzungen unserer Hauszeitschrift.

Mein Status. Wie wird es sein, nicht mehr Chefin zu sein, sondern einzusteigen als eine Ehrenamtliche unter vielen – die meisten davon Anfang, Mitte zwanzig? Nicht mehr als Bereichsleiterin «fürs Ganze» zu denken, sondern im Kleinen an der Basis zu dienen? Kann ich das überhaupt – dienen??

Meine Gemeinde in Marburg. Der vierstimmige Gesang und die kernigen Predigten. Gottesdienste in meiner Sprache. Einfach so viele Freunde, die man aus den Augen verlieren wird. Mein Klavier. Mein Tanzkurs der letzten acht Jahre.

Das ungesunde Umfeld kann mich meine Gesundheit kosten – kurzfristig oder auf Dauer. Die latente Gewalt im Camp kann auch mich «erwischen»; die Wahrscheinlichkeit, dass ich irgendetwas Traumatisches erlebe und für den Rest meines Lebens einen Psycho-Schaden habe, ist in Moria deutlich höher als in Deutschland.

Meine Zeit auf Lesbos wird mich mit ziemlicher Sicherheit schneller altern lassen, und ich werde vermutlich wenig Zeit oder Leidenschaft für Schönheitspflege haben. Sage ich Ja zu den graueren Haaren und den tieferen Fältchen?

Die Liste wird immer länger.

Bei manchen Dingen muss ich selbst lächeln und hake sie schnell ab. An anderen kaue ich unter Tränen herum, bis ich wenigstens ein vorsichtiges «Ja, mit Gottes Hilfe» finde.

Wie wird dieses Jahr mich verändern? Werde ich bitter, zynisch oder biestig, und mag ich mich am Ende überhaupt noch selber leiden? Ich kann mir Ansprechpartner suchen, mir meine Erfahrungen von der Seele schreiben und das zu tun versuchen, was man Mitarbeitern in aufreibenden Umfeldern sonst noch so zum Thema «Psychohygiene» empfiehlt. Aber ich habe es nur bis zu einem gewissen Grad in der Hand, was die Arbeit in Moria mit mir machen wird.

Ich glaube, ich leiste heute ein bisschen prophylaktische Trauerarbeit. Ja, es wird nicht einfach werden. Ja, ich werde manches hinter mir lassen.

Aber am Ende weiß ich doch: Ich gehe gerne. Gottes Liebe macht es möglich.

Kapitel 3

Freitag, 2. November

Willkommen in Griechenland

Willkommen in der Türkei.

Willkommen in Griechenland.

Willkommen in der Türkei ...

Schon auf den paar Kilometern zwischen dem kleinen Flughafen südlich von Mytilene und meinem neuen Zuhause in Pamfila ist mir schnell bewusst geworden, dass ich hier wirklich am Rand Europas gelandet bin: Die Straße führt an der Ostküste der Insel entlang zwanzig Minuten in Richtung Norden, und schon auf dieser kurzen Strecke begrüßt mich mein Handy gleich viermal in der Türkei und fünfmal in Griechenland.

In der Türkei ist es schon eine Stunde früher. Mein Handy und meinen Laptop stelle ich schnell manuell auf «Athen-Zeit», weil beide sonst orientierungslos zwischen den verschiedenen Zeitzonen hin- und herspringen und mich völlig verwirren.

Ich merke schnell, dass sich mein Leben auf Lesbos in einem recht überschaubaren Umfeld abspielen wird. Da ist die Hauptstadt Mytilene mit der Festung auf einem Hügel; hierhin fährt man zum Einkaufen und am Wochenende gerne auch mal zum Auswärts-Essen.

Da ist Panagiouda mit dem hübschen Hafen; in diesem Dörfchen haben sich so viele Mitarbeiter von Hilfsorganisationen angesiedelt oder eingemietet, dass man in den diversen Cafés und Tavernen immer Bekannte trifft.

Ein Stück die Straße hinauf befindet sich Pamfila, ein verschlafenes kleines Dörfchen ohne entsprechende Cafés und Tavernen.

In Panagiouda und Pamfila hat «EuroRelief»[6], die Organisation, unter der ich arbeite, einige Wohnungen für Ehrenamtliche angemietet, und ich komme in Pamfila in einer modernen Zweiraumwohnung mit großzügiger Wohnküche unter. Weil ich deutlich älter bin als die meisten Ehrenamtlichen und auch langfristig hier sein werde, habe ich ein selten gewährtes Einzelzimmer bekommen; das andere bewohnt Lornie aus England, die schon über sechzig ist und von unserer Wohnung aus auch ihre Arbeit erledigt.

Lornie koordiniert die Ehrenamtlichen, die aus aller Welt mal für zwei Wochen, mal für drei Monate kommen, die mal eine Unterkunft brauchen und sich mal selbst ein Hotelzimmer suchen, die vom Flughafen oder von der Fähre abgeholt werden möchten und überhaupt auch jede Menge Fragen haben. All das lässt sich gut im Homeoffice erledigen; Lornie hilft im Camp mit, wenn es zu wenige Helfer gibt, ansonsten ist die Arbeit dort zu anstrengend für «ältere Semester».

Zwischen Mytilene und Panagiouda gibt es einige Einkaufsmöglichkeiten (zum Beispiel den einzigen Insel-Lidl, dessen Sonderangebote praktischerweise oft in Deutsch beschriftet sind), einige Projekte für Flüchtlinge (einen Kostenlos-Shop, Sprach- und Malkurse, Musikunterricht), das kleine Familien-Camp Kara Tepe mit ungefähr 1000 Bewohnern und nicht zuletzt die Teestube «Oasis», die von der Mennoniten-Hilfsorganisation *i58* betrieben und sonntags zum Gemeinderaum umfunktioniert wird.[7] Die meisten Ehrenamtlichen gehen zum Gottesdienst hierher, lasse ich mir sagen; der Gesang ist auf Englisch, Gebete und die Predigt werden in Arabisch, Farsi und Französisch übersetzt – je nachdem, was gerade gebraucht wird.

Wenn man von Panagiouda oder Pamfila aus drei, vier Kilometer in Richtung Westen und Inland fährt, kommt man zum Camp Moria – nicht zu verwechseln mit dem Dörfchen Moria, das dem Camp seinen Namen gab und etwas abseits von der Hauptstraße liegt.

Das Camp selbst liegt an einer Durchgangsstraße zwischen dem Osten und dem Westen der Insel und dient als natürlicher «Entschleuniger»: Um den Haupteingang herum ist ein solches Gewusel an Menschen und Autos, dass man tagsüber nur im Schritttempo durchkommt – und dass man auch abends besser nur im Schritttempo fahren sollte, denn die Bewohner des

Camps sind bis in die Dunkelheit hinein, oft genug in dunkler Kleidung, zu Fuß auf der Straße unterwegs und nutzen gerne die halbe Straßenbreite aus.

Ich bin am späten Nachmittag in meiner neuen Bleibe angekommen und habe mir in einem der kleinen «Mini-Markets», die es an jeder Straßenecke gibt, ein bisschen Gemüse, Joghurt und Nudeln gekauft. Lornie hat mir ein paar Orientierungspunkte in den verwinkelten Gässchen gezeigt und die Tankstelle, an der wir Ehrenamtlichen in einem heruntergekommenen Kleinbus zur Schicht im Camp abgeholt werden.

Mein Zimmer war schnell bezogen, und so sitze ich nun in der einbrechenden Dunkelheit im Wohnzimmer und schaue aufs Meer, das nur 200 Meter entfernt ist. Dahinter liegt am Horizont in etwa 17 Kilometern Entfernung die Türkei.

Das ist sie also, die in den deutschen Medien vielbeschworene «europäische Außengrenze». Irgendwo auf der schwarzblauen Wasserfläche zwischen der blassen Straßenlaterne am kleinen Hafen von Pamfila und den funkelnden Lichtern an der türkischen Küste gegenüber verläuft die unsichtbare Linie, die die Flüchtlinge um jeden Preis überqueren möchten …

Auf der einen Seite patrouilliert die türkische Küstenwache, die im Zug des «EU-Türkei-Abkommens»[8] massiv aufgestockt worden ist und jedes zweite Boot abfängt, bevor es europäische Gewässer erreicht. Auf unserer, der griechischen Seite, sind Europäer unterwegs: Boote aus Griechenland und England, die tagsüber im Hafen von Mytilene liegen, «Frontex»-Beamte aus Holland, Portugal, Italien oder Deutschland, die sich für einige Monate hierher senden lassen. Sie sammeln die Flüchtlinge ein, die es über die Hoffnungslinie geschafft haben, und bringen sie nach einer kurzen Befragung ins Camp.

Und auf diesen paar Quadratkilometern Wasser riskieren täglich Menschen ihr eigenes Leben und das ihrer Kinder in völlig überfüllten Booten, oft genug ohne Schwimmwesten oder irgendwelche Sicherheitsvorkehrungen. In diesem Jahr sind es bisher im Durchschnitt monatlich 1200 gewesen – täglich 41. Sie kommen aus Sierra Leone, Bangladesch, Myanmar, Äthiopien, dem Senegal, Kamerun, Syrien, dem Irak und im Moment verstärkt aus Afghanistan, aus insgesamt sechzig Ländern.

Viele haben schon eine monate- oder gar jahrelange Reise hinter sich, wenn sie auf Lesbos landen. Sie sind Väter, Mütter, Schulkinder, Kleinkinder und Säuglinge. Junge Mädchen, die von Menschenhändlern hier abgesetzt werden. Kriegsversehrte. Minderjährige Jungs ohne Familie. Ehemalige Kindersoldaten. Schwangere und Frauen, die aus Gewalt und Missbrauch geflohen sind. Terroropfer und Männer, die bis vor kurzem noch auf Seiten einer Terrorgruppe gekämpft haben.

Sie alle hoffen, in Europa eine Zukunft zu haben.

Und morgen werde ich ihnen wieder begegnen.

Kapitel 4

Samstag, 3. November

Tiny Homes

Verbirgt sich hinter Nummer OG 1244 nun ein kleines Campingzelt, ein großes Zelt oder eine selbstgebastelte Unterkunft, bei uns «Struktur» genannt?

An meinem ersten Arbeitstag fällt mir die Aufgabe zu, einzelne Bereiche des Camps zu kartieren. Das finde ich auch ganz hilfreich, um einen Überblick zu bekommen, wo was ist und wie die Menschen hier wohnen. Unsere selbstgemachten Lagerskizzen müssen ständig überarbeitet werden, weil die Leute samt ihren Zelten in eine andere Ecke des Camps ziehen, weil neue Behausungen dazukommen oder Bewohner über ihrem Zelt eine ausgeklügelte Struktur aus Planen, Holzplanken und Seilen errichten, in der dann letzten Endes mehr Leute Platz finden, als wir auf unseren Listen eingetragen haben.

«Absprache» ist dabei ein Fremdwort, und «unübersichtlich» beschreibt die Situation noch sehr milde. Dass sich Zelt OG 1244 irgendwie in der Nähe von Zelt OG 1245 befinden könnte, ist zum Beispiel eine dieser naiven Annahmen, die ich schnell wieder vergesse.

«Kreativ» ist ein anderes Wort, das mir immer wieder in den Sinn kommt, als ich neue Unterkünfte einzeichne:

Da wird in dem vielleicht 1,20 Meter breiten Spalt zwischen zwei Containern (Tiefe: drei Meter) mit Hilfe einer abgesägten Europalette, einiger Planen, Silberband und Decken ein winziges Heim errichtet, in dem zwei Erwachsene wohnen.

Dieses aus der Not heraus zusammengezimmerte «Tiny Home» sieht innen mit den weißen Containerwänden an der Seite und dem Boden aus grauen UN-Decken fast kuschelig aus; wie es sich darin leben lässt, wenn der Winter beginnt und Dauerregen die rissigen Planen durchdringt, kann ich mir dann aber doch nicht vorstellen, ohne zu frösteln.

Eine typischere Behausung findet sich häufig freistehend im Olivenhain, dem informellen Lager außerhalb des eigentlichen Geländes: ein Würfel aus Planen und Hölzern von vielleicht 2,20 mal 2,20 Metern Grundfläche, mit Europaletten und Pappdeckeln notdürftig gegen die Kälte und Nässe von unten abgeschirmt.

«Mit wie viel Leuten wohnt ihr denn hier?», frage ich den vielleicht 15-jährigen Afghanen, den ich davor antreffe.

«Wir sind zu fünft», sagt er, «meine Eltern, meine zwei kleinen Brüder und ich. Aber immerhin haben wir jetzt unseren eigenen Platz.»

Im Olivenhain ist Sicherheit ein noch größeres Problem als im Hauptcamp, die sanitären Verhältnisse sind weit katastrophaler und die Unterkünfte noch armseliger. Dass Menschen freiwillig hierher ziehen, zeigt, wie dramatisch eng die Wohnsituation im Camp Moria ist.

Das frühere Militärgefängnis Moria würde, wenn man Standards der humanitären Hilfe anzuwenden versuchte, im Normalfall offiziell 1300 Personen Platz bieten, im Katastrophenfall 3100 Menschen. Fast drei Jahre nach Inkrafttreten des Türkei-Abkommens kann man sicher nicht mehr von einer akuten Krise oder Katastrophe sprechen, aber weitere feste Bauten, mit denen sich die Kapazität erweitern ließe, werden nicht errichtet und sind wohl auch nicht vorgesehen.

So bringen wir Hunderte von Menschen in mittelgroßen Zelten unter, wie sie von der UN-Flüchtlingsorganisation oder vom Roten Kreuz geliefert werden, weitere Hunderte in labberigen Zwei- bis Vier-Personen-Wurfzelten, die über private Spenden aus Holland oder der Schweiz kommen.

Kein Wunder, dass viele Bewohner sich selbst helfen, wenn sie mit ihrer zugewiesenen Unterkunft unzufrieden sind!

Kapitel 5

Montag, 5. November

Zählung

«Er heißt Arjun Razoul», möchte ich am liebsten rufen. «Und seine Frau hier, das ist Nila!»

Aber nach ihren Namen werden die beiden hier im Zelt H732 nur noch selten gefragt; heute ist da keine Ausnahme. Es findet gerade eine Zählung statt: Gelegentlich kommen Leute von den griechischen Behörden und versuchen, einen Überblick zu bekommen, wer sich so alles im Lager befindet.

Einen Tag vorher wurde das angekündigt, und das Frühstück wurde schon zusammen mit dem Abendessen ausgegeben, damit alle brav in ihrer Behausung bleiben und sich am frühen Morgen zählen lassen können. Wir sollen den Griechen helfen, sich zurechtzufinden, weil wir schließlich täglich hier sind und uns auskennen. (Ich vor allem! Es ist ja schon mein zweiter Tag im Lager!)

Ich bin unter Afghanen und französischsprachigen Afrikanern einen Vormittag lang mit einem griechischen Sozialarbeiter und einem Farsi-Übersetzer unterwegs, beide so um die dreißig. Sie begegnen unseren Geflüchteten mit professioneller Freundlichkeit, und wir werden schnell ein gutes Team auf Zeit. Andere, die auch nur für die Zählung ins Lager gekommen sind, gehen sichtbar auf Distanz: Sie tragen Mundschutz, sprechen gar nicht so sehr mit den Flüchtlingen, sondern mehr mit den Übersetzern über sie, und scheinen sich trotz Handschuhen davor zu ekeln, überhaupt irgendetwas anzufassen.

Zwischen den einzelnen Abschnitten stehen Polizei und Soldaten; man muss wohl immer damit rechnen, dass jemand aus Angst vor der Abschiebung ausrastet.

Es bleibt an diesem Tag aber alles ruhig – manche Flüchtlinge haben sich allerdings auch aus dem Staub gemacht, als die Zäh-

Die Aufteilung des Camp Moria

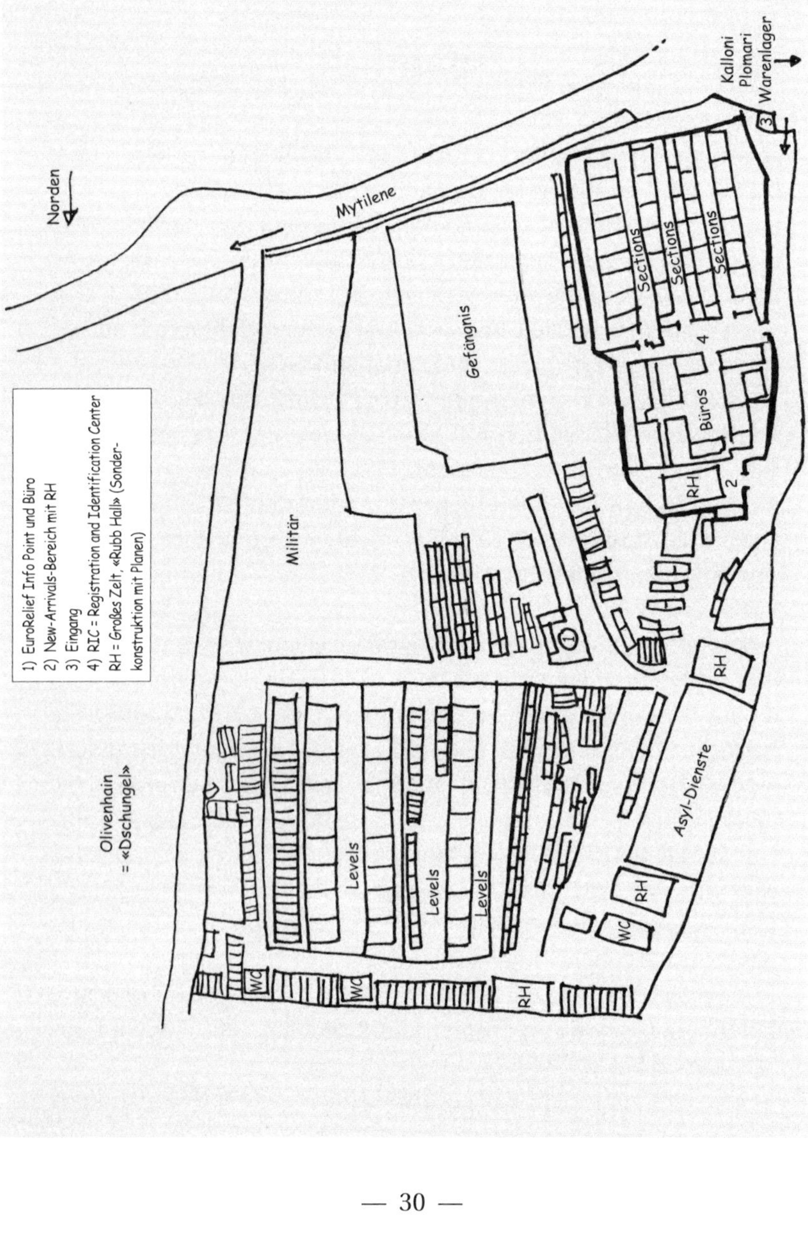

lung angekündigt wurde. Wir treffen vielleicht zwei Drittel der Menschen dort an, wo wir sie offiziell untergebracht – in unserer Sprache «gehoust» – haben.

Es ist ja eine der Aufgaben von EuroRelief, den Neuangekommenen im Camp eine Unterkunft zu bieten: Wir versuchen sie möglichst mit Menschen aus ihrem Land oder Kulturkreis und einer passenden Familienkonstellation unterzubringen, in Containern, Zelten oder sogenannten «Life Shelters». Wir vermerken dann in unserer Datenbank, wer wo wohnt, aber Theorie und Praxis gehen hier oft auseinander.

Auch an diesem Tag zeigt sich: Ein Drittel der Bewohner von Moria haben sich selbst «gehoust», wo sie ein passendes Plätzchen fanden. Irgendwie verständlich, auch wenn es unsere Arbeit nicht gerade einfach macht.

In jeder Unterkunft werden die Daten aufgenommen. «Drei-Fünf-Acht-Acht-Neun-Zwei und Drei-Fünf-Acht-Eins-Drei-Sieben», liest mein Grieche die Aktenzeichen von den Papieren der Bewohner ab, als wir vor Zelt H732 stehen, und er schreibt sie gleich mit auf sein Datenblatt.

Ich gleiche seine Daten mit denen auf meiner Liste ab. Die Namen, die zu diesen Nummern gehören, sind für die Zwecke der Behörden irrelevant, und er muss sie nicht mit aufnehmen. «Arjun und Nila heißen die beiden», rufe ich mir wenigstens selbst innerlich zu. Sie sind keine Aktenzeichen. Sie haben Namen, und sie haben eine Geschichte. Ich hoffe, dass sie in all dem Chaos und den Massen von Camp Moria trotzdem immer wieder erleben, dass sie als Persönlichkeiten gesehen werden.

Kapitel 6

Montag, 12. November

Überlebende

Letzten Mittwoch bin ich von den Verantwortlichen hier gebeten worden, mich um unsere Lagerhalle zu kümmern. Sie liegt einige Kilometer vom Camp entfernt, und es ist gut, wenn dort jemand die Verantwortung übernimmt, der eine Langzeitperspektive hat. Dass in den letzten Monaten wechselnde Ehrenamtliche mit mehr oder weniger Organisationstalent diese Aufgabe immer nur für wenige Wochen übernommen haben, ist spürbar; es gibt viel Potenzial für Verbesserungen, wie man so schön sagt.

Es war auch die Idee von GAiN, meiner sendenden Organisation, dass ich in diesem Bereich einsteige und Strukturen schaffen helfe, die sich auch im ständigen Wandel von Helfern und Verantwortlichen aufrechterhalten lassen. Dass wir unter Zehntausenden von Windeln, Hunderten von Zelten und Schlafsäcken und tonnenweise Kleidung nicht begraben werden, sondern sie zum passenden Zeitpunkt den Flüchtlingen zukommen lassen, wird eine Herausforderung bleiben, der wir uns als Team stellen müssen.

Ich versuche, jede Woche wenigstens einen Tag im Camp zu sein, damit ich nicht das Gespür für die Menschen verliere, denen ich hier dienen möchte; ansonsten werde ich in den nächsten Wochen eben auch viel Zeit in der Halle verbringen. Manche der Mitarbeiter und Ehrenamtlichen finden die Arbeit dort nicht so spannend und sind lieber nur direkt bei den Geflüchteten. Und andererseits ist die Arbeit in der Lagerhalle auch wichtig, und ich tue sie gerne.

Zur morgendlichen Lagebesprechung komme ich trotzdem täglich mit ins Camp: Hier bekommen wir mit, wo heute unsere Schwerpunkte liegen. Sind viele Neuankömmlinge zu «housen»? Müssen wir in einzelnen Zonen neue Karten anfertigen, weil sich in den letzten Tagen viel geändert hat? Geht ein Transport nach Athen – die Glücklichen, die die Insel verlassen dürfen! –, und wie halten wir ihre frei werdenden Quartiere am besten für die Neuangekommenen frei, bevor sie von anderen Camp-Bewohnern in Beschlag genommen werden?

Nachdem die Aufgaben kurz besprochen wurden, gibt es eine kurze Morgenandacht. Im Camp werben wir nicht für unseren Glauben, und das Verteilen von religiöser Literatur ist auf dem Militärgelände illegal; aber die meisten von uns sind bewusste Christen und können den kleinen Morgeninput gut brauchen. Heute geht es um die Stillung des Sturms (Markus Kapitel 4, Vers 35ff.): Es ist die Geschichte von Jesus und seinen Jüngern, die mit ihrem Boot in einen Sturm geraten und zu kentern drohen. Jesus stillt den Sturm, nimmt den Jüngern die Angst und zeigt, wer der Herr über die Natur ist.

Daneben steht, unkommentiert, die Realität des heutigen Morgens: Um 6 Uhr, vor gerade einmal zwei Stunden, ist vor der türkischen Küste bei Dikili ein Boot mit etwa 15 Personen gekentert. Zwei haben sich ans Ufer retten können, vier konnten nur noch tot geborgen werden, drei wurden von der türkischen Küstenwache eingesammelt, sechs oder sieben werden noch vermisst …

Unter den Toten sind mindestens vier Kinder …

Die Gruppe war auf dem Weg nach Lesbos …

«Wenn sie es geschafft hätten, würden sie nun da draußen im New-Arrivals-Bereich von uns Frühstück bekommen», meint unser Schichtleiter nüchtern. «Und wir würden im Lauf des Tages einen Platz im Camp für sie finden.»

Nachdem ich mich in der Morgenandacht gerade noch in die Todesangst der Jünger hineinversetzt habe, schiebe ich den Gedanken an die letzten Minuten der gekenterten Flüchtlinge bewusst beiseite. Ich versuche stattdessen an die Menschen zu denken, die ich im New-Arrivals-Bereich kennen gelernt habe. Sie sind alle Überlebende. Sie haben noch eine Zukunft!

Die Küste zur Türkei mag von der Ostseite unserer Insel aus

nur ein paar Kilometer entfernt sein, trotzdem gibt es immer wieder Tote. «Wenn die Menschen bis zu dieser Bootsfahrt kein Trauma hatten – spätestens danach haben sie eins», hat eine Kollegin gemeint, die im New-Arrivals-Bereich arbeitet.

Bei den meisten der Bewohner kann man davon ausgehen, dass sie mindestens drei Traumata haben, wenn sie dann irgendwann aufs Festland verlegt oder nach Hause zurückgeschickt werden: Eins aus ihrer Heimat, die sie schließlich nicht ohne Grund verlassen haben. Eins durch die Reise; und das Übersetzen von der Türkei ist dabei vielleicht nicht einmal die schlimmste Erfahrung. Und eins, das schlicht dadurch kommt, dass sie viel zu lange in Moria aushalten müssen.

«Man kann fast zuschauen, wie das Licht in ihren Augen erlischt, wenn sie ein paar Wochen hier sind», beschrieb es bestürzt eine holländische Kurzzeitlerin, die mit einigen unserer Bewohner über einen Zeitraum von mehreren Wochen zu tun hatte. Und ein Psychologe, der mit der NGO «Ärzte ohne Grenzen» auf Lesbos arbeitet, hat es so zusammengefasst: «Selbst wenn man psychisch ganz gesund hier ankäme – die Bedingungen in Moria würden ausreichen, jeden Menschen in den Wahnsinn zu treiben! Selbst wenn man für jeden Flüchtling, der in Moria lebt, einen vollzeitlichen Psychologen anstellte, würde das nichts nützen, solange sich an den Lebensumständen nichts ändert.»

Wir können uns all dieser Traumata nicht annehmen: Dafür haben wir einerseits nicht die Kraft, die Ressourcen, die Erfahrung und die Zeit. Und gerade die von uns, die in solchen Dingen nicht ganz unbedarft sind – wir haben einige Sozialarbeiter unter den Mitarbeitern, ich habe meinerseits einige Jahre Erfahrung als Notfallseelsorgerin, und unter den Kurzzeitlern sind immer wieder einmal Psychologen – wissen andererseits sehr genau: Moria ist so ziemlich der letzte Ort, an dem man Traumata aufbrechen lassen und angehen möchte!

Wir sind deswegen aus gutem Grund angehalten, nicht zu viele Fragen nach der Vergangenheit und den Fluchtgeschichten zu stellen. Wir versuchen, so kommt es mir manchmal vor, die

Leute im Camp gerade stabil genug zu halten, bis sie irgendwie aufs Festland verlegt werden.

Und hoffen wider besseres Wissen, dass man ihnen dann in einer sichereren Umgebung weiterhelfen wird.

Kapitel 7

Montag, 19. November

Regenzeit

Es regnet.

Diese drei Silben klingen so harmlos. Meine griechischen Nachbarn, die Landwirtschaft betreiben, haben schon lange auf den Regen hin gebangt, und wir haben uns gewundert, dass die Regenzeit diesmal bis Mitte November auf sich warten ließ.

Aber haben sie sich *das hier* so gewünscht?

Am Samstag gab es einige unangenehme Schauer, und seit gestern hat es den ganzen Tag durchgeregnet. Fünf oder sechs viertelstundenlange Platzregen, in denen man keine zwei Meter zurücklegen konnte, ohne bis auf die Unterwäsche durchnässt zu werden, wurden nur von ermüdendem Dauerregen unterbrochen, und in der Nacht auf heute gab es ein stundenlanges Gewitter. Zu unserem silbernen Van, mit dem ich seit letzter Woche diverse Ehrenamtliche einschließlich meiner Person durch die Gegend kutschiere, komme ich nur durch eine knöchelhohe Pfütze, und bei verschiedenen Kollegen drückt das Wasser von unten in ihre Kellerwohnungen; die Kanalisation ist überfordert.

Ich bin sicher nicht die Einzige, die diese Nacht wachgelegen und an die Bewohner von Moria gedacht hat: Über 4000 leben immer noch in Zelten, und viele davon stehen immer noch ohne eine Palette als Unterlage auf dem weichen Boden des Olivenhains.

Entsprechend sieht es im Camp heute aus. Das Wasser aus dem offenen Abwasserkanal vor dem Tor ist eine stinkende Verbindung mit den großen Pfützen ebendort eingegangen, und ich möchte nicht wirklich wissen, durch was ich da – zum Glück in guten Schuhen – stapfe.

Viele Flüchtlinge und vor allem Kinder laufen bei nassen 14 Grad immer noch in Flipflops und offenen Sandalen herum. Der

Olivenhain ist ein einziges Schlammfeld, in dem man sich nur rutschend fortbewegen kann. Die Ausgabe von Regenponchos muss am Vormittag abgebrochen werden: Die Leute drängeln so wüst, dass die Kollegen sich um die Mütter Sorgen machen, die gleichzeitig für Windeln anstehen, und um die Schwangeren, deren Bäuche mit enormer Wucht gegen den Zaun gedrückt werden.

Risse in Zelten und Strukturen versuchen die Kollegen und die Bewohner mit Silberband notdürftig abzudichten. Aber es geht nicht: Es regnet die ganze Zeit so stark, dass man die Folien nie trocken genug bekommt, um das Band darauf festkleben zu können. Viele Zelte sind komplett durchnässt, samt ihren Bewohnern und dem bisschen, was sie besitzen. Die Kartons, die sie unter ihre dünnen Matten und Planen gelegt haben, sind durchgematscht und zu nichts mehr zu gebrauchen.

Den Menschen zu helfen, ist eine Sisyphus-Arbeit: Da möchte eine junge kanadische Kollegin eine neu angekommene Familie in einem Zelt unterbringen und stellt dabei fest, dass die eigentlich darunter liegenden Europaletten fehlen. Grund: Die Familie, die vorher dort gewohnt hat und nach Athen abgeholt worden ist, hat sie noch fix an andere Leute im Camp verkauft. Paletten sind superbegehrt.

Ich bekomme von all dem erst abends vom Hörensagen mit, weil ich mich nach der morgendlichen Lagebesprechung gleich ins Warenlager aufgemacht habe: Dort ist ein großer LKW aus Holland angekommen, der zu einem großen Teil mit unendlich vielen kleinen Kartons und Plastiktüten voller unsortierter Kleidung beladen ist. Diese vielen, oft in bester Absicht gepackten Einzelspenden sind in dieser Form ein Albtraum für unsere Warenhalle, die sich so bis zur Decke füllt, dass wir uns kaum bewegen und erst recht nur schwer irgendetwas sortieren können.

Wir entladen weitgehend bei strömendem Regen. Hoffen wir, dass die Kleidung gut genug verpackt ist und nicht zu schimmeln beginnt, bevor wir sie überhaupt sortieren können!

Bei einer der letzten vollbeladenen Paletten, die unser holländischer Fahrer durch den leicht abschüssig geparkten LKW mit der Ameise auf die Ladebordwand rollen möchte, kommt es zum Unfall – die Palette rollt ihm entgegen, er weicht aus und fällt rückwärts ungefähr einen Meter tief. Ich sehe die Palette in Zeitlupe hinter ihm her rollen und ebenfalls von der Ladefläche purzeln; sie verfehlt ihn um Zentimeter.

Als ich hinrenne, ihn anspreche und ihm gut zurede, jetzt unbedingt liegen zu bleiben, bis Hilfe kommt, reagiert er verwirrt. Was aber auch daran liegen kann, dass er nur sehr wenig Englisch spricht …

Das viele Blut, das uns am Anfang erschreckt, stammt von einer Platzwunde am Kopf. Zwei Krankenschwestern aus dem GAiN-Team, das gerade hier mithilft, leisten die Erstversorgung. Wie praktisch, denke ich fast amüsiert, dass bei jeder christlichen Projektreise mindestens eine Krankenschwester dabei ist! Diese beiden hier sind sogar Holländerinnen und können ihn in seiner Sprache ansprechen.

Ermis, der Besitzer der Autowerkstatt nebenan, bestellt uns auf Griechisch einen Krankenwagen und bringt rührenderweise einen Schirm, den er gegen den Regen über den Kopf unseres Verletzten hält; meine Griechisch sprechende britische Mitbewohnerin geht mit ins Krankenhaus. Was eine Katastrophe hätte sein können, geht glimpflich aus. Gott sei Dank!, sage ich hier von Herzen. (Nachtrag Dienstag: Und am Abend des nächsten Tages kann unser Fahrer sogar den LKW selbst zurückfahren.) In all den kleinen und größeren Dramen heute geht der Unfall fast unter.

Wir alle schuften – ob im Camp oder in der Halle – mit voller Kraft bis in die Abendstunden hinein, um an diesem Tag wenigstens das Nötigste zu tun. Die nächsten Tage werden nicht leichter. Ob es reicht? Die Regenzeit fängt gerade erst an.

Kapitel 8

Mittwoch 21. November

Omi-Windeln

Hatte ich eigentlich schon erwähnt, dass seit Montag, als wir mit dem Ausladen unseres LKWs beschäftigt waren, auch noch mehrere Tausend Jacken und Mütze-Schal-Handschuh-Sets angeliefert wurden? Unser heldenhafter Fahrer, ein feiner junger Amerikaner, hat sie nach und nach beim Militär abgeholt und im silbernen Van herbeigeschafft. Von heute an bis Ende nächster Woche sollen, nach den Zonen im Camp sortiert, alle Bewohner von Moria diese Dinge bekommen, und eine entsprechende Sortierstation nimmt mit einigen engagierten Ehrenamtlichen wertvollen Raum in unserer Lagerhalle ein.

Wir schieben hin und her und schichten um, ich lerne, eine Ameise zu bedienen (so nennt man unsere Hubwagen), und zusammen mit einem GAiN-Verantwortlichen überlege ich händeringend, was wir alles möglichst schnell dahin geben können, wo es gebraucht wird, ohne dass es zu lange bei uns herumsteht. Eine deckenhoch bepackte Palette mit Erwachsenen-Windeln ist da zum Beispiel noch zu finden, die wir im Camp noch nicht an den Mann gebracht haben. Beziehungsweise an die Frau: Es gibt nicht sehr viele inkontinente ältere Menschen im Camp, aber vielleicht können wir einen Plan entwickeln, sie diskret den Frauen anzubieten: Viele trauen sich nämlich nachts aus Angst vor Vergewaltigung nicht aufs Klo nach draußen, das haben uns Mitarbeiter einer anderen NGO bestätigt. Sie sind für diese Windeln dankbar, wie ich sie noch von meiner demenzkranken Omi kenne.

Ich frage mich, was in einer gesunden Dreißigjährigen vorgeht, die nachts einfach mal zur Toilette muss und die es vorzieht, in eine Windel hinein «laufen zu lassen».

Bei manchen Dingen in unserer Lagerhalle wünschte ich mir wirklich, dass niemand sich je über sie freuen müsste.

Kapitel 9

Sonntag, 25. November

Ausgerichtet

Wie gut, dass es Sonntage gibt! Und wie gut, dass es bisher an allen Einsatzorten, in denen ich in den letzten Jahren war, Christen gab, die Gottesdienst feierten! Ich brauche diese Neu-Ausrichtung meines inneren Kompasses immer wieder, um in dem Unverständlichen und Schwierigen, das ich mitbekomme, nicht die Orientierung zu verlieren.

Der Gottesdienst in der «Oasis» ist sehr schlicht und unliturgisch gehalten, was wohl an der mennonitisch-amischen Tradition der Mitarbeiter liegt: Wir singen ein paar Lieder, ein oder zwei Leute sprechen ein freies Gebet, es gibt eine Predigt, die meist bewusst einfach und persönlich gehalten ist. Immerhin gibt es, je nachdem, wer gerade da ist, Klavier- und Gitarrenbegleitung, und der Gesang fällt oft mehrstimmig und so herzhaft aus, dass ich mich ein bisschen wie in meiner Gemeinde zu Hause fühle.

Während der Woche komme ich oft nicht dazu, die Gedanken und Gefühle zu sortieren und auszudrücken, die in mir durcheinanderpurzeln. Deswegen bin ich immer dankbar, wenn die Stille vor dem Gottesdienst und das Singen etwas länger ausfallen, so dass ich ein bisschen Raum habe, dem Durcheinander in mir nachzuspüren.

Und ich bin froh, dass es Lieder gibt, deren Texte dann in meine Fragen und Themen hineinsprechen. Heute singen wir unter anderem ein Lied, das besser in die Achtziger und Neunziger passte, von unseren Musikern aber wieder aus der Mottenkiste hervorgekramt worden ist: «Lord, the light of your love is shining in the midst of the darkness»: «Herr, das Licht deiner Liebe leuchtet mitten in der Finsternis». Im Moment kommt mir dieses «Licht der Liebe» vor wie ein mickriges Teelicht in einer völlig dunklen Konzerthalle. Aber ich weiß, dass es da ist: weil wir da sind – und mit uns Christus mit seiner Liebe und Freundlichkeit.

Ich muss an die Worte eines Geistlichen im Irak denken, der seine Kirche mit den Worten zum Bleiben ermutigte: «Gerade weil es hier so dunkel ist, ist unser Licht doch nötig! Und wo es besonders dunkel ist, erleuchtet auch ein kleines Licht sehr viel.»

Ich möchte lernen, auch das Kleine zu schätzen und im Glauben zu leben, nicht im Schauen: Unsere Arbeit macht einen Unterschied, auch wenn wir das kaum sehen. Gott arbeitet im Verborgenen. Was wir geben können, ist nie genug. Die Not ist überwältigend, und unser kleines bisschen Hilfe wirkt wie ein Tropfen auf den heißen Stein. Und doch hat Gott in der Geschichte seiner Menschen immer gerade das Schwache, das in den Augen der Welt Gescheiterte und das Unscheinbare gebraucht, um seine Ziele zu verwirklichen. Wir feiern in unseren Liedern Jesus als den Gekreuzigten …

In Moria ist so viel Kaputtheit, so viel Hässlichkeit, Entwurzelung, Zerstörung, Hoffnungslosigkeit. Es liegt der Tod in der Luft: in den Erlebnissen, die die Bewohner aus ihrer Heimat und von der Reise mitbringen. In der tiefen Traurigkeit, die in viel zu vielen Augen zu sehen ist. In der Gewalt und dem Hass, dem sie entfliehen wollten und den sie doch in ihrem Herzen mitgebracht haben. Und gerade deswegen feiern wir fast trotzig in unseren Liedern Jesus auch als den Auferstandenen, den Heiland, den Herrn des Lebens, den Sieger über den Tod.

Ich finde es ungemein tröstlich, dass die Bibel ein sehr wirklichkeitsnahes Weltbild vermittelt. In Deutschland, in unserer Blase aus Sicherheit, Freiheit und unerhörtem Wohlstand, siebzig Jahre nach dem letzten Krieg, lässt es sich allzu leicht vergessen: Die Welt ist voller unerträglicher Gewalt und Ungerechtigkeit, und Menschen tun einander so schreckliche Dinge an, dass man nicht einmal darüber lesen oder hören möchte. Die Bibel ist dagegen in Zeiten und Gesellschaften hineingeschrieben worden, die für unsere Afghanen, Syrer oder Sudanesen weit vertrauter klingen als für Europäer im einundzwanzigsten Jahrhundert:

- Patriarchalische Gesellschaften, in denen Ehen arrangiert und Frauen als Privateigentum betrachtet werden;
- Kulturen, in denen die Ehre den Älteren gegenüber und Gastfreundschaft für Fremde unaufgebbare Werte sind;
- Volksgruppen, die jederzeit mit Krieg, Hunger, Unrecht und Vertreibung rechnen müssen.
- Jesus selbst wird in ein besetztes Land hineingeboren, er ist als Kleinkind mit seinen Eltern auf der Flucht, und er stirbt, rein menschlich betrachtet, als Opfer eines Justizskandals den grausigsten Tod, den die Folterexperten des damaligen Weltreichs sich ausdenken konnten.

Mehr Realismus geht nicht!

Die Autoren der Bibel sind von all dem nicht befremdet. Und sie bleiben andererseits auch nicht achselzuckend dabei stehen, dass das Leben eben kein Ponyhof ist und manche Leute halt das Pech haben, auf der falschen Seite von Freiheit und Reichtum geboren zu werden: Wo Menschen Gott in ihrem Leben Raum geben, wird den Armen geholfen, werden Gefangene im Gefängnis besucht und Sklaven befreit, werden Arbeiter fair behandelt, Trauernde getröstet und Fremde aufgenommen, bekommen Nackte Kleidung und Hungernde etwas zu essen.

Ich muss nicht die Welt verbessern. Aber ich kann mit kleinen, handfesten Taten das Leben von einzelnen Menschen ein ganz kleines bisschen freundlicher machen. Sogar – und gerade – in Moria.

Ich will daran festhalten, dass das Licht stärker ist als die Dunkelheit, die Liebe stärker als der Hass und der Mut stärker als die Angst.

Es ist gut, sonntags daran erinnert zu werden.

Kapitel 10

Mittwoch, 28. November

Warm und trocken

«Aber ich brauche eine Unterkunft, die warm und trocken ist!» Der Afghane, der darüber heute mit einer Helferin diskutiert hat, konnte sogar die Bescheinigung eines Arztes vorweisen, die das bestätigte.

Als die Helferin uns diese Episode nach der Schicht im Auto erzählte, kicherte sie immer noch ein bisschen hysterisch. Sie konnte ihm keinen warmen und trockenen Platz bieten; er wohnt immer noch, zusammen mit einem anderen Mann, in einem Zwei-Personen-Campingzelt im Olivenhain. Immerhin hat die Kollegin ihm eine Palette organisieren können, die er unter sein feuchtes Zelt schieben konnte.

Tage, wie wir sie in der letzten Woche mehrmals erlebt haben, kann man eigentlich gar nicht mit Worten beschreiben. Es herrscht dauernder Ausnahmezustand, und das, obwohl gar nichts Dramatisches passiert. Statt 22 bis 25 Helfern, die es für unseren «Normalbetrieb» eigentlich braucht, haben wir im Moment nur 17 oder 18. Sie stemmen gleichzeitig die Jackenverteilung an alle POCs, die sich über die ganze Woche hinzieht: Mehrere Helfer stehen den ganzen Tag vor oder in einem engen Container, bereiten Kleiderpakete vor und geben sie aus. Ich habe mir bis vor kurzem nie Gedanken gemacht, was für ein Volumen etwa 7500 Winterjacken plus Mützen, Schals und Handschuhe einnehmen! Und welche logistischen Klimmzüge sich ergeben, wenn es einfach keinen Platz gibt, sie unterzubringen.

Jeden Tag bringt das Militär zur Zeit rund tausend Jacken vorbei, die wir noch sortieren müssen. Aus rechtlichen Gründen dürfen sie die Sachen nicht direkt zu unserer Lagerhalle schaffen, sondern müssen sie auf dem Campgelände abgeben. Das führt zu dem absurden Ablauf, dass mehrmals am Tag ein kleiner Militärtruck vor unserem vollgestopften New-Arrivals-Bereich mit seinem halb-offenen Lagerraum vorfährt, Soldaten zehn oder elf etwa 1 Kubikmeter große Kartons mit jeweils dreißig Winterjacken durch einen engen Gang hindurchquetschen und irgendwo auf dem Kiesboden abstellen. Der starke Dauerregen der letzten Tage und das undichte Dach dort haben dafür gesorgt, dass der Boden voller Pfützen ist. Die Kartons werden von unten so aufgeweicht, dass die Nässe bis in die Jacken hineinzieht, obwohl sie meist zusätzlich in Tüten verpackt sind.

Wenn unser Fahrer oder ich sie eine halbe Stunde später abholen möchten – und wir müssen mit dem VW-Bus zwei- oder dreimal fahren, wo der Militärtruck mit einer einzigen Fuhre ausgekommen ist! –, fallen die Kartons auseinander. Und einige Jacken sind so nass, dass wir sie erst einmal zum Trocknen aufhängen müssten. Wofür es aber keinen Platz gibt.

Wir sortieren in der Lagerhalle ein bisschen vor, während in einem Container im Camp schon die Verteilung beginnt. Sie muss immer mal wieder unterbrochen werden, bis Nachschub da ist.

Die Bewohner stehen teilweise stundenlang unter dünnen Ponchos im Dauerregen, um an ihre Jacken zu kommen, und manche verzichten dafür auf das Anstehen fürs Mittagessen oder auf einen Arzttermin. Immerhin sind es gute Jacken, die wir ausgeben können – das allein kann schon den Unterschied machen zwischen einer Kleiderverteilung, die halbwegs gesittet verläuft, und einem Aufruhr, bei dem wir die gesamte Mannschaft evakuieren müssen …

Mützen und Handschuhe haben wir nicht für alle Erwachsenen, weil es mit dem Nachschub aus den Militärbeständen nicht immer so ganz reibungslos klappt. Jacken für Kinder von 3–4 Jahren haben wir ab dem vierten Tag auch nicht mehr, dafür aber süße Schnee-Anzüge für Babys von 0–12 Monaten, die dank einer Sonderspende zu uns geliefert worden sind.

Die meisten Geflüchteten kommen aus Kulturen, in denen ohnehin nichts fair oder berechenbar ist, so dass sich die Beschwerden in Grenzen halten. Ich würde mir trotzdem wünschen, dass wir allen Vergleichbares bieten könnten!

Parallel läuft der «Normalbetrieb»: An Familien mit Babys werden Windeln ausgegeben, an Frauen und Kinder unter 11 Jahren Gutscheine zum Duschen außerhalb des Camps. 132 gelangweilte unbegleitete Teenie-Jungs, die in unserem New-Arrivals-Bereich hausen, bis es für sie Platz im geschützten Bereich geben wird, müssen liebevoll in Schach gehalten werden.

An manche Männer und Jungs werden Schaufeln und Hacken verliehen, damit sie Regenrinnen um ihre Zelte und Strukturen ziehen können. Und am Wochenende sind wieder einige Boote angekommen, und die Menschen müssen versorgt und untergebracht werden.

Seit letzter Woche gab es einige Transporte, um das Lager zu entlasten: Fast jeden Tag wurden einige Dutzend, auch mal zweihundert, Leute aufs Festland verlegt. Das bedeutet nicht automatisch, dass wir Neuankömmlinge in den Unterkünften unterbringen können, die nun frei werden: Weil die selbstgebauten Strukturen nicht legal sind (obwohl viele von ihnen mehr Schutz vor dem Wetter bieten als manche Zelte!), müssen wir sie abreißen, auch wenn das zur Folge hat, dass die Neuen drei oder vier Tage im großen Zelt im Käfig des New-Arrivals-Bereichs auf ihr «Housing» warten müssen.

Manchmal schaffen wir es auch nicht, alles Benötigte zu holen, weil die Anlaufstellen und Ansprechpersonen sich über verschiedene Örtlichkeiten verteilen. Dann müssen wir spontan Entscheidungen treffen: Bringen wir den Neuen vom letzten Boot nun Frühstück oder eine warme Decke?

Das alles findet den ganzen Tag über bei so starkem Regen statt, dass unsere Regenjacken und Gummistiefel nach spätestens zehn Minuten passen müssen; wir bewegen uns in einem Zustand ständigen «Klamm-Seins», und einige der jungen Helfer, die seit Tagen draußen im Olivenhain Strukturen niederbrechen, schniefen längst erkältet vor sich hin. Immerhin können wir alle nach Schichtende zu Hause heiß duschen und in trockenen Kleidern in warmen Wohnungen den Abend verbringen.

Ein Mann aus Afghanistan ist mit seiner Unterbringung so unzufrieden, dass er seit gestern Abend eine Art Privat-Demonstration in unserem Info-Bereich veranstaltet hat: Auf der offenen Fläche, geschützt nur von einem Blechdach mit undichten Stellen, hat er auf etwa einem Meter Höhe eine 3 mal 3 Meter große Plane gespannt und seine junge Frau und die Kinder dort auf dem Kiesboden übernachten lassen. (Ob er selbst dort geblieben ist, finden wir nicht heraus; vielleicht ging er gerade nur Frühstück holen, als wir morgens zur Schicht kamen.) Sie hatten nicht einmal Schutz an den Seiten ihrer kleinen Behausung. Und es hat die ganze Nacht gestürmt und wie aus Eimern geschüttet.

Als heute Morgen unser Info-Point geöffnet wurde, haben die anderen POCs seine Notunterkunft unbekümmert auseinandergenommen, so dass seine Demonstration ins Leere gelaufen ist.

Vielleicht wollte er einfach nur durchsetzen, dass seine Familie es «warm und trocken» hat. Oder doch wenigstens trocken.

Wir können hier leider nicht einmal das gewährleisten; nach tagelangem Dauerregen frage ich mich, ob die Zelte und Planen überhaupt je wieder trocknen werden, oder ob alle Habseligkeiten, die unsere Flüchtlinge darin aufbewahren, zum Schimmeln verurteilt sind.

Schon ein trockener Schlafplatz scheint in Moria zu viel verlangt.

Kapitel 11

Samstag, 1. Dezember

Advent

Es war nur ein Espresso und ein bisschen Small Talk mit dem Inhaber meiner Autovermietung. Als ich vorgestern mit meinem frisch erworbenen Miet-Nissan die paar Kilometer von der Hauptstadt an der Küste entlang zu meinem Dörfchen zuckelte und mich merkwürdig beschwingt fühlte, wurde mir bewusst: Das war seit vier Wochen die erste Begegnung mit einem Menschen, der nichts mit Flüchtlingen und Camp Moria zu tun hat!

Durch die Wohn- und Fahrgemeinschaften von uns Helfern und durch die langen Schichten, nach denen man ohne Auto auch nirgendwo mehr hinkommt, bin ich in der Camp-Moria-Blase gefangen gewesen und habe kaum noch gemerkt, dass es «da draußen» noch ein anderes Leben gibt. Ich habe kaum noch im Internet Zeitung gelesen oder in den Social Media geschaut, was die Freunde zu Hause so treiben – einerseits, weil ich durch die ungewohnte körperliche Betätigung und die vielen neuen Eindrücke oft viel zu platt war, andererseits aber auch, weil es alles sehr, sehr weit weg schien.

«Habt ihr keine echten Probleme?», möchte ich die Freunde auf Facebook manchmal anblaffen. «Könnt ihr euch mal weniger banale Witzchen ausdenken oder euch ein bisschen weniger um euch selbst drehen?» Es fällt mir zunehmend schwer, bei manchen politischen oder gesellschaftlichen Themen in Deutschland innerlich mitzugehen, wenn das Elend der Menschen hier mit Händen zu greifen ist. Gesund ist es nicht, wie mein Leben nur noch um Moria zu kreisen scheint – ich brauche keinen Psychologen, der mir das bestätigt.

Die letzten paar Tage, in denen ich endlich selbst mobil war und aus der Camp-Blase ausbrechen konnte, haben mir gutgetan. Heute bin ich auf der mehrstündigen (vergeblichen) Suche nach einem Toaster in so wunderschönen Ecken «meiner» Insel gelandet, dass meine Seele einfach mal wieder aufgeatmet hat. Dass ich mich mehrmals verfahren habe – was hat's mich gekümmert, wenn hinter der nächsten Biegung ein Blick auf eine Bucht oder aufs Gebirge wartete. Lesbos ist einfach schön; man möchte hier glatt Urlaub machen ...

Es ist in den letzten Tagen trocken geblieben. Wir würden etwas aufatmen können, wenn die ruhige See uns nicht gleichzeitig wieder mehrere Boote mit Flüchtlingen beschert hätte, die versorgt und untergebracht werden wollen. Vermutlich wollten sie noch schnell übersetzen, bevor weitere Winterstürme die Überfahrt auf Wochen und Monate deutlich gefährlicher machen.

Zusätzlich ist unsere kleine Helferschar weiter dezimiert: Einer unserer handwerklich begabten jungen Männer ist vor drei Tagen an seinem einzigen freien Tag in eine der heißen Quellen gestürzt, die nicht weit von hier ohne besondere Sicherungsvorkehrungen frei zugänglich sind, und mit schwer verbrannten Beinen ins Krankenhaus eingeliefert worden. Er wird dort wohl die nächsten Wochen verbringen, und es gibt Überlegungen, ihn nach Athen oder sogar in seine Heimat, die USA, auszufliegen, wo er besser behandelt werden kann. Weil die medizinische Versorgung hier nicht so recht vertrauenerweckend ist, soll den ganzen Tag über jemand bei ihm sein – meistens Lornie, meine britische Mitbewohnerin, die Griechisch spricht, in ihren jüngeren Jahren als Krankenschwester gearbeitet hat und dem Pflegepersonal etwas auf die Finger schauen kann.

Es nimmt uns alle mit, dass einer von uns so zu leiden hat. Es wäre so schön, wenn wenigstens außerhalb des Camps alles schön und heil wäre!

Heute ist – auch daran erinnern die Facebook-Einträge der Freunde zu Hause – der erste Tag der Adventszeit. Hier auf Lesbos gibt es allerdings keinen Weihnachtsmarkt, keine Plätzchen, kein Weihnachtslieder-Gedudel, auch keine langen Öffnungszeiten und entsprechend auch keinen vorweihnachtlichen Shopping-Wahn. Dass das alles fehlt, macht den Advent hier nicht weniger real: Eine geschundene, dunkle, schmutzige, kranke, müde Welt wartet auf den Erlöser – auch wenn sie es so vielleicht nicht formulieren würde. Diese ganze un-heile Welt scheint auf dem halben Quadratkilometer, der sich «Camp Moria» nennt, zusammenzukommen …

Und ich ahne, dass ich die Sehnsucht, die im Advent steckt, in den nächsten Wochen stärker empfinden werde als zu Hause.

Kapitel 12

Montag, 3. Dezember

Global Village

«Guten Morgen», rufe ich heute Morgen munter dem Soldaten zu, der gegenüber vom Camp-Eingang Wache schiebt. Ein paar Meter weiter werde ich stutzig: Habe ich gerade wirklich auf Griechisch «Guten Morgen» gesagt, oder nicht vielleicht doch auf Farsi «Auf Wiedersehen»? Man kann im Gewirr der Völker und Sprachen so leicht den Überblick verlieren!

Ich versuche, an jedem Camp-Tag wenigstens ein Wort oder eine Redewendung in einer der Sprachen zu lernen, die hier gebräuchlich sind, aber ich bringe sie schon mal durcheinander – vor allem, wenn mein Morgenkaffee noch nicht ganz im Hirn angekommen ist.

Im Moment wird von den Camp-Bewohnern vor allem Farsi gesprochen. Rund 80 Prozent stammen aus Afghanistan; ihre Sprache heißt zwar offiziell Dari – was viele Afghanen anscheinend noch gar nicht mitbekommen haben –, läuft hier aber unter Farsi, Persisch.

Die zweite Camp-Sprache ist Arabisch: Bevor ich herkam, habe ich extra in Kairo vier Wochen lang einen Intensivkurs Arabisch gemacht, aber was ich da gelernt habe, habe ich schon vergessen; wir haben im Moment nicht sehr viele Arabisch-Sprechende.

Die dritte Camp-Sprache ist Französisch; das habe ich vor vielen Jahren in der Schule vier Jahre lang gelernt, und es reicht, um Fragen zu stellen und einfache Sätze zu bilden – aber nicht, um die Antworten zu verstehen, die unsere Afrikaner aus frankophonen Ländern mit ihren sehr unterschiedlichen Akzenten auf meine Fragen geben.

In all diesen Sprachen verlasse ich mich gerne auf unsere Übersetzer: junge Leute, fast ausschließlich Männer, die selbst im Camp leben und ihren wichtigen Dienst ehrenamtlich ausführen. Bezahlen können wir sie schon aus rechtlichen Gründen nicht, aber unsere Schichtleiter führen sie manchmal zum Essen aus oder schenken ihnen praktische Kleinigkeiten. Sie machen ihre Arbeit gerne – sie gibt ihnen etwas zu tun, und natürlich lernen sie immer besser Englisch und bekommen auf Wunsch, wenn sie aus dem Camp wegverlegt werden, eine Bescheinigung über ihre Arbeit.

Im Durcheinander der Sprachen hat sich ein eigener Moria-Sprachgebrauch herausgebildet: «My friend!» ist die gebräuchliche Anrede, wenn man die Aufmerksamkeit eines Helfers oder einer Helferin erregen möchte; manchmal tut es auch «Sister» – von Frau zu Frau – oder «Brother» – von Mann zu Mann. «Ali Baba», je nachdem mit ausladenden Gesten oder einem Schulterzucken untermalt, lautstark oder resigniert vorgetragen, kann so ziemlich alles heißen von «Das ist mir geklaut worden» bis «Du bist ein gemeiner Dieb!».

In einem sind wir uns alle einig, und der Satz fällt täglich dutzendfach, meist mit einem traurigen Kopfschütteln: «Moria no good!» Das kann einem Flüchtling als frustrierter Schlusssatz dienen, wenn wir ihm bei einer Anfrage nicht weiterhelfen konnten, oder auch als Versuch einer Entschuldigung von unserer Seite.

Ansonsten kommt man mit Englisch ziemlich weit, auch mit den meisten Griechen im Camp kann man sich so gut verständigen. Zum Deutsch-Reden komme ich eher selten; ich bin ja die einzige deutschsprachige Langzeitlerin.

Manchmal haben wir Kurzzeit-Ehrenamtliche aus Deutschland oder der Schweiz zum Helfen hier, oder deutschsprachige Teams, das ist immer schön. Manchmal versuche ich es auch mit Deutsch, wenn ich bei älteren Griechen mit Englisch nicht weiterkomme: Es gibt immer wieder Männer, die mit einem Auto oder einem kleinen Transporter bei unserem Warenlager anhalten und um gebrauchte Planen für ihre Boote oder um alte Paletten als Feuerholz bitten. Sie reden meist auf Griechisch auf mich ein, und wenn sie schon etwas älter sind und auf mein Englisch nicht reagieren, frage ich manchmal:

«Sprechen Sie Deutsch?»

«Oh ja! Ich habe einige Jahre in Deutschland gelebt», habe ich dann schon öfter gehört, und dann schwärmen meine Besucher gestenreich von ihrer Zeit vor vierzig Jahren als Gastarbeiter in Ingolstadt oder Paderborn, kramen all ihre verschütteten Sprachkenntnisse hervor und vergessen zum Schluss glatt, weshalb sie eigentlich beim Warenlager angehalten haben.

Ich bin mir sicher, dass ihre Jahre in Deutschland nicht nur einfach und schön waren, aber ich glaube, diese Deutsche da in dem Warenlager erinnert sie an eine Zeit, in der sie noch jung und knackig waren. Zwei dieser früheren Gastarbeiter haben mir zum Abschied sogar ein nostalgisches Küsschen auf die Wange geschmatzt; meine Arbeit ist also immer für Überraschungen gut!

«Und? Wie findest du denn Griechenland?», werde ich manchmal gefragt. Ich muss dann erst mal überlegen. Ich lebe gerne an der Küste, gewöhne mich gerade ans gemächliche Dorfleben auf einer Insel, mochte griechisches Essen schon immer und finde es ganz schön, im Minimarkt regional einzukaufen, denn: Ich kenne die Olivenbäume, von denen mein Öl stammt, und die Schafe, von denen die Milch für meinen Feta kommt, einigermaßen persönlich!

Aber wenn ich einen Kulturschock bekomme, weiß ich gar nicht, auf welches Land sich der beziehen soll. So richtig in Griechenland fühle ich mich während der Woche jedenfalls nicht, wenn ich im Camp unterwegs bin:

Wenn man den Eingang und den offiziellen Registrierungsbereich mit den New Arrivals hinter sich gelassen hat, läuft man ein gutes Stück quasi durch Afghanistan – mit einem kleinen Blick auf Palästina und Bangladesch. Durch Syrien und Kurdistan geht es gleich weiter nach Afrika. Durch den Sudan und Eritrea kommt man dann nach Ghana, Somalia und in den Kongo.

Volksgruppen werden ja nach Möglichkeit zusammen untergebracht, und so haben wir auf den paar Hektar Moria ein echtes globales Dorf. In manchen Bereichen gibt es sogar winzige selbstgezimmerte Kioske mit leckeren Mahlzeiten aus den jeweiligen Regionen. Sie sind zwar nicht legal, weil die Besitzer – natürlich alles Bewohner von Moria – keine Steuern zahlen, aber die Polizei im Camp drückt meistens ein Auge zu, solange dort keine Drogen vertickt werden. Manche der kleinen Buden werden entsprechend alle paar Wochen abgerissen – und dann nach einigen Tagen mit viel Hingabe und unerschütterlicher Zuversicht wieder aufgebaut.

Ich gebe zu: Ich mag Multi-Kulti und beginne mich jetzt schon zu fragen, ob ich es wohl je wieder in Deutschland unter lauter Deutschen aushalten werde. Aber das enge Miteinander von so vielen Menschen aus so verschiedenen Krisengebieten dieser Welt hat natürlich seine Kehrseite: Es gab Zeiten in Moria, in denen – je nachdem, welche Gruppen gerade in welcher Anzahl vertreten waren – Kämpfe an der Tagesordnung waren, die Camp-Polizei mit Knüppeln und Tränengas in Dauerbereitschaft war und unsere Mitarbeiter mehrmals wöchentlich aus Sicherheitsgründen evakuiert werden mussten.

Es ist ja auch recht viel verlangt, dass Nationalitäten oder Volksgruppen, die sich in ihrer Heimat teilweise (und buchstäblich!) bis aufs Blut bekämpft haben, hier plötzlich auf engstem Raum, Zelt an Zelt, zusammenleben sollen: Afghanen und Araber, syrische Kurden und syrische Araber, Afghanen und Pakistanis, Syrer und Irakis ...

Im Sommer vor zwei Jahren ist ein Teil des Camps bei einem solchen Kampf niedergebrannt, und auch die gesamte technische Ausstattung von EuroRelief wurde dabei zerstört. Die Straßenlampen, die bei einem anderen Kampf zerschlagen wurden, sind noch nicht ersetzt worden, so dass es bei Einbruch der Dunkelheit ganz schnell sehr finster wird in unserem globalen Dorf.

Und im Mai dieses Jahres haben tausend Kurden nach einem Kampf mit Arabern das Camp gemeinsam verlassen und einige Kilometer entfernt – oder konkreter gesagt: einfach in den Olivenhainen um Moria herum – wild kampiert; das Ereignis ist als «kurdischer Exodus» im Gedächtnis der Kollegen hängen geblieben, die damals schon hier waren und die Kurden auch extern mit dem Nötigsten versorgten.

Dass dieser unregulierte Flüchtlingsstrom innerhalb der Insel die Bevölkerung von Lesbos und besonders die Besitzer besagter Olivenhaine nicht gerade glücklich gemacht hat, lässt sich denken!

In den letzten Monaten ist es ruhig geblieben.

Und das ist gut.

Und was passiert heute?

Heute lerne ich «Auf Wiedersehen» auf Griechisch!

Kapitel 13

Mittwoch, 5. Dezember

Achthundertundsiebzig

870 Menschen …

So viele sollen morgen und übermorgen aufs Festland verlegt werden. Dass ein Zehntel der Leute das Camp verlassen, wird die Wohnsituation deutlich entspannen, bedeutet aber für die nächsten Tage viel, viel Extra-Arbeit:

Alle Alleinreisenden und Familien, die zum Transfer vorgesehen sind, bekommen von uns einen Zettel, den wir ihnen zu ihrem Container oder Zelt bringen, und wenn sie ausziehen, belegen wir gute Unterkünfte mit den Leuten aus dem Olivenhain beziehungsweise aus Sommerzelten. (So weit die Theorie …)

Dass nicht alle Zelte da stehen, wo wir sie in unseren Karten vermerkt haben, und nicht alle Flüchtlinge in den Unterkünften wohnen, in denen wir sie registriert haben, hatte ich ja schon erwähnt. Ein Teil unserer Helferschar, die inzwischen auf elf Personen geschrumpft ist, läuft also den halben Tag suchend im Camp herum, ein anderer Teil verteilt ebenfalls Zettel mit Terminen:

Seit heute hat nämlich KEELPNO wieder geöffnet!

Die dem griechischen Gesundheitsministerium unterstellte Organisation ist für die Erstuntersuchung aller ankommenden Flüchtlinge verantwortlich. Es gibt zwar auch einige medizinische NGOs wie die «Boat Refugee Foundation» oder, außerhalb des Camps, «Ärzte ohne Grenzen», aber sie dürfen nicht die offiziellen Gutachten erstellen, die jeder Flüchtling braucht. Diese Gutachten sind für den Asylantrag nötig, und sie können eine Person beispielsweise auch als besonders schützenswert ausweisen.

Seit einigen Wochen haben die Ärzte bei KEELPNO gestreikt. Das hat dazu geführt, dass die Leute mit ihren Asylanträgen nicht weiterkamen, und unter anderem auch dazu, dass wir allein reisende Frauen nicht im für sie vorgesehenen, besonders bewachten Bereich innerhalb des Camps unterbringen konnten.

Jede Single-Frau hier ist besonders verletzlich und im «normalen» Camp-Bereich letztlich Freiwild, und jede bekommt das entsprechende Gutachten – aber eben nur, wenn die Ärzte dort sind, um das entsprechende Papier auszustellen. Seit heute werden nun wieder Termine vergeben, und nach wochenlangem Warten sehen viele in den nächsten Tagen zum ersten Mal seit ihrer Ankunft einen Arzt.

870 Menschen …

So viele kommen – zumindest fühlt es sich so an – auch zu unserem Info-Point, für den ich heute einige Stunden eingeteilt bin. Die Lagerhalle kann warten, wenn wir so deutlich unterbesetzt sind, und einen Tag pro Woche möchte ich ohnehin im «echten» Camp sein. Dort habe ich keine besondere Verantwortung, sondern lasse mich wie die Kurzzeit-Helfer an der Basis einsetzen, wo gerade jemand gebraucht wird.

«Bin ich mit auf der Liste für Athen?»

«Das bekommst du mit, wenn wir dir dein Ticket bringen.»

«Warum habe ich noch keinen Arzt-Termin?»

«Das weiß ich nicht. Wir vergeben die Termine nicht, sondern geben nur die Info weiter.»

«Kann ich eine Säge ausleihen?»

«Du hast Glück, wir haben gerade eine da.»

«Wir waren in unserem Zelt nur zu viert – jetzt hat man uns noch drei Leute dazugelegt. Das ist zu wenig Platz! Wir wollen umziehen!»

«Das Zelt ist für acht Personen ausgelegt, und dass ihr nur zu viert wart, war die Ausnahme, nicht der Normalfall! Ja, ich finde auch, dass 16 Quadratmeter für sieben oder acht Personen zu wenig sind, aber wir haben keinen besseren Platz für deine Familie. Es tut mir leid!»

«Ich hatte einen Arzttermin für heute und habe den ganzen Tag in der Schlange gestanden. Kurz bevor ich drankam, wurde die Ambulanz geschlossen, und wir wurden nach Hause geschickt. Wie komme ich nun an einen neuen Termin?»

«Ich weiß es nicht! Es tut mir leid, das muss sehr ärgerlich gewesen sein!»

«Ich habe zwei Termine für die Verlegung bekommen – einen von der UN für morgen nach Thessaloniki und einen von euch für übermorgen nach Athen. Welcher gilt denn nun?»

«Ich habe keine Ahnung. Versuch es doch einfach mit dem Transfer nach Thessaloniki, und wenn das nicht klappt, gehst du eben nach Athen!»

So läuft das hier …

Und ich frage mich:

Spiele ich gerade Schicksal?

Aber was soll man tun, wenn es offenbar keine Absprachen zwischen den UN-Behörden und den Griechen gibt?

870 Menschen …

Heute kommen sie mir wieder einmal ganz buchstäblich sehr nahe mit ihren Fragen und Wünschen, mit ihrem Ärger, mit ihrer Hilflosigkeit. Und mit ihrem unverwechselbaren Camp-Moria-Müffel-Geruch, den auch wir Helfer bestimmt alle früher oder später annehmen. Mit ihren ausladenden Gesten und ihrem manchmal kuriosen Englisch.

Ich scheine immer gleichzeitig mit vier Leuten zu diskutieren und kann doch immer wieder einmal einen Schritt zurücktreten, um einfach ihre Gesichter zu betrachten, während ein Übersetzer seine Arbeit tut. Es sind oft vom Leben, von Armut, Ungerechtigkeit und Krieg gezeichnete Gesichter, trotz allem schöne Gesichter, gelegentlich geschminkte, manchmal verknitterte, ängstliche, neugierige oder bittere Gesichter.

Und ich merke, dass ich diese Leute liebzuhaben beginne. Jeder Einzelne ist in Gottes Bild geschaffen, und in ihrer Vielfalt aus so vielen Völkern – im Moment sind rund sechzig Volksgruppen im Camp vertreten – bilden sie so viel von Gottes Weite und Kreativität ab, dass ich staune und wohl nicht nur innerlich lächle.

Auch wenn ich hier und heute nicht allen weiterhelfen kann: Ich hoffe, dass ich sie zumindest etwas von der Würde spüren lasse, die ihnen zusteht.

Kapitel 14

Montag, 10. Dezember

Warenlager-Blues

Pling!, meldet mein Handy. Es ist halb zehn, und ich habe meine Warenlager-Helfer in ihre Arbeit eingewiesen, drei enthusiastische Amerikaner jenseits der Sechzig. Sie sind für eine Woche hier und wollten unbedingt im Warenlager arbeiten. Das soll mir recht sein. Ihre unerschütterliche Begeisterung tut mir gut.

In den letzten Tagen bin ich immer frustrierter geworden: Ich bin nun seit einigen Wochen hier und bekomme an manchen Stellen mit, was nicht so gut und effizient läuft, wie ich mir das wünschen würde. Nur fragt mich eben niemand danach, was ich mir wünschen würde – und ich sage von mir aus nichts, weil ich den anderen Langzeitlern gegenüber, die den Laden hier am Laufen halten und das insgesamt ja auch nicht ganz schlecht machen, nicht als Besserwisserin erscheinen möchte.

Nichts zu sagen und meine Ideen nicht einzubringen, entspricht andererseits nicht meinem Temperament, und demzufolge macht sich in mir eine große Unzufriedenheit breit. Wie gut, dass die Amerikaner gerade Klamotten sortieren und ohne mich zurechtkommen, so dass ich ein bisschen vor mich hinschmollen kann.

Ich schaue nach, wer mir da eine Nachricht geschickt hat. «Hey Andrea! Wann kommst du zurück?», schreibt ein GAiN-Kollege unbekümmert aus der Gießener Zentrale. «Wir vermissen dich!»

Das wirft mich komplett aus der Bahn.

Ich sitze da zwischen Kleidersäcken und Bananenkisten in meinem Warenlager und breche in Tränen aus.

«Ist bei dir alles in Ordnung?», erkundigt sich einer meiner Helfer mitfühlend.

«Jaja, alles gut», schniefe ich, «ich habe nur gerade ein bisschen Heimweh.» Aber eigentlich heule ich aus Hilflosigkeit, verletztem Stolz und Selbstmitleid.

Das darf doch echt nicht wahr sein! Ich bin 43 Jahre alt und arbeite seit zwölf Jahren im sogenannten «vollzeitlichen christlichen Dienst», davon die letzten Jahre in leitender Position. Ich bin vermutlich das, was man eine «gestandene Frau» oder eine «reife Christin» nennen würde, und ich halte mich auch gerne selbst für unkompliziert, flexibel und emotional stabil.

Es ist hier nicht so ganz leicht, dieses (Selbst-)Bild aufrechtzuerhalten; die Arbeit in der Dauer-Krise kehrt Seiten von mir nach außen, die ich innerhalb meiner Komfortzone leichter verstecken konnte.

Seit ich hier bin, erlebe ich mich als reizbar und überempfindlich. Es kostet Kraft, meinen ständigen Frust nicht unverdünnt an den anderen auszulassen, und es gelingt mir nicht immer. Wenn etwas anders läuft als erwartet – und hier läuft eigentlich ALLES anders als erwartet! –, suche ich die Schuld bei den Kollegen, anstatt einfach über Lösungen nachzudenken.

Ich bin sauer, weil die jüngeren Langzeitler sich so gar nicht für mich und all meine tollen Erfahrungen zu interessieren scheinen. Ich fühle mich einsam als einzige Deutsche und einzige Helferin über Mitte dreißig – wenn man Lornie im Homeoffice nicht mitrechnet – und habe andererseits nicht die Kraft, auf die anderen zuzugehen.

Ich bin verletzt und tue mir gerade so richtig schön leid: Niemand mag mich. Niemand versteht mich. Niemand würde mich vermissen, wenn ich nicht mehr da wäre. Und mit meiner Flexibilität ist es auch nicht weit her: Es gibt Tage, da bringt mich schon eine unangekündigt vorbeigebrachte Bananenkiste mit unsortierten Hilfsgütern regelrecht aus der Fassung.

So kann das nicht weitergehen!

Ich lasse meine Helfer vor sich hin arbeiten und verziehe mich an einen vergleichsweise ruhigen Platz neben dem Warenlager. Mitten in einem Berg aus unaufgeräumten nassen Zelten (ich krieg die Krise, wenn ich das schon sehe!) und vor sich hinmodernden Paletten (warum sind die denn noch nicht zurück ins

Camp gebracht worden?) hocke ich im Nieselregen (hört der denn nie auf?!), den Rücken gegen die nasse Betonwand gelehnt, und schütte mein Herz bei Gott aus.

Und ich komme tatsächlich zur Ruhe.

Ein bisschen zumindest.

Es ist irgendwie niedlich, dass ich mich heute an so manche Wahrheiten erinnere, die ich schon als Kind in der Sonntagsschule gelernt habe und mir im Lauf meines Lebens dann doch immer wieder neu aneignen muss:

Ich brauche Gott nicht zu beweisen, dass ich supertoll bin und alles im Griff habe; er liebt mich nicht weniger, wenn ich überfordert bin. Er kann mein Schmollen gut aushalten, aber er hilft mir auch, nicht darin stecken zu bleiben. Ich darf mich ärgern und verletzt sein; aber mit Gottes Hilfe muss ich die bitterböse E-Mail mit meinen Vorwürfen und all den großartigen Veränderungsvorschlägen, die ich schon verfasst habe, nicht abschicken. Und ganz alleingelassen bin ich auch nicht: Jesus ist immer an meiner Seite, und ich kann ihm alles sagen, was mich beschäftigt. Und ich habe den Eindruck, dass er gerade freundlich zu mir hin lächelt, während ich da im Regen hocke und heule.

«Danke, Jesus, dass du jetzt hier bist», sage ich zum Abschluss meines Frust-Ablade-Gebets müde und wische mir die Tränen zusammen mit den Regentropfen aus dem Gesicht. «Ich weiß nicht, wie irgendjemand eine Arbeit wie die hier ohne dich machen kann. Aber ich bin jedenfalls froh, dass du in meinem Leben bist.»

Kapitel 15

Freitag, 14. Dezember

Danke, Moria!

«Moria war der wichtigste Ort in meinem Leben!» Was für ein fast unglaublicher Satz! ... Aber er hat seinen guten Grund.

Heute haben wir bei der Morgenbesprechung kurz Ahmad verabschiedet, einen unserer Helfer der letzten Wochen. Ahmad ist Palästinenser. In einem syrischen Flüchtlingslager geboren, hat er die ersten 22 Jahre seines Lebens in Lagern verbracht und sich vor drei Jahren über den Libanon, die Türkei und Griechenland nach Deutschland durchgeschlagen. (Es hat ihn 16.000 Dollar gekostet, und die Geschichte seiner Reise ist so abenteuerlich wie die meisten hier.)

Ahmad und ich reden meist Deutsch miteinander. Er hat eine Arbeitsstelle im Münsterland und spart mit Hingabe, damit er im Urlaub als Ehrenamtlicher nach Lesbos kommen und hier mithelfen kann.

2016 war er noch selbst Flüchtling im Camp Moria: «Es war der wichtigste Ort meines Lebens», sagt er. «Ich habe die Menschen von EuroRelief kennen gelernt. Sie waren freundlich zu mir und haben mir Englisch beigebracht. Und durch sie habe ich auf Lesbos Jesus kennen gelernt. Das hat mein Leben verändert.»

Aus einem wütenden Namenlosen ohne Perspektive ist ein Mensch geworden, der sich unter beträchtlichen Opfern für andere einsetzt. Ahmad wird weiterarbeiten und weiterhin sparen und hofft, im nächsten Jahr für einen längeren Einsatz herkommen zu können.

Seine Worte haben mir die Tränen in die Augen getrieben. Wir sind alle erschöpft nach den letzten Tagen, in denen unsere Helferschar sich noch weiter dezimiert hat. Mehrere erfahrene Langzeitler sind auf Schulungen oder im dringend benötigten Urlaub, und ihre Vertreter nehmen sich beherzt all der Notfälle an, die sich in den letzten Tagen ergeben haben. So viele Dinge laufen nicht, wie man es sich wünschen würde, und manchmal scheinen sich das Wetter, Hilfsgüter-Lieferanten, die griechischen Behörden und die Schleuser regelrecht abgesprochen zu haben, um das Leben im Camp und unseren Dienst unmöglich zu machen.

Wenn ich Ahmad höre, weiß ich wieder, warum ich hier bin. Und wenn ich im Lauf des Tages in meiner frustrierten Hilflosigkeit so manches Stoßgebet zum Himmel schicke, weiß ich, dass ich genug Kraft für das alles haben werde. Zumindest für diesen einen Tag.

Bestandsaufnahme

Heute passiert so viel, dass ich es hier nur stichpunktartig zusammentrage:

New Arrivals: In den letzten Tagen sind wieder fünf Boote und rund 220 neue Leute angekommen. Manche sind von der Überfahrt noch ganz nass, als sie in unserem New-Arrivals-Bereich eine Rettungsdecke und einen heißen Tee bekommen, später auch ein Set neue Kleider und Hygieneartikel.

Wir können nicht an alle Neuankömmlinge Mützen, Schals und Handschuhe ausgeben, weil wir mangels Helfern all die Kisten und Tüten aus dem letzten LKW noch nicht auspacken und sortieren konnten.

Es sind Kleinigkeiten, die mir heute ein bisschen Heiterkeit verschaffen: Im letzten Boot waren viele kräftige Afrikaner. Nachdem wir in den letzten Wochen an eher feingliedrige Afghanen lauter Jacken in kleinen Größen abgegeben haben, werde ich heute endlich einige Säcke mit XXL-Größen los.

Transport: Heute wurde die Anordnung gegeben, dass Fahrzeuge im Lager von einem Menschen begleitet werden müssen, der ihnen vorausläuft. (Nein, ich weiß auch nicht, wofür das gut sein soll.) Alle Stunde, wenn unser Fahrer also etwas ins Camp bringt oder etwas abholt, muss einer unserer wenigen Helfer seine Arbeit für eine Viertelstunde unterbrechen, um vor unserem Auto her im Lager herumzulaufen.

Außerdem ist unser Fahrer, der manchmal stundenweise in der Warenhalle wenigstens die schwersten Kisten mit mir gemeinsam bewegt, seit vorgestern immer wieder für die Abholung von weiteren Hilfsgütern abgezogen worden. Die sieben Paletten Schlafsäcke, die er nach und nach in unserem viel zu kleinen Van herangeschafft hat, nehmen nun den Platz in einem Container ein, in den ich eigentlich einige Sachen auslagern wollte: Am Montag wird ein weiterer LKW kommen, und wenn wir bis dahin nicht rund 80 Kubikmeter Güter nur mithilfe einer Ameise und unserer Muskelkraft bewegen, werden wir die neue Lieferung nicht unterbringen können.

Seit gestern ist der Van in der Werkstatt, so dass wir nur noch einen großen PKW zur Verfügung haben. Am frühen Nachmittag bleibt auch der mit einem Schaden liegen; der Fahrer kann nicht zum Helfen zurückkommen. Und auch nichts mehr hin-undherfahren.

Housing: Heute sollen wieder rund 240 Menschen aufs Festland verlegt werden: Sie packen ihre Sachen und ziehen voller Hoffnung aus ihren Zelten und Containern aus.

Wir quartieren sofort neue Leute in den frei werdenden Unterkünften ein. Am Nachmittag, als alle auf die Busse zur Fähre warten, kommt die Auskunft: Die Fähre kommt heute nicht! Die Leute müssen doch noch einmal im Camp übernachten. Aber ihre Quartiere sind ja nun belegt!

Hilfsgüter: Eigentlich sollten diese Woche kleine Heizöfchen an die POCs ausgegeben werden. Sie konnten bisher nicht geliefert werden, und die ersten hundert kommen ausgerechnet heute an, als ich in der Warenhalle eh schon ächze.

Wo soll ich die ganzen Sachen denn hinstellen?!

Irgendjemandem fiel auch erst heute auf, dass die Elektrik im Camp es gar nicht mögen wird, wenn 650 Heizöfchen gleichzeitig laufen sollen – wir sind hier schließlich in Griechenland, und selbst in meiner eigentlich modernen Wohnung springt die Sicherung drei-, viermal am Tag heraus, wenn ich beispielsweise ein Stück Brot in den Toaster stecke, während das Deckenlicht angeschaltet ist.

Die Öfchen werden also in meiner Lagerhalle zwischengelagert, bis … ja … bis was denn eigentlich passiert? Wie soll die schwachbrüstige Elektrik plötzlich funktionieren? Und warum hat daran niemand schon im Juli gedacht?

Wir hangeln uns von Notfall zu Notfall und improvisieren, bis wir nicht mehr klar denken können.

Aber der Tag brachte auch Positives …

Einzelne Mitarbeiter, die eigentlich frei haben, kommen stundenweise und helfen mir Kisten schleppen.

Ein Kollege aus der Verwaltung entdeckt seine Begeisterung für unsere Ameise und schichtet Dutzende von Paletten um. Am Abend ist ein großer Teil unserer Halle leer, und ich kann es kaum glauben: Wir haben Raum für die Lieferung am Montag!

Seit Tagen habe ich ein blödes Kratzen im Hals und bräuchte ein bisschen Vitamin C; ich habe aber einfach keine Zeit zum Einkaufen gehabt. Am Nachmittag bringt mir Ermis, der immer hilfreiche Autowerkstattbesitzer von nebenan, eine große Tüte Orangen aus seinem Garten vorbei. Er redet fröhlich auf Griechisch auf mich ein, und ich antworte genauso fröhlich auf Deutsch, das er eh genauso gut oder schlecht versteht wie Englisch.

Alle obdachlos gewordenen POCs kommen für die Nacht unter: Sie organisieren sich selbst und finden wenigstens für diese kurze Zeit in der Enge Quartiere bei Freunden und Verwandten. Selbstverständlich ist das nicht.

Die Lage bleibt ruhig, obwohl es einen Vorfall gab, der Volksgruppen leicht gegeneinander hätte aufbringen können: Etwas außerhalb des Camps ist ein Flüchtling ermordet aufgefunden worden. Es gibt trotzdem keinen Kampf in Moria. Es gibt auch keinen Unfall. Alle Helfer überstehen den Tag unverletzt und mit fröhlicher Dienstbereitschaft bis in die späten Abendstunden hinein.

Ich bin insgesamt gesund.

Ich habe bei all meinen Einsätzen in Deutschland und im Ausland noch nie so stark wie hier in Moria erlebt, dass ich Dinge so gar nicht in der Hand habe und Gottes Hilfe für die kleinsten Kleinigkeiten brauche. Es ist eine merkwürdige Erfahrung, die gleichzeitig anstrengend und überwältigend ist. Und die mich vermutlich für den Rest meines Lebens prägen wird.

Vielleicht sage ich ja irgendwann auch einmal wie Ahmad: Danke, Moria.

Kapitel 16

Persönlich: Adnan

Sein Name Adnan bezeichnet den Garten Eden, das Paradies. Er wurde 1997 in Syrien, an der Grenze zur Türkei, in eine kurdische Familie hineingeboren, und seine Lebensumstände waren nicht besonders paradiesisch.

«Es gab in Syrien nicht viele Jobs für Kurden», erzählt Adnan, den ich per Videoanruf kontaktiere. Er spricht hervorragend Englisch, und erst gegen Ende unseres Interviews wird mir klar, dass wir unser Gespräch genauso gut auf Deutsch hätten führen können. Adnan lebt in Deutschland und hat so schnell fast akzentfrei Deutsch gelernt, dass ich zutiefst beeindruckt bin. Hier ist seine Geschichte:

Mein Vater war viel unterwegs. Noch bevor ich geboren wurde, brachte die Regierung meinen Onkel und meine Tante um und konfiszierte ihr Haus und ihre Sachen. Sie hatten sich für die Unabhängigkeit Kurdistans eingesetzt. Ich selbst habe neben der Schule gearbeitet, um die Familie mit zu versorgen, seit ich neun war, erst in einer Werkstatt, dann als Brotverkäufer.

Als ich 14 war, kam der Krieg, und wir hatten sowieso keine Schule mehr. Sare kaniye (arabisch Ra's al-Ain), unser Heimatort, wurde angegriffen; drei Tage blieben wir noch dort, während um uns herum geschossen wurde, Bomben niedergingen und ständig Flugzeuge über uns hinwegflogen.

Dann beschloss mein Vater, dass wir den Ort verlassen würden; wir gingen nach Kurdistan im Nordirak. Ich arbeitete dort drei Monate lang in einem türkischen Betrieb. Aber ich wollte dort nicht bleiben! Ich verließ meine Arbeit und schlug mich – das war Anfang 2013 – zur irakisch-syrischen Grenze durch, ohne meiner Familie Bescheid zu geben.

Ich wollte mich der YPG anschließen, der kurdischen Volksverteidigungseinheit, die damals selbst noch recht neu war. Aber ich war ja noch minderjährig, und sie nahmen mich zuerst nicht. Ich kam aber immer wieder und bettelte, dass ich auch kämpfen wollte, und so wurde ich schließlich zum Training zugelassen und nach drei Monaten in meiner Heimatstadt eingesetzt.

Dort hatten türkische Soldaten die Regierungstruppen vertrieben, und sie versuchten nun, auch andere kurdische Städte unter ihre Kontrolle zu bringen.

Wenn sie eine Stadt einnahmen, plünderten sie sie. Wir von der YPG kämpften also gegen diese türkischen Soldaten, und es war ein langer Kampf. Die Scharfschützen waren immer das Schlimmste, aber auch die ständigen Bomben, die Flugzeuge, die Straßenkämpfe forderten ihren Preis.

Einmal wurde ich selbst schwer verletzt; ich habe davon noch Schrapnell-Splitter in meinem Körper. Ich erinnere mich, dass ich dort auf dem Boden lag; ich konnte nicht viel hören, weil die Bomben solchen Lärm machten, aber ich konnte sehen, wie zwei meiner Kumpel neben mir fielen. Einer war in der Schule einer meiner besten Freunde gewesen.

Auch meine Freundin fiel in dieser Zeit. Sie war sechzehn, und wir waren schon zusammen zur Schule gegangen. Ich sah ihre Leiche noch kurz, bevor sie weggebracht wurde. Wir hatten keine Möglichkeit, unsere Gefallenen selbst zu beerdigen, und so wurden sie im Nachbarort gewaschen und bestattet.

Ich habe nicht zur Trauerfeier gehen können, ich kämpfte ja. Aber so ist das Leben. Jeder muss irgendwann diese Welt verlassen, und Gott weiß, wann dieser Zeitpunkt für jeden gekommen ist.

Und doch: Wenn wir uns als Soldaten gegenseitig immer wieder versichern, dass wir bereit sind zu sterben, machen wir uns selbst etwas vor! In Wirklichkeit kämpft jeder von uns um das nackte Überleben.

In unserer Stadt, Rasalien (arab. Al-Hasaka), waren wir zu Beginn der Kämpfe noch etwa 300 Leute, aber im ersten Kampf nahmen 260 Reißaus. Wir standen mit vierzig Leuten gegen sechs- oder siebenhundert, aber zum Glück kamen uns Soldaten aus der Nachbarstadt zu Hilfe, und wir mussten nicht aufgeben.

Ich war noch so jung, und wir waren mit Waffen und Geräten so schlecht ausgestattet, dass es gerade zum Verteidigen reichte. Zum Gegenangriff hatten wir nicht genügend Mittel zur Verfügung. Nach drei Monaten fand unser Leiter ein Waffenarsenal der Regierung, und wir nahmen an uns, was wir dort fanden. Neun Monate nachdem der Kampf begonnen hatte, zogen die Gegner einfach ab. Das alles war von 2013 bis 2014, noch bevor irgendjemand über den IS sprach.

Aber das änderte sich: Vom Irak her kommend, zog der IS in der Stadt ein. Die Kämpfer hatten eine enorme Schlagkraft; sie waren gut ausgebildet, hatten hervorragende Waffen, Fahrzeuge und sogar Panzer. In einem zehntägigen Kampf hätten sie uns fast besiegt, aber es gelang uns, sie in drei Nächten aus der Stadt zu vertreiben. Der Leiter unserer Truppe wollte einen Waffenstillstand mit ihnen vereinbaren und fuhr mit zwei Freunden zu einem IS-Stützpunkt. Aber sie erschossen alle drei, und die Kämpfe gingen weiter.

In der ganzen Zeit hatte ich keinen Kontakt zu meiner Familie, sie wussten nicht einmal, ob ich noch lebe. Mein Vater suchte mich, aber er wurde an den Checkpoints nicht durchgelassen; es war ja alles Kampfzone.

Im April 2014 wurden dann in einem Kampf elf IS-Fürsten getötet, und ohne Führung kämpften ihre Truppen zuerst planlos und flüchteten dann aus der Stadt. Nach über einem Jahr war der Kampf um meine Heimatstadt beendet, nachdem erst syrische Regierungstruppen, dann türkische Soldaten und schließlich der IS über sie hergefallen waren.

Ich konnte meinen Vater nun treffen. «Komm doch zurück», bettelte meine Familie. Also ging ich wieder in den Nordirak und arbeitete dort in einem kurdischen Restaurant, dann bei einer Ölgesellschaft. Aber ich konnte mich nicht an das normale Leben gewöhnen. Beziehungen funktionierten nicht, und ich fand es schwer, mich auf meine Arbeit zu konzentrieren.

Ich war hin-und-hergerissen: Einerseits hatte ich genug vom

Krieg und vom Kämpfen und hatte zu viele Freunde verloren, andererseits wollte ich wieder nach Syrien.

Ende 2014 zog ich also wieder in den Krieg. Ich wurde zuerst in Qamischli eingesetzt, und als wir mehr Waffen hatten, in Teltamer. Der IS hatte diesen Ort eingenommen. Es war die härteste Schlacht, die ich je erlebt habe. Die Kämpfe hörten nie auf, es gab überall Tote, und niemand half uns. Es gab auch keine Unterstützung aus der Luft. Die drei Monate kamen mir wie zehn Jahre vor. Es war eine lange, finstere Zeit, in der so viel Böses und Dunkles um mich herum war. Man wusste bloß eines nicht: Wann man selbst sterben würde.

Die YPG baute dann ein ausgeklügeltes Tunnelsystem unter der Stadt und platzierte überall Bomben. Zehn Tage lang wurden all diese Bomben gesprengt, danach waren alle Häuser zerstört, der IS zog sich zurück. So war das immer: Wir Kurden waren die Einzigen, die wirklich gegen den IS kämpften. Erst im Juni 2015 bekamen wir endlich Hilfe aus den USA. Ich verließ die Armee wieder – und diesmal für immer.

«Warum geht ihr nicht nach Europa», schlug mein Vater meinem älteren Bruder Ibrahim und mir vor. Aber ich hatte mich immer nur unter Kurden bewegt, und ich liebte mein Land. So blieb ich noch in Erbil und arbeitete. Erst ein halbes Jahr später, Ende 2015, war ich innerlich so weit, weggehen zu können, und es war mir egal, wo in Europa ich landen würde.

Ibrahim, ein Freund von mir und ich, wir drei kamen illegal über die Berge zur türkischen Grenze, wo wir von türkischen Soldaten aufgegriffen wurden. Sie schlugen mit ihren Gewehrkolben auf uns ein und brachten uns zu einem Armeestützpunkt irgendwo im Niemandsland, wo noch andere Leute waren, viele Männer und auch einige Familien, die versucht hatten, über die Grenze zu kommen. Die Soldaten ließen uns dort niedere Arbeiten erledigen: Räume und Klos putzen und so weiter. Einer ihrer Offiziere trank seinen Saft immer vor unseren Augen und schleuderte die Flasche dann weg, und wir mussten anschließend den Boden putzen.

Ich führte in dieser Zeit ein Tagebuch über das, was ich so erlebte, und ich hatte diesen Satz hineingeschrieben: «Nun sind wir in Kurdistan!»

«Gib mir dieses Notizbuch», forderte einer der Offiziere, und dann brüllte er mich an: «Es gibt kein Kurdistan!»

«Doch, Sie stehen auf kurdischem Boden», widersprach ich.

Er drückte mir die Mündung seines Gewehrs an den Kopf: «Wenn du noch einmal von Kurdistan sprichst, bringe ich dich um!», schrie er.

Ich glaube aber nicht, dass er wirklich abgedrückt hätte. Es gab in der Nähe einige Hilfsorganisationen, und die hätten das sicher mitbekommen und öffentlich gemacht.

Nach acht Tagen wurden wir von dort weggebracht, in ein früheres Basketballstadion ungefähr eineinhalb Stunden entfernt. Wir waren dort 3000 Leute, und es war so voll, dass wir nur im Sitzen schlafen konnten: Die Familien waren unten auf dem Feld, und wir hatten die Sitzreihen. Wir waren dort sechs Tage.

In dieser Zeit hatte ich einen Traum: Wir befanden uns im Gebirge unter Tausenden von Menschen, und alle sprachen miteinander. Aber ich konnte nichts verstehen. Plötzlich fielen brennende Steine aus dem Himmel, die trafen die Menschen, aber sie trafen auch einen Berg vor uns und brachen eine Schneise hinein, so dass ein Weg frei wurde. Plötzlich fielen die Steine nicht mehr, der Himmel riss auf, und ein Mann auf einem weißen, geflügelten Pferd erschien; er hatte einen Hirtenstab in seiner Hand. Er kam auf uns zu, das Pferd legte sich hin. Der Mann stieg ab und stand dort zwischen den Leuten und zeigte ihnen den Weg durch die Berge. Wir drei wollten gerade dorthin aufbrechen, da wurde ich wach. Es war vier Uhr morgens, und ich war sehr verwirrt. Was sollte das bedeuten?

Um sechs Uhr kam ein türkischer General mit einer Liste, auf der mein Name stand, der meines Bruders und der meines Freundes. «Ihr könnt gehen», sagte er. Ich weiß nicht, warum wir schon gehen durften, andere blieben zwanzig Tage dort.

Wir wurden irgendwo in der Pampa ausgesetzt. Aber wir fanden schließlich eine Bushaltestelle und fuhren nach Izmir. In einem Laden dort fand ich einen kurdischen Schlepper, dem ich vertraute. Wir warteten drei Tage, bis unsere Gruppe vollständig war.

«Ihr werdet ganz bequem mit dem Auto an die Küste gebracht», hatte unser Schlepper versprochen, «und das Boot wird auch nicht zu voll sein!»

Ich glaube keinem Schlepper mehr ein Wort: Statt des Autos wartete ein Bus in Richtung Dikili auf uns, und der war mit 86 Leuten zu voll, als dass man sich hätte bewegen können. Leute mit Gewehren kamen zu unserem Bus und nahmen uns unser Geld ab – 800 Euro pro Person.

Unser Schlepper war gar kein echter Schlepper, sondern hatte uns der türkischen Mafia ausgeliefert! Wir stritten ein bisschen mit ihnen und wollten auch nicht mehr in irgendein Boot einsteigen, und irgendwann rannten wir weg. Wir wussten ja, wo unser Schlepper lebte, und von dem nahmen wir uns unser Geld zurück.

Nun saßen wir wieder in Izmir fest und gaben Geld aus und verschwendeten unsere Zeit, bis wir einen neuen Schlepper trafen. Dieser hier war ein arabischer Syrer. Ich traute ihm nicht über den Weg, aber er schien ein Profi zu sein. Er brachte uns drei in einem Auto an die Küste, diesmal nahe Chios, und schärfte uns ein: «Wartet hier, bis das Boot kommt!»

Das war um 10 Uhr abends, und wir warteten bis 7 Uhr morgens. Offenbar, so hörten wir später, hatte es Unstimmigkeiten zwischen dem Schlepper und den Leuten mit dem Boot gegeben. Wir machten uns also auf den Heimweg und waren rund fünf Kilometer gekommen, als uns ein türkischer Soldat begegnete.

«Seid ihr Flüchtlinge?», fragte er. «Macht euch besser aus dem Staub, bevor die Küstenwache kommt.» Er ließ uns entkommen!

Wir kamen also wieder nach Izmir, und nach drei Tagen erzählte der Manager des Hotels, in dem wir uns einquartiert hatten, dass er selbst auch ein Schlepper sei. Noch am selben Abend würde ein russisches Boot mit fünfzig Leuten in Richtung Lesbos ablegen. Das Boot hätte einen neuen Motor, und wir würden mit diesen fünfzig Leuten in einem Bus dorthin gebracht. (Immerhin war er so ehrlich, das zuzugeben!) Diesmal richteten wir es so ein, dass wir das Geld in einem Büro deponierten und er es nur bekommen sollte, wenn wir durchkamen.

Wir kamen also wieder nach Dikili und wurden auf ein großes Boot verfrachtet, das mit 53 Leuten noch nicht zu voll war. Dann stachen wir in See. Der Motor war wirklich neu, aber ziemlich lahm, und wir brauchten eineinhalb Stunden, bis wir in griechischen Gewässern waren.

Als wir ein Stück weit gekommen waren, folgte uns ein kleines Boot mit zwei Soldaten, die immer näher kamen und mit Stöcken unseren Motor stoppen wollten. Einige von uns warfen ihre Taschen nach ihnen, den letzten Besitz, den sie aus ihrer Heimat mitgebracht hatten. Immerhin konnten wir sie lange genug auf Abstand halten, bis wir in europäischen Gewässern angekommen waren, dorthin folgten sie uns nicht. Wir waren im Zickzack-Kurs insgesamt fünf Stunden unterwegs, bis die Griechen uns fanden. Es war der 19. März 2016, der letzte Tag vor dem Stichtag des «Türkei-Abkommens».

Mein erster Eindruck von Moria war: Das ist ja schrecklich hier, es sieht aus wie ein Gefängnis! Es war insgesamt ziemlich leer, es gab nur ein paar Pakistanis, Soldaten und Polizisten. Wir wurden acht Tage lang auf einem der Level in einem Raum eingesperrt; nur eine Krankenschwester und ein Arzt durften zu uns – und Eric und Kate, Mitarbeiter von i58. «Spricht hier jemand Englisch?», fragten sie, und so kamen wir ins Gespräch. Nach ein paar Stunden mussten sie wieder gehen.

Sie waren anders als alle anderen Menschen, die ich bis dahin getroffen hatte. Sie sprachen gute Worte, und mein Herz fühlte schon bei dieser ersten Begegnung Frieden.

Es kamen dann noch viele Boote, aber wir waren das erste. Selbst die Asyldienste waren noch nicht vor Ort! Die Flüchtlinge wurden immer wütender, weil sie nirgendwo hingehen konnten, und sie begannen sich mit der Polizei anzulegen. Irgendwann wurden die Türen dann geöffnet, und i58 und EuroRelief wurden aktiv. Ich half ihnen, auch als Übersetzer, wo ich konnte.

Einmal setzte sich Eric zu mir und fragte nach meiner Geschichte. Ich erzählte ihm von meiner bisherigen Reise und auch von dem Traum, den ich dort im Basketballstadion gehabt hatte. Eric schlug seine Bibel auf und zeigte mir im Buch der Offenbarung eine Stelle, in der Jesus ziemlich ähnlich beschrieben wird wie in meinem Traum. Das machte mich sehr nachdenklich.

Meine Familie war nicht besonders religiös. Ursprünglich sind ja alle Kurden Jesiden gewesen. Vor fünfzig Jahren wandte sich meine Familie dem Islam zu, aber bei uns Kurden hat der Islam einen anderen Stellenwert als bei Arabern: Bei uns geht es um die Liebe zu unserem Land, zu Kurdistan, bei den Arabern jedoch mehr um ihr Land und die Religion. Meine Eltern hatten mir beigebracht, dass die «Menschen des Buches», also Juden und Christen, auch Gläubige sind, selbst wenn wir zu vielen Fragen unterschiedliche Antworten haben. Meine Eltern hatten mich auch gelehrt, andere zu lieben und sie mit Respekt zu behandeln. Aber eine große Rolle spielte die Religion für uns nicht.

Jetzt fragte mich Eric: «Was glaubst du eigentlich?» – «Ich glaube an die Propheten, an die heiligen Schriften und an den einen Gott», sagte ich. Von Eric bekam ich eine Bibel, und ich las auch gelegentlich darin und diskutierte mit den Christen. Es gab mir zu denken, dass ihr Leben so anders war als das der Jesiden, Hindus, Muslime und Atheisten, die ich kannte.

Moria war eine emotional sehr schwierige Zeit für mich. Ich steckte auf dieser Insel fest. Ich war unsagbar traurig, ich vermisste meine Familie, ich war alleine und unsicher, was die Zukunft bringen würde.

Ich war ziemlich aggressiv und legte mich ständig mit andern Menschen an, aber eigentlich wollte ich das doch gar nicht! Je mehr ich in der Bibel las, desto mehr lernte ich, mich zu beherrschen. Die Evangelien gaben mir nicht Antworten auf alle Fragen, aber gute Lösungen. Ich las zum Beispiel die Geschichte von der Ehebrecherin, die gesteinigt werden sollte. Selbst der Koran lehrt, dass Jesus ohne Sünde war. Er tötete die Frau aber nicht, sondern brachte zum Vorschein, dass alle Menschen Sünder sind. Das Urteil liegt bei Gott.

Ich soll demütig sein, wurde mir bewusst, und nicht kämpfen. Ich soll Gott die Rache überlassen. Es half mir wirklich in Situationen, in denen ich kurz davor war, handgreiflich zu werden. Der christliche Glaube ergab für mich immer mehr Sinn.

Am 18. Juli bekam ich meinen Bescheid: Zwei Tage später würde ich die Insel in Richtung Athen verlassen können! Ich nahm das Ticket in Empfang und merkte, dass noch irgendetwas fehlte. Ich ging zur «Oasis» und unterhielt mich vier Stunden lang mit Eric. Er betete für mich, und dann betete auch ich: «Ich möchte einfach ein Nachfolger von Jesus sein!» Ich hatte vorher auch schon gebetet, aber das war anders gewesen, nicht so frei. Diesmal hatte ich den Eindruck, dass sich jemand wirklich um mich sorgt. Ich wurde noch am gleichen Tag getauft.

Das Leben in Athen war sehr anders, und ich kam nicht gut zurecht. Ich versuchte mit einem gefälschten Pass mit dem Flugzeug nach Deutschland zu kommen, aber ich wurde noch am Flughafen gefasst.

Als Nächstes versuchte ich es mit einem französischen Pass über die Urlaubsinsel Santorini nach Palermo, aber noch auf dem Rollfeld wurde ich festgenommen. Dreieinhalb Tage saß ich in Santorini im Gefängnis, dann durfte ich wieder gehen.

Schließlich kam ich über einen marokkanischen Schlepper mit einem estnischen Pass nach Warschau. Dort wurde ich am Flughafen auch wieder abgefangen. Man legte mir Handschellen an, steckte mich in einen Kleinbus und brachte mich zu irgendeinem Militärgelände.

Ich verhielt mich trotzdem die ganze Zeit respektvoll, und im Gegenzug waren die Leute auch respektvoll zu mir. Einen Arzt gab es dort und einen Übersetzer und eine Dame in Uniform. Sie vernahmen mich, und ich sagte ihnen alles, was ich wusste – ich gab ihnen sogar die Telefonnummer des Schleppers!

«Ich habe den Eindruck, dass Sie ehrlich sind», sagte die Frau. «Sie müssen eigentlich 5000 Euro Strafe zahlen, und wir werden in jedem Fall Ihre SIM-Karte einziehen.» Sie begann dann mit dem Übersetzer zu diskutieren, dass man mich wohl nach Griechenland zurückschicken müsste.

«Wenn Sie das machen», drohte ich, «werde ich dafür sorgen, dass das Flugzeug anhalten muss! Ich werde kämpfen!»

«Wenn wir Sie nach Deutschland durchlassen – werden Sie dann von selbst zurück nach Griechenland gehen?», fragte die Dame.

«Klar!», versicherte ich.

Ich verbrachte zwei Tage im Gefängnis in Posen und schlug mich dann, weil ich keine Zugfahrkarte hatte, zu Fuß von Posen nach Frankfurt an der Oder durch. Dort fand ich einen Syrer, der mir eine Fahrkarte besorgte, und so kam ich über Berlin nach Hannover. Ich habe dort eine Tante. Zu der ging ich und duschte nach der langen Reise erst einmal ausgiebig. Das war im August 2016.

In der Braunschweiger Erstaufnahme-Einrichtung beantragte ich Asyl, nach drei Monaten bekam ich einen vorübergehenden Pass. Es half, dass ich meinen Armee-Ausweis zeigte. «Wir werden Sie in den nächsten sechs Monaten besonders beobachten», wurde mir gesagt, «und auch Ihre Telefonate abhören!»

Das war mir alles recht.

Jetzt hatte ich wieder Zeit, mich mit meinem Glauben zu beschäftigen. Meine Entscheidung für Jesus hatte ich rein aus Gefühlen heraus getroffen, wurde mir plötzlich klar, und nicht so sehr aus Überzeugung. Ich hatte viele Themen noch nicht zu Ende durchdacht und begann das, was ich in der Bibel las, zu hinterfragen.

Ich versuchte, in der Umgebung eine Kirche zu finden, aber sie waren für meine Begriffe alle irgendwie sehr traditionell und leblos, und so betete und las ich schließlich alleine in der Bibel, sah YouTube-Videos und hielt den Kontakt zu Emanuel und Eric. Ich sagte ihnen nicht, wie durcheinander ich war, sondern stellte einfach nur meine Fragen, bis ich meine Überzeugung wiederfand.

Inzwischen weiß ich ganz sicher, dass ich Jesus folgen möchte.

Ich habe angefangen, meinen afrikanischen, arabischen und pakistanischen Freunden von ihm zu erzählen, und zwei Afrikaner sind schon zum Glauben gekommen.

Seit eineinhalb Jahren arbeite ich auch in einer Fabrik. Manche Kollegen hören nicht so gerne zu, wenn ich von Jesus erzähle, aber andere beginnen nachzudenken. In meiner Fabrik habe ich inzwischen sogar einen kleinen Bibelkreis gegründet. Zwei meiner Freunde dort wollen ihr Leben mit Jesus leben, aber ich sage ihnen, dass sie mehr wissen sollten, bevor sie diese Entscheidung treffen. Ich sage den anderen dort auch, dass sie sich in die deutsche Kultur integrieren müssen, ohne ihre eigene zu verlieren.

Vor einiger Zeit habe ich angefangen, meine Gedanken niederzuschreiben, wie wir mit anderen über den Glauben reden können. Im Nachhinein ist mir nämlich aufgefallen, dass die Art, wie man mir begegnet ist, nicht immer ganz sensibel und gut war. Vielleicht kann ich meinen Geschwistern helfen, wie sie Leute wie mich besser erreichen können.

Wenn ich auf mein bisheriges Leben zurückblicke, bin ich zufrieden. Es tut mir nicht leid, Kämpfer gewesen zu sein, denn es hat mich stärker und weiser gemacht. Aber manchmal finde ich es immer noch herausfordernd, hier so ein friedliches Leben zu leben: Man wacht auf, geht arbeiten, kauft hinterher noch ein, kommt nach Hause, legt sich schlafen. Diese Art normales Leben hatte ich seit 2011 ja nicht.

Ich habe eine deutsche Freundin, eine Christin, die auch schon bei EuroRelief in Lesbos mitgearbeitet hat. Sie hat mir viel geholfen, im Glauben zu wachsen. Ihr Vater sagt immer: «Adnan, du musst eine Ausbildung machen!» Und ich würde auch wirklich gerne Mechatroniker lernen. Jetzt kann ich an solche Sachen denken – bisher war es mir vor allem wichtig, meine Familie zu Hause zu unterstützen. Aber das ist nun nicht mehr so nötig; meine Mutter näht Kleider, und mein Vater hat sich von dem Geld, das ich gesendet habe, ein Auto kaufen können und bietet Fahrdienste an.

Im Moment darf ich noch nicht ganz frei überall hinreisen; ich konnte aber immerhin 2018 schon zweimal auf Lesbos mithelfen – einmal in einer Ambulanz und einmal in der «Oasis», bei i58, wo ich ja auch zum Glauben gekommen bin. Aber mein Traum ist es, genug Geld zu verdienen, dass ich nach Bangladesch reisen und dort in diesem riesigen Flüchtlingslager den Rohingya von Jesus erzählen kann.

Sie brauchen dort Jesus, aber die Deutschen brauchen ihn auch! Es hat mich ein bisschen erschreckt, wie wenig ihr Deutschen über euren eigenen Glauben wisst und wie wenig er euch bedeutet. Ihr solltet mehr nach Gott suchen – das könnt ihr von Muslimen lernen! Wer ehrlich nach Gott sucht, wird ihn finden.

Kapitel 17

Mittwoch, 19. Dezember

Weihnachtsgeschenke

Was für eine Woche! Einige volle, aber gute Tage liegen hinter mir. Vorgestern ist, wie erwartet, wieder ein LKW aus Holland angekommen. Die halbe Ladefläche, neun Paletten, waren buchstäblich Geschenke: 2500 liebevoll einzeln gepackte und mit Geschenkpapier umgebene Schuhkartons für alle Kinder von 2 bis 14. (Die Aktion heißt in Deutschland «Weihnachten im Schuhkarton»; in Holland läuft sie als «Actie4kids» über GAiN.)

Wir konnten sie gleich in der Halle ausladen, in der sie heute auch verteilt wurden. Die liegt nur einen halben Kilometer vom Camp entfernt und gehört zu einer anderen Hilfsorganisation: «Gateways2Life» bietet während der Woche Duschen und Waschmaschinen für die Frauen aus dem Lager an. Weil es dabei immer Wartezeiten gibt, ist die Halle mit Tischen, Stühlen und Spielmöglichkeiten ausgestattet; es sind Mitarbeiter zum Gespräch da, und rund um die Uhr laufen auch Englischkurse. Eine wertvolle Arbeit, die den Frauen und kleinen Kindern eine kleine Auszeit vom Camp und wenigstens ein bisschen Würde verschafft. Im Camp zu duschen, scheint eine ziemliche Zumutung zu sein.

Als der LKW seine Ladefläche öffnet, bekomme ich nach der ersten Freude über all die schönen Kisten erst mal einen Schrecken: Er hat nur eine normale Rückwand, keine Ladebordwand, die sich heben und senken lässt! Wir brauchen einen Gabelstapler! Anna aus dem Büro hat uns auch tatsächlich einen bestellt (und er ist sogar, anders als beim letzten Mal, gekommen!) – aber eben erst zu unserer zweiten Ausladestelle, unserem Warenlager, wo wir heute noch einige Kisten stapeln müssen, bevor wir die neuen Güter unterbringen können.

Wie findet man denn in einem fremden Land auf die Schnelle einen Gabelstapler? Es stellt sich heraus, dass sich unter der Halle, in die wir unsere ersten Paletten stellen möchten, ein Getränkelager befindet. Ich marschiere also auf gut Glück in das kleine Glashäuschen, das dort als Büro fungiert, und frage mich zum Chef durch: Können wir seinen Stapler vielleicht ausleihen?

Sein Englisch ist nicht sehr gut, so dass ich meine Anfrage durch entsprechende Gabelstapler-Gesten untermale, was vermutlich lustig aussieht. Ein paar lässige Handbewegungen und Rufe durch die Halle später darf ich den Stapler samt Fahrer gleich mit nach oben nehmen.

Eine gute Stunde lang hilft uns dieser Engel im Overall, Paletten und Kisten herumzufahren. Auch das ist Griechenland! (Ich stelle mir vor, wie lange ich in einer ähnlichen Situation in Deutschland diskutiert und gebettelt hätte. – Die Versicherung! – Der Verdienstausfall!) Als ich Elpida, die Verantwortliche von «Gateways2Life», frage, wie wir uns revanchieren können und was da so in ihrem Land angebracht wäre, winkt sie ab: Ein «Danke» sei ausreichend. Wow! Das ist ja schon Weihnachten für müde Warenlager-Chefinnen!

Seit einigen Tagen ist ein vierköpfiges GAiN-Team aus Holland da, das im Lager schon fleißig Gutscheine für die Verteilung an die Familien aushändigt. Wir haben darauf vermerkt, wie viele Kinder in einer Familie sind und welches Alter sie haben, damit die Verteilung heute zügig funktioniert und die Leute nicht endlos in der Kälte stehen müssen.

Und so feiern wir heute alle die Weihnachtsgeschenke-Verteilung für die Kinder aus Camp Moria! Es herrscht, wie bei Hilfsgüter-Verteilungen üblich, ein bisschen Gedrängel und Durcheinander, aber es ist insgesamt ein fröhliches Durcheinander, und die Kinder mit ihren Eltern dann strahlend von der Halle zum Camp zurückziehen zu sehen, ist eine Belohnung für sich. Ich glaube, wir Helfer grinsen die meiste Zeit von einem Ohr zum anderen. Es ist einfach zu schön, die Kinder in die Halle mit all den Geschenken kommen zu sehen und ihnen dann zu zeigen, dass in all den Stapeln ein Geschenk ganz für sie persönlich ist.

Wir haben auf die Schnelle die Musikanlage nicht richtig einstellen können, so dass wir manche Weihnachtslieder in der Dauerschleife hören. Aber das fällt kaum auf, weil wir im Kindergewusel alle Hände voll zu tun haben.

Am späten Mittag haben wir an alle 1500 Kinder im richtigen Alter Schuhkartons und an ihre kleineren Geschwister Kuscheltiere verschenkt, insgesamt über 2000 Leute durch die Halle geschleust und eine Horde von gelangweilten Teenagern stundenlang davon abgehalten, sich immer wieder an unseren Türhütern vorbei zu schmuggeln und Geschenke zu stibitzen.

Wir verstauen die übrigen knapp tausend Geschenke (sie werden im Lauf der nächsten Wochen noch anderweitig verteilt) und versetzen die Halle wieder in einen passablen Zustand. Für die Holländerinnen, die monatelang für die Aktion geworben, Päckchen gesammelt und jedes einzelne nachkontrolliert haben, war es ein überwältigend froher Tag. Bei mir, die ich für den Ablauf heute verantwortlich war, überwiegt die Erleichterung, dass es so gut geklappt hat.

Jetzt kann auch für mich Weihnachten kommen!

Kapitel 18

Freitag, 21. Dezember

Als Frau im Camp

Meinen ersten – und bisher einzigen! – Heiratsantrag in Moria habe ich an meinem allerersten Arbeitstag vor sieben Wochen bekommen. Mein Verehrer heißt Ali, ist Kurde und hat vor langer Zeit einige Jahre in Deutschland gearbeitet. Inzwischen wünscht er sich wahrscheinlich, dass er damals die Möglichkeiten besser ausgeschöpft hätte, in Deutschland zu bleiben, anstatt es nun auf illegalem Weg versuchen zu müssen. Ich würde ihn auf Ende vierzig schätzen, und dass ich Deutsche bin, hat er schnell herausgefunden.

«Kommen Sie doch einmal auf einen Kaffee vorbei, Frau Andrea», hat er mich auf Deutsch angesprochen – wenn man seinen breiten schwäbischen Akzent noch als Deutsch gelten lassen möchte. «Wir könnten uns ein bisschen unterhalten. Und sehen Sie – Sie sind alleine, ich bin alleine, da können wir uns doch zusammentun! Zusammen ist es viel schöner.» Und nach einer kleinen Pause, etwas leiser und mit verschmitztem Grinsen: «Und dann könnte ich mir diesen lästigen Asylantrag sparen!»

Ich habe laut lachen müssen und den Kaffeeplausch trotzdem dankend abgelehnt.

«Schaffe, schaffe, Häusle baue und net nach de Mädle schaue», deklamiert Ali seither jedes Mal, wenn ich morgens auf dem Weg zur Morgenbesprechung an seinem Container vorbeikomme, und ich weiß nicht, ob er diese Regel einfach nicht auf sich bezieht – oder ob ich mit den Fältchen um die Augen und den vereinzelten grauen Haaren einfach nicht mehr unter «de Mädle» gerechnet werde und man mir deshalb nachschauen darf.

Wenn ich dann nach der Besprechung aufbreche in mein Warenlager und wieder bei ihm vorbeikomme, ruft er: «Frau Andreeeea! Ich waaaaaarte!»

Und ich rufe über die Schulter zurück: «Herr Aaaaaali! Ich weeeeeeeiß!» – Er hat lange genug unter Deutschen gelebt, dass wir uns diesen kleinen Austausch leisten können.

Ich bin auch insgesamt schon alt und erfahren genug, dass ich im Camp gut zurechtkomme und, zumindest solange es hell ist, dort auch alleine unterwegs bin. Ich werde von den Männern meist höflich und mit Respekt behandelt, und ich habe mich noch an keiner Stelle als Frau unsicher oder gar bedroht gefühlt.

Aber ich weiß, dass meine Erfahrung eine Ausnahme ist. Ich bin, das wird mir immer neu bewusst, als deutsche Frau atemberaubend privilegiert und habe es als europäische Helferin im Lager in jeder Hinsicht unvergleichlich viel besser als die Bewohnerinnen. Schon für unsere jüngeren Helferinnen aus aller Welt ist das Miteinander der Geschlechter meist anstrengender als für mich Ältere, und für die weiblichen Flüchtlinge ist es regelrecht gefährlich.

Da sind einerseits die vielen Flirtversuche und Heiratsanträge, die unsere jüngeren Helferinnen – viele von ihnen um die zwanzig und nach afghanischer Sicht schon längst überfällig für Ehe und Kinderkriegen – abzuwimmeln haben. Manche sehen es sportlich – der Rekord liegt bei sieben Heiratsanträgen in einer Woche und wurde auch einige Tage auf einer Tafel im Bürocontainer festgehalten. Aber manche sind dadurch ernsthaft verunsichert.

Unsere jungen Helferinnen sollen deswegen möglichst nicht alleine im Camp unterwegs sein – und fühlen sich andererseits dadurch auch wieder benachteiligt gegenüber ihren männlichen Kollegen, für die vieles einfacher ist.

Es ist schwer zu vermitteln, dass wir hier nicht so unkompliziert mit dem anderen Geschlecht umgehen können, wie wir es zu Hause gewohnt sind.

Es fängt schon beim Handschlag an, den viele unserer Flüchtlinge nur dem eigenen Geschlecht gegenüber gewohnt sind. Ich erinnere mich, wie ich an einem Morgen einen kurzen Plausch mit den beiden Kollegen von der Nachtschicht hielt. Ein junger

Afghane, Wahidullah, gesellte sich zu uns und schüttelte ihnen beiden die Hand. Ich stand quasi in einer Reihe neben ihnen und streckte Wahidullah ohne nachzudenken auch meine Hand entgegen. Seine Rechte zuckte zurück, als hätte er in einen Elektrozaun gegriffen. Er legte sie stattdessen an die Brust, machte eine kleine Verbeugung und sagte auch zu mir höflich: «Guten Morgen!» Wir unterhielten uns danach normal weiter.

Es ist nicht so leicht, uns unsere tief sitzenden Reflexe abzutrainieren – mein Reflex geht zum Händeschütteln, Wahidullahs innerer Reflex geht dahin, eine Frau nicht zu berühren, die nicht mit ihm verwandt ist.

Moria ist nicht der richtige Ort, um Flüchtlingen bei der Überwindung ihrer Reflexe und tief sitzenden Kultureigenheiten zu helfen, da sind wir uns einig.

Es hat auch zur Folge, dass wir im Camp für die Ehrenamtlichen feste Regeln und eine entsprechende Kleiderordnung durchsetzen: Die Schultern bedeckt, Hosen oder Röcke bis zum Knöchel, weite Shirts ohne tiefe Ausschnitte … Treffen, Kontaktdatenaustausch oder Facebook-Freundschaften zwischen Männern und Frauen sind verboten, und Berührungen dürfen nicht über ein «High Five» oder einen Handschlag hinausgehen – vorausgesetzt, diese sind vom Flüchtling initiiert worden.

Wer sich nicht an diese Regeln hält, wird nach Hause geschickt. Manchmal komme ich mir vor, als lebte ich selbst irgendwo im Orient und nicht in Europa, und manche Regeln habe ich schon fast verinnerlicht. Selbst in meiner Freizeit fühle ich mich inzwischen etwas komisch, wenn ich zum knielangen Rock greife oder zu einem T-Shirt, in dem ich nicht wie ein Kartoffelsack aussehe.

«Aber das müssen die doch lernen!», hat eine Bekannte zu Hause protestiert, als sie von all diesen Regeln hörte. «Die sind doch jetzt in Europa! Warum solltest du deine Freiheit einschränken, nur damit die es leichter haben?»

Aber genau darum geht es, und genau deswegen habe ich, von meinen Handschüttel-Reflexen abgesehen, keine Probleme damit. In meinem Germanistik-Studium war ich von Luthers

Schrift «Von der Freiheit eines Christenmenschen» fasziniert: Ich kann als Jesus-Nachfolgerin aus Liebe zu anderen auf meine Rechte verzichten. Ich muss nicht darauf beharren, dass «die» hier schließlich in *meiner* Kultur sind und gefälligst den Kulturschock zu «leisten» haben. Ich darf ihnen ein Stück entgegenkommen und einen Teil ihres Kulturschocks abfangen, auch wenn es für mich im Gegenzug etwas unbequem wird und sich fremd anfühlt.

Dass all diese Themen mittelfristig, wenn unsere Flüchtlinge in europäischen Gesellschaften ankommen, angegangen werden müssen, ist eine andere Frage.

Als Frau im Camp – das stellt sich für die weibliche Hälfte der Moria-Bewohner noch einmal ganz anders und dramatischer dar.

Ich habe im November von den «Omi-Windeln» berichtet, die auch junge Frauen nachts tragen, um nicht auf die Toilette gehen zu müssen. Diese Windeln werden im Moment nicht mehr beantragt, aber dass es sicher ist für Frauen, lässt sich daraus nicht schließen. Manche erledigen ihr Geschäft, dem Geruch nach zu urteilen, nachts eher in der Nähe ihres Zelts.

Es ist schwer, verlässliche Statistiken zum Thema Übergriffe zu bekommen. Verschiedene medizinische Gruppen rund ums Camp führen Buch über Vergewaltigungen, die bei ihnen gemeldet werden. Sie haben im letzten Jahr ausgerechnet, dass es – eine gewisse Dunkelziffer eingerechnet – in jedem Monat mehrere Hundert Vergewaltigungen gegeben haben muss. Meine Kollegen, die schon einige Jahre hier sind, halten das für durchaus wahrscheinlich. Offiziell gelten allerdings nur die Zahlen, die von der griechischen Gesundheitsbehörde freigegeben werden, und aus unerklärlichen Gründen kommen in diesen Berichten nur sehr vereinzelte Vergewaltigungen vor.

Am sichersten fahren Frauen und Mädchen, wenn sie auch tagsüber gar nicht erst ihr Zelt oder ihren Container verlassen, und darauf achten manche Ehemänner und Väter denn auch mit dem entsprechenden Nachdruck. Eine befriedigende Lösung ist das sicher nicht.

Manchmal kommen Frauen auch einfach abhanden. Vor zweieinhalb Jahren verschwanden innerhalb eines Monats allein fünfzig der Frauen, die alleine angekommen waren. Sie waren im Camp registriert, aber dauerhaft unauffindbar.

Menschenhandel ist eine Realität, auch im Camp, an der meine Vorstellungskraft komplett scheitert. Inzwischen gibt es einen besonders geschützten Bereich für unsere alleinstehenden Frauen, «Section C». Jede Nacht von Mitternacht bis acht Uhr ist einer unserer männlichen Ehrenamtlichen abkommandiert, um am Tor zu diesem Bereich Wache zu stehen. (Es hält manche Männer nicht davon ab, über den Stacheldraht-Zaun zu klettern. Selbst in diesem geschützten Bereich gibt es einzelne Vergewaltigungen.)

Es ist keine besonders spannende Tätigkeit, und einer unserer Männer maulte einmal, ob das denn wirklich sein müsste. Bis er mitbekam, wie die Frauen innerhalb von Section C die Sache sahen: «Wir beten da drinnen jede Nacht inständig, dass Gott uns beschützt», sagten sie. «Wir wissen alle nur zu gut, was es bedeutet, ohne Schutz zu sein.»

Nicht wenige von ihnen sind noch zu Hause oder auf der Durchreise durch die Türkei missbraucht, genötigt und vergewaltigt worden, und einzelne unserer Schwangeren tragen die Babys ihrer Vergewaltiger aus.

Es hat dem Kollegen geholfen, sein überzeugtes «Ja» zum Wacheschieben zu finden. Manchmal haben Gottes Frauen-Beschützer also müde Augen und tragen orange EuroRelief-Westen! …

Kapitel 19

Dienstag, 1. Januar

Camptag

Ach ja, es hat ja ein neues Jahr begonnen! So richtig mitbekommen haben es die meisten von uns Helfern nicht, weil wir heute normale Schichten schieben und entsprechend früh ins Bett gegangen und aufgestanden sind.

Ich hatte vor Weihnachten drei Tage frei und fühle mich davon noch recht erholt. Durch die ganzen Feiertage hindurch sind vergleichsweise viele Boote angekommen, und wir sind entsprechend gut beschäftigt gewesen; vielleicht hat die türkische Küstenwache ja auch gefeiert und war deswegen weniger aufmerksam, so dass mehr Boote es in europäische Gewässer geschafft haben?

Auf der Insel war feuerwerkstechnisch alles ganz ruhig. Dass es keine zischenden Feuerwerksraketen und keine Böller gab, ist vermutlich auch ganz gut angesichts unserer vielen Flüchtlinge aus Kriegsgebieten.

Wenn dieses neue Jahr so wird wie sein heutiger erster Tag, wird es sehr durchwachsen. Anstrengend war vor allem wieder der Regen. Der Großteil meiner Arbeit heute spielt sich bei etwa 8 Grad im strömenden Regen ab; man erkennt uns Helfer alle schon von Weitem an unseren knallgelben Regenanzügen unter den orangen Westen unserer Hilfsorganisation.

Aber will ich mich wirklich über das Wetter beschweren? Als ich am Morgen helfe, für die Neuangekommenen der letzten Tage das Frühstück auszugeben, sehe ich aus den Augenwinkeln eine vier- oder fünfköpfige Familie, die innerhalb unseres New-Arrivals-Bereichs offenbar im Freien übernachtet hat:

Nur vom Drahtzaun vor dem Wind und von einer rissigen Plane in zweieinhalb Metern Höhe vor dem Regen «geschützt», sind sie alle nach der letzten Regennacht samt ihren Sachen völlig durchnässt. Es hat für sie keinen Platz mehr in dem riesigen, aber völlig überfüllten New-Arrivals-Zelt gegeben. Und weil die Behörde im Camp, die unseren Neuankömmlingen die ersten Papiere ausstellt, an den Feiertagen frei hatte, konnten wir ihnen auch keine Unterkunft im «normalen» Camp anbieten. Sie sitzen da nun einfach auf zwei dünnen Plastikmatten und warten, dass irgendetwas passiert.

Es ist gut, heute wieder im Camp und unter den Leuten zu sein. Manche unserer Tätigkeiten hier sind so skurril und manche Begegnungen so besonders, dass man sie nicht missen möchte.

Am Nachmittag begleite ich zum Beispiel mit einer Rolle Silberband und einer Klempnerzange einen jungen Afghanen zu seinem Zelt: Er will ein Elektrokabel reparieren, das gestern Abend kaputtgegangen ist. Alle zapfen selbst ihren Strom von den Leitungen ab, die durchs Camp gespannt sind; man kann schon dankbar sein, wenn ihre Kabel nur kaputtgehen und nicht irgendetwas in Brand setzen …

«Wir haben die ganze Nacht nicht geschlafen, weil es ohne unser Heizöfchen im Zelt zu kalt war», hat Farid erklärt. Mit ihm mitgeschickt wurde ich, damit nicht die ganze kostbare Rolle Silberband aufgebraucht wird oder die Zange «verlorengeht». Und dann sitze ich ein halbes Stündchen im Eingang des UN-Zeltes, das er sich mit einigen Landsleuten teilt, und plausche mit drei Afghanen, während sie mit ihrem Messer und meiner unpassenden Klempnerzange ihr illegales Kabel reparieren und mich anschließend auf einen Chai einladen; schließlich funktioniert ihr Wasserkocher ja jetzt wieder, sofern sie nicht gleichzeitig das Heizöfchen anschalten.

«Wie findest du denn Adolf Hitler?», fragt mich Farid, der recht gut Englisch spricht, unvermittelt. Als offene Frage hat das mir gegenüber noch niemand formuliert.

«Er war ein sehr schlimmer Mensch», sage ich.

«Ach so! Warum denn?»

Das kann ja heiter werden.

«Er hat gesagt, dass manche Menschen besser sind als andere und dass man die anderen deswegen umbringen kann. Und er hat einen Krieg angefangen, bei dem viele Millionen Menschen umgekommen sind.»

«Aber im Krieg muss man doch andere töten! Wenn du den anderen nicht umbringst, bist du selber tot!»

Ich kann nicht glauben, dass wir dieses Gespräch führen. Ich schlage vor, dass es insgesamt besser ist, wenn keiner irgendeinen Krieg anfängt. Dem stimmt Farid gerne zu. Er hat in seinen 23 Jahren wenig anderes kennen gelernt als Krieg und Verrat. Jetzt hat er je eine Kugel im Bein, im Bauch und im Kopf.

Seine junge Frau, von der er mir Bilder zeigt, wartet Tausende Kilometer entfernt darauf, dass er irgendwann, irgendwo, irgendwie in der Sicherheit Europas ankommt und sie nachholen kann. Und er? Er sitzt hier in Moria fest …

Ich bin froh, dass seine Kumpels und er es heute Nacht wieder warm genug haben werden zum Schlafen. Und dass wir am Nachmittag auch die Familie vom New-Arrivals-Zaun im Trockenen unterbringen können.

Es ist ein anstrengender Tag gewesen, denke ich, als ich müde den Rest Silberband und die Zange in unseren Werkzeugcontainer zurückbringe, aber ich habe einige nette Leute kennen gelernt und ihr Leben hier ein bisschen leichter gemacht. Wenn der Rest des Jahres auch so wird, ist das doch gar nicht schlecht.

Kapitel 20

Freitag, 4. Januar

Krätzepäckchen

Sie kommt auch heute wieder angelaufen, das vielleicht vierjährige Hazara-Mädchen, und sie hat wieder ihre kleine Schwester im Schlepptau, die noch etwas wackelig auf ihren krummen Beinchen steht. «My friend!», ruft sie und reißt die Arme hoch. Sie will wie jeden Morgen auf den Arm genommen werden.

Die beiden wohnen in einem der Container, an denen wir auf dem Weg zur Morgenbesprechung unweigerlich vorbeikommen, und ich glaube, sie freuen sich immer auf den Moment, wenn ich morgens an ihnen vorbeilaufe. Ich übrigens auch!

Ich gehe in die Hocke, nehme die Große auf den rechten Arm und die Kleine auf den linken, laufe fünfzehn, zwanzig Meter mit den beiden – und das reicht mir als Fitness-Programm für heute auch wirklich! Ich bin schließlich keine zwanzig mehr! –, setze sie dann wieder ab und knuddele sie beide zum Abschied noch herzlich. Sie ziehen dann ganz zufrieden wieder ab. «Bye-bye», ruft die Große, strahlt mich an, winkt mir noch zu und rennt wieder zu ihrer Mutter; die Kleine toddelt hinterher.

Hm, denke ich und fühle meinen etwas nass-klebrigen rechten Arm. Die Kleine war mit ihrer Windel offenbar noch ganz gut versorgt, aber die Hose der Großen war heute mal wieder ein bisschen arg feucht. Ich hoffe, ihre Mutter kann sie bald waschen und ihr frische Kleider anziehen – selbstverständlich ist hier ja überhaupt nichts. In Moria halbwegs hygienisch leben zu wollen, ist ein Kampf, den man kaum gewinnen kann.

Die sanitären Anlagen sind hier über das Gelände verteilt. Es gab ursprünglich Toiletten und Duschen für 800 Menschen, und das ist auch die Kapazität, die die Kanalisation «schafft». Ein Teil des Abwassers läuft zwar durch unterirdisch verlegte Rohre, muss aber direkt neben dem Eingang jeden Morgen von einem

Tanklastwagen abgepumpt werden – ein gar nicht charmanter Willkommens-Geruch …

Wenn es regnet oder aus irgendeinem Grund mehr Wasser anfällt als vorgesehen, quillt das Abwasser über die Rohre hinaus und sucht sich seinen Weg durchs Camp: Es setzt sich in den Böden der Container fest, läuft über Gehwege oder als offene Kloake zwischen den Zelten oder auch unter ihnen hindurch.

Es gibt zusätzliche Dixi-Klos und einige neuere Sanitär-Container, und sie alle werden natürlich auch gereinigt, aber bei 75 Menschen pro Toilette ist Sauberkeit doch ein sehr relativer Begriff.

Neben den früher hier üblichen Steh- gibt es übrigens auch einige Sitztoiletten, aber ganz ehrlich: Ich ziehe, wenn ich im Camp «muss», inzwischen die Stehtoiletten bei Weitem vor, zumal sich auf die Sitze auch wirklich niemand setzen möchte. (Manche Bewohner setzen sich auch in der Hocke auf die Sitztoiletten, so dass es in manchen öffentlichen Toiletten und Restaurants in Lesbos entsprechende Anleitungen und Warnungen gibt.) Und natürlich muss man sein Toilettenpapier selbst mitbringen.

Wäschewaschen geht im Camp nur per Hand. Warmes Wasser ist, auch in den Duschen, Glückssache. Kein Wunder, dass alles müffelt und wir viele Menschen mit sehr schlechter Haut sehen.

Bei manchen Kindern fallen mir kahle Stellen am Kopf auf. Hautausschläge und Läuse sind genauso allgegenwärtig wie Mäuse und Ratten, und Krätze ist ein solches Alltagsproblem, dass wir in unserem Warenlager immer Dutzende «Krätzepäckchen» in verschiedenen Größen vorrätig haben. Wir packen dafür Klamotten mit Flecken oder kleinen Rissen zusammen, die wir nicht für normale Kleiderpäckchen im New-Arrivals-Bereich verwenden können. Die Betroffenen sollen sie anziehen, während ihre Krätze mit Salbe behandelt wird, gleichzeitig können sie ihre verkrätzten Klamotten waschen. (Die müssen sie natürlich nachher wieder anziehen und die Kleider aus dem «Krätzepäckchen» entsorgen. So weit die Theorie.)

Wenn der Sommer kommt und es wärmer wird, werden die

Ärzte im und um das Camp diese Päckchen wieder häufiger bei uns bestellen.

Die Camp-Kinder in den Arm zu nehmen, ist immer eine herzerwärmende, wenn auch nicht immer ganz appetitliche Angelegenheit. Aber ich habe mir geschworen: Wenn ich mich irgendwann dabei ertappe, dass ich die Kinder nicht mehr knuddeln möchte – weil ich mich ekele oder weil ich es zu eilig habe –, dann wird es höchste Zeit, nach Deutschland zurückzukehren.

Aber das ist im Moment nicht zu befürchten.

Die Augenblicke mit den unbefangenen Camp-Kindern gehören definitiv zu meinen Highlights des Tages.

Kapitel 21

Dienstag, 8. Januar

Kälte

Es ist kalt geworden. In der großen Pfütze auf meinem Parkplatz, die mir immer als Wetteranzeiger gilt, schwammen heute Morgen einige handtellergroße dünne Eisscherben. Der Wind pfeift über die Insel und beißt sich durch Fensterritzen, Reißverschlüsse und jeden Riss in Zelt oder Plane. Es ist trocken, aber bei Temperaturen um den Gefrierpunkt macht das die Lage in Moria kaum erträglicher. Gestern war die bisher kälteste Nacht in diesem Winter.

Es ist gleichzeitig eingetreten, was vorauszusehen war: Die Elektrik hat der Belastung durch die vielen Heizgeräte – und dabei haben wir erst einen kleinen Teil ausgegeben; viele Bewohner haben sich selbst schon welche besorgt! – nicht standgehalten und ist zusammengebrochen.

Um das System nicht auf Dauer zu überlasten, bedient das Camp-Management nun die verschiedenen Zonen des Camps nur stundenweise, so dass niemand durchgehend Strom hat.

Viele, viele Menschen haben in der letzten Nacht vor Kälte nicht schlafen können; die Stimmung ist entsprechend gereizt. Nicht wenige Flüchtlinge schlurfen in Decken gewickelt durchs Camp. An manchen Ecken stehen Kinder und Erwachsene um kleine Feuer herum, die sie in Metalleimern angezündet haben; alte unbrauchbare Paletten werden auseinandergehackt und bieten Brennstoff.

Schon bei der Morgenbesprechung hören wir draußen vor unserem Bürocontainer die Leute rufen: «Elektrik! Wir schlafen nicht! Uns ist kalt!»

Ich gehöre heute zu einem kleinen Team, das von unserem Warenlager einige Heizöfchen abholt, um sie im Camp zu verteilen. Wir kommen zunächst nicht weit: Im vorderen Bereich des

Camps hat sich eine Gruppe von vielleicht hundert aufgebrachten Afrikanern versammelt, die uns nicht durchlassen möchte. Einer hält uns ein Pappschild entgegen: «African is diing!»

Eine Demonstration? Ist gerade in irgendeinem der Herkunftsländer unserer Geflüchteten etwas besonders Schlimmes passiert? Keiner von uns weiß irgendetwas, aber bei all den Krisengebieten, aus denen die Bewohner von Moria kommen, kann ja auch niemand wirklich den Überblick behalten!

Die Stimmung wird immer aufgeladener. Einzelne der Demonstranten beginnen uns zu beschimpfen und unseren Van zu schubsen, so dass der Fahrer vorsichtig zurückzusetzen beginnt, bis einige Besonnene die Aufgebrachtesten beruhigen und uns eine Gasse freiräumen.

Wir versuchen unsere paar Öfchen an Unterkünfte zu verteilen, bei denen wir wissen, dass sie noch keine Heizung haben, und werden dabei regelrecht belagert. Mütter strecken uns ihre in Decken gepackten Babys entgegen, von denen wir nur die verrotzte Nasenspitze erkennen können:

«Baby kalt! Baby krank!»

Väter deuten auf ihre schwangeren Frauen und erzählen von ihren Kindern, die die Nacht über wachgelegen haben.

«Bitte! Es ist so kalt!»

Ich möchte ihnen am liebsten einfach allen ein Heizöfchen in die Hand drücken, aber damit würden wir niemandem einen Gefallen tun. Mir ist zum Heulen zumute.

In manchen Zelten treffen wir niemanden an und können entsprechend auch kein Öfchen abgeben – ironischerweise sind diese Zelte gerade deswegen leer, weil ihre Bewohner letzte Nacht vor der Kälte zu Verwandten und Freunden geflüchtet sind, bei denen es wärmer war.

In einem Camp-Bereich, in dem viele Afrikaner wohnen, erfahren wir auch, warum die Stimmung hier besonders aggressiv ist: «Einer von unseren Freunden ist tot!», erklärt mir Huguette aus Kamerun. Ich komme vor ihrer Unterkunft mit ihr ins Gespräch, während mein Kollege irgendeine Formalität wegen ihres Heizöfchens erledigt.

«Wir sind aus der gleichen Volksgruppe, und wir kannten ihn alle.»

«Was war denn? War er krank?», erkundige ich mich.

«Es war die Kälte!», behaupten Huguettes Landsleute, die zu uns stoßen, «er ist erfroren!» Und sie beginnen gestenreich miteinander und mit mir zu diskutieren, bis mein Schulfranzösisch passen muss.

Der 24-Jährige ist in der Nacht – so weit die Fakten – von seinen Mitbewohnern leblos aufgefunden worden. Er konnte von den im Camp zufällig anwesenden Ärzten nicht wiederbelebt werden. Der Leichnam ist nun nach Mytilene gebracht worden, wo er noch heute obduziert werden soll.

Es war übrigens ein Christ, der gestorben ist. Das erfahren wir später bei unserem wöchentlichen Teamabend. Einige kamerunische Frauen haben unserem griechischen Camp-Verantwortlichen heute Nachmittag erzählt, wie viel Mut er ihnen immer gemacht hat, trotz aller Schwierigkeiten an ihrem Glauben festzuhalten.

«Ich bin nicht nach Europa gekommen, um eine gute Arbeit zu finden», hatte er für sich beschlossen, «sondern um Menschen von Jesus zu erzählen!»

Nun ist er tot, und im Camp ist die Stimmung weiter so eskaliert, dass die Spätschicht kurzfristig evakuiert werden musste. Wir beten, dass es wieder wärmer wird und dass die Elektriker, die das Problem in den Griff zu bekommen versuchen, Erfolg haben.

Ich kann das alles nicht so recht für mich einordnen. Aber an diesem Abend weine ich mir die Schwere dieses kalten Tages von der Seele.

Kapitel 22

Sonntag, 13. Januar

Ein Vorgeschmack der Herrlichkeit

«Wir nehmen uns jetzt noch ein paar Minuten Zeit zur Stille, bevor wir anfangen», meint der junge Mann, der heute den Gottesdienst moderiert.

Was für ein großartiger Vorschlag! Es ist Sonntagmorgen um kurz vor elf, und nach einer vollen, schwierigen Woche bin ich innerlich völlig unvorbereitet zur Oasis-Gemeinde gestolpert. Ich hab mich an der Seitenwand zwischen eine holländische Kollegin und irgendwelche dunkelhäutigen Menschen gequetscht und lehne nun müde und emotional angekratzt an der Wand.

Wenn wir jetzt einfach mal aufhören, mit den Nachbarn zu quatschen, denke ich. Zur Ruhe kommen. Die Augen schließen. Die Gedanken ein bisschen sammeln. Tiiiiiief Luft holen …

Ich schrecke auf. So ähnlich muss sich ein Flashback bei traumatisierten Menschen anfühlen. Ich verliere eine Schrecksekunde lang die Orientierung und habe das Gefühl, in Camp Moria zu sein. Und dann merke ich, woran das liegt: Mir ist der unverwechselbare Camp-Moria-Duft in die Nase gestiegen, diese Mischung aus Kanalgestank, irgendeiner süßlichen Substanz und ungewaschenen Füßen, der nicht dadurch verbessert wird, dass wir in der Oasis-Gemeinde alle die Schuhe am Eingang ausziehen und dann auf Matten auf dem Boden sitzen.

Ich bin ein bisschen angeekelt und echt genervt. Hat man denn nirgendwo seine Ruhe vor dem Camp und seinen Bewohnern? Ich habe mich ja daran gewöhnt, dass unsere Flüchtlinge an der Lidl-Kasse vor und hinter mir stehen, und schäkere fröhlich mit ihren Kindern. Ich habe mich auch daran gewöhnt, dass ich bei meinen Strand-Spaziergängen an Grüppchen von Farsi- oder Arabisch-Sprechenden vorbeilaufe und dass afghanische Familien ihr Eis auch in meinem Lieblingscafé kaufen. Manchmal biete ich ihnen sogar an, ein Familienbild von ihnen zu knipsen, wenn sie ihre sechs hibbeligen Kinder nicht still genug halten können für das obligatorische Selfie. Sie leben ja hier, genau wie ich auch.

Und ja, natürlich sind auch viele von ihnen im Gottesdienst. Manche, weil sie schon in ihren Ländern Christen waren. Andere, weil sie neugierig sind auf diesen fremden Glauben und nun zum ersten Mal die Möglichkeit haben, sich ohne Furcht vor Repressalien über das Christentum zu informieren.

Ich finde das ja im Prinzip auch gut, und gleichzeitig wäre ein bisschen Abstand von allem, was mit Moria zu tun hat, manchmal ganz schön. Wenigstens am Sonntag.

Ich nutze die Minuten der Stille, um Gott das alles zu sagen, was mir gerade durch den Kopf geht. Ich will mich freuen über jeden Camp-Moria-Bewohner, der es heute hierher geschafft hat. Und als gute Christin habe ich mich, bis das erste Lied beginnt, zum Glück auch wieder einigermaßen gefangen.

Und dann singen wir. Es ist ein alter Hymnus aus dem 19. Jahrhundert: «Blessed Assurance, Jesus is mine» (auf Deutsch: «Seliges Wissen, Jesus ist mein»). Ein Hymnus, den ich sehr mag. Das Grüppchen von Ghanaern – denn das sind die dunkelhäutigen Menschen zu meiner Linken – singt aus voller Kehle. Der junge Mann neben mir schreit sein Bekenntnis geradezu in den Himmel:

«Was für eine Zuversicht: Ich habe Jesus! Oh – was für ein Vorgeschmack der Herrlichkeit. Ich bin ein Erbe der Erlösung, von Gott erkauft. Aus seinem Geist geboren, in seinem Blut reingewaschen. Das ist meine Geschichte, davon will ich singen: Ich preise meinen Retter mein Leben lang.»

Ich heule. Nicht nur aus Erschöpfung wie sonst des Öfteren, sondern weil ich in diesem jungen Mann und seinen Kumpels plötzlich Brüder sehe, die ich von Herzen lieb habe. In einer Wirklichkeit, die weit größer ist als Moria, sind wir alle Königssöhne und Königstöchter. Wir leben dieses Leben für Gott und haben die gleiche Berufung: ihn unser Leben lang zu preisen –

ob dieses Leben das vordergründig «schäbige» eines illegal angeschwemmten afrikanischen Flüchtlings ist oder das bequeme einer Deutschen mit Rentenversicherung und EU-Pass. Eines Tages werden wir gemeinsam vor Gott stehen, zusammen mit Menschen aus allen Sprachen und Völkern, und dann werde ich nicht mehr «die Helferin» sein – und sie nicht mehr die «Persons of Concern».

Diese Vorstellung lässt mich meine Müdigkeit vergessen, den Camp-Moria-Müffel-Geruch und das Schwierige der letzten Tage. Was ich hier auf Lesbos inmitten des Elends in einem schlichten, zur Gemeinde umfunktionierten Lagerraum erlebe, ist genau das: ein Vorgeschmack der Herrlichkeit.

Kapitel 23

Mittwoch, 16. Januar

Ausnahms-Normalzustand

Eigentlich wollte ich heute etwas verspätet von dem ganz gewöhnlichen Regentag ohne besondere Vorkommnisse berichten, den wir gestern hatten. Ja, genau – es hat wieder geregnet. (Es ist mir fast peinlich, hier so oft vom Wetter zu schreiben, aber es beeinflusst die Anzahl der Boote, das Leben in Moria und unsere Arbeit eben sehr stark!)

Nach einigen schönen und mäßig warmen, nur von kurzen Schauern unterbrochenen Tagen war gestern wieder starker Dauerregen angesagt. Ich habe einige Stunden lang in einer Ansammlung von Matschpfützen gestanden und zusammen mit vier anderen Helfern drei 16-Quadratmeter-Zelte in ebendiesen Matschpfützen aufgebaut.

Und ja, ich hatte nachher klamme Hände, nasse, eiskalte Füße und sah aus wie ein Wildschwein. Zufrieden war ich trotzdem, weil diese Zelte es möglich machen, dass sechs bis zwölf Familien den Olivenhain («Dschungel») mit seiner katastrophalen Infrastruktur hinter sich lassen und wenigstens im «echten» Camp unterkommen können. (Wer mitgerechnet hat, hat vielleicht gestutzt, aber es ist kein Tippfehler: Auf jede Familie entfallen vier bis acht Quadratmeter. Eine Innenzeltwand trennt die Parteien nur sehr notdürftig voneinander.)

Heute ist es trocken und kalt. Vor dem Eingang zum Camp wechsle ich, wie fast jeden Morgen, ein paar Worte mit Antigoni von der Putzkolonne. Sie spricht sehr gut Englisch, und wir haben uns vor einigen Wochen ein bisschen angefreundet, als ich irgendetwas auf dem Militärgelände abholen wollte und sie die Einzige war, die mir Auskunft geben konnte.

«Ich wohne schon seit zwanzig Jahren auf Lesbos, aber so eine dauerhafte eklige Kälte habe ich noch nicht erlebt», meint sie.

«Ich habe mir vor ein paar Wochen erst mal eine warme Jacke, einen Schal und eine Mütze kaufen müssen!»

Die Reinigungskolonne ist während der Woche den ganzen Tag über im fäkaliengetränkten, vermüllten Camp unterwegs – ein knochenharter, undankbarer Job, bei dem Antigoni sich eine fette Erkältung zugezogen hat, die sie seit Wochen nicht loswird.

Nach dem kalten Tag gestern bin ich zugegebenermaßen froh, mich gleich nach der Morgenbesprechung mit meiner Warenlager-Helferin Erica in unsere Halle begeben und dort weiterarbeiten zu können. Zusammen mit vier Leuten einer anderen Hilfsorganisation, die extra von Amerika für einige Wochen zum Helfen hergekommen sind, sortieren wir den ganzen Tag über Schuhe und schaffen Platz für einige Paletten mit Hilfsgütern, die nächste Woche geliefert werden sollen.

In den letzten Tagen sind 1632 Wärmflaschen und mehrere Tausend Windeln geliefert worden, und es ist schon fast wieder zu voll geworden, um weitere Dinge unterzubringen.

Nach einem vergleichsweise gemütlichen Tag haben Erica und ich gerade das auswärtige Team verabschiedet und sind selbst im Begriff zu gehen, als der Fahrer von Ericas Team vorbeikommt. Normalerweise sammelt er seine Leute alle abends ein; sie essen dann gemeinsam.

«Wir sind alle noch im Camp», meldet er. «Es ist noch nicht ganz klar, wie lange wir heute gebraucht werden.»

Eines der großen Zelte, eine sogenannte «Rubb Hall» mit fünfzig Bewohnern, ist bis aufs Gerüst abgebrannt.

«Wir werden an alle Betroffenen eine Jacke und ein Päckchen mit Kleidern ausgeben, wie wir sie auch an Neuankömmlinge verteilen», meldet die Kollegin, die für die NFIs (Non Food Items) verantwortlich ist. «Haben wir noch genügend im Warenlager, wenn wir die Vorräte im New-Arrivals-Bereich aufbrauchen?»

Wir sind gut genug bestückt, dass wir uns keine Sorgen machen müssen, selbst wenn heute Nacht gleich mehrere Boote ankommen sollten. Um erst gar keinen Engpass aufkommen zu lassen, machen wir einige Überstunden und wickeln weitere «Burritos», wie wir diese Päckchen nennen.

Immerhin können wir etwas tun! Verschiedene Hilfsorganisationen arbeiten unkompliziert zusammen, um allen Betroffenen – auch einige Nachbarzelte sind angesengt – gleich zu bringen, was sie dringend benötigen. Schnell werden einige größere Zelte aufgerichtet. Die Bewohner des abgebrannten Zelts, alles allein reisende Afrikaner, werden heute Nacht aber wohl keine Unterkunft mehr brauchen: Die Polizei, die im Camp ja immer präsent ist, hat sie alle fix eingesammelt, in einen Bus gepackt und in die Hauptstadt gebracht, um sie ausgiebig zu vernehmen. Der Verdacht auf Brandstiftung steht im Raum.

Wie gut und keineswegs selbstverständlich, so atmen wir alle auf, dass niemand zu Schaden gekommen ist! Und wie schön, denke ich dann auch ein kleines bisschen stolz, dass «mein» Warenlager in einem so arbeitsfähigen Zustand ist, dass wir mal eben so Kleidung für über fünfzig Leute in den richtigen Größen bereitstellen können.

Und dann wird mir bewusst, dass wir das ja ständig tun. Bei gut vierzig Neuankömmlingen pro Tag ist es Tagesgeschäft, all diese «Burritos» und noch viel mehr vorzubereiten und bereitzuhalten. Dass fünfzig Menschen in einem Brand ihr Zuhause verlieren, ist kaum absonderlicher, als dass fünfzig Menschen klatschnass und nach einer lebensgefährlichen Überfahrt aus einem Boot klettern, das für 20 oder 25 ausgelegt ist. Nur dass wir uns an Letzteres längst gewöhnt haben.

Meine Wahrnehmung dessen, was Normalität und was Ausnahme ist, scheint sich in Moria so langsam, aber sicher zu verschieben.

Kapitel 24

Donnerstag, 24. Januar

Elend, krank und müde

Irgendwann erwischt es jeden. Wir witzeln schon immer, dass Moria wie eine große Kita ist, in der alle Krankheiten großzügig miteinander geteilt werden – nur dass unsere Keime aus aller Welt kommen, von Ghana bis Afghanistan.

Irgendetwas habe nun also auch ich mir eingefangen. Die letzten fünf Tage habe ich schlapp und mit einem ermüdenden Husten weitgehend im Bett verbracht, von kurzen Abstechern ins Warenlager abgesehen, um meinen Helfern Anweisungen für den Tag zu geben.

Es wäre eigentlich nettes Wetter, um mit einer Wärmflasche auf dem Bauch gemütlich zu Hause zu bleiben: Seit über zwei Tagen schüttet es durchgehend wie aus Eimern, und mehrere Stürme und Gewitter lassen den Gedanken erst gar nicht aufkommen, freiwillig nach draußen zu gehen.

Meine Fensterläden halte ich teilweise geschlossen, weil der Wind sie aus der Verankerung zu reißen droht, und durch unsere Balkontür dringt Wasser, obwohl sie fest geschlossen ist. Gelegentlich fällt der Strom aus.

Aber wie gemütlich kann ich mich in meine Decken kuscheln, wenn nur knapp vier Kilometer von mir entfernt Menschen teilweise immer noch in Zelten auf weichem Waldboden hausen? Die Nässe kriecht von unten in ihre Unterkünfte; da helfen die Paletten wenig, die wir – immerhin! – unter alle Zelte schieben konnten; die ziehen sich ja ihrerseits voll mit Wasser! Und ich kenne die überforderte Kanalisation in Moria inzwischen. Schon bei kleineren Regengüssen läuft das Abwasser in widerlich stinkenden Bächlein überall quer durchs Camp und bahnt sich zwischen Containern und unter Zelten hindurch seinen Weg.

Also liege ich nun hier, mit meiner Wärmflasche und unter

meinen warmen Decken, schaue in den Sturm hinaus, höre den Regen auf ein Blechdach in der Nachbarschaft prasseln und fühle mich elend um der Menschen willen, die von so viel Luxus im Moment nur träumen können. (Was ihnen natürlich auch nichts nützt!)

Ich merke, dass ich müde bin – vom Kranksein mal ganz abgesehen. Ich schlafe hier schon seit Wochen nicht besonders gut, was nicht nur am lauten Wetter, sondern auch am Hund der Nachbarn liegt, der nicht sehr gut behandelt wird und gefühlt zwanzig Stunden täglich entweder kläfft oder erbarmungswürdig jault. Bei einer Lautstärke, gegen die auch Ohrstöpsel nichts ausrichten, ist das auf Dauer ziemlich zermürbend.

Ich träume gelegentlich vom Camp, und manchmal habe ich in diesen kuriosen Phasen zwischen Schlafen und Wachsein ganz plötzlich den typischen Camp-Moria-Geruch in der Nase, bis ich ganz wach werde und merke, dass das eine Riech-Illusion gewesen sein muss. Meine stinkenden Camp-Klamotten bewahre ich ja aus gutem Grund weit genug vom Bett entfernt auf, und mein Kissen riecht wirklich nicht nach Camp – zum Glück!

Kurz gesagt: Ich schaffe es nicht mehr gut, Moria aus meinem «restlichen» Leben auszublenden.

Morgen gehe ich wieder arbeiten. Und zum Glück mache ich in einigen Tagen für gut drei Wochen Pause in einer Welt, in der ich mal wieder einfach Normalität genießen kann.

Kapitel 25

Dienstag, 26. Februar

Eine Blume im Frühling

Sie heißt Soraya, kommt aus Afghanistan und ist 19 Jahre alt. Das kann ich den Papieren entnehmen, die mir ihr Mann schüchtern über die Theke unseres Info-Tischs schiebt. Dass sie schwanger ist, sehe ich auch ohne die Ultraschall-Bilder, die er dazulegt: Die zierliche junge Frau kann sich kaum auf den geschwollenen Beinen halten. Sie sieht krank aus, schaut mit großen grünbraunen Augen unter ihrem Kopftuch hervor und hält mit einer Hand den Mantel über ihrem 8-Monats-Babybauch zusammen. Wir haben ihr offenbar keine Jacke geben können, die sie in ihrem Zustand noch richtig schließen kann.

«Sie braucht doch einen Ort, an dem sie sich hinlegen kann», bettelt ihr Mann.

Die beiden sind am Samstag angekommen, also vor drei Tagen, zusammen mit rund 260 anderen Flüchtlingen in insgesamt vier Booten. Es war der gleiche Morgen mit Regen und Sturm, an dem auch ich, nach einigen Wochen Verpflichtungen in Deutschland, auf dem Seeweg zurück nach Lesbos gekommen bin – nur dass ich auf meiner Fähre ganz gemütlich im Warmen geschlafen habe.

Wir haben all die Leute noch nicht im «echten» Camp unterbringen können, und viel zu viele haben seit ihrer Ankunft unter mehr oder weniger freiem Himmel im New-Arrivals-Käfig aushalten müssen.

Bei vierzig der Neuen haben die Ärzte Krätze diagnostiziert und Quarantäne angeordnet. Quarantäne – das bedeutete in diesem Fall allerdings, dass der ganze Käfig mit seinen weit über 300 Leuten auf rund 250 Quadratmetern zugeschlossen wurde und die Menschen darin – die Gesunden wie die Betroffenen – nicht einmal ein bisschen im Camp herumlaufen und sich die Beine vertreten konnten. Andererseits: Wo hätte man in Moria einen Platz finden können, um vierzig Leute zu isolieren?

Nach einem halben Tag merkte offenbar auch die Camp-Verwaltung, dass dieses Einsperren keine Dauerlösung war. Seither mischen sich die Krätze-Patienten und die anderen aus dem New-Arrivals-Bereich wieder unters restliche Volk. Unter all den Dingen, die einen in Moria heimsuchen können, ist Krätze vermutlich nicht das Schlimmste.

Wer ausgerechnet in den vergangenen Tagen angekommen ist, hat insgesamt eine schlechte Zeit erwischt: So überfüllt ist es normalerweise nur in den wärmeren Jahreszeiten, wenn draußen zu schlafen weniger dramatisch ist. Die Sonne tagsüber und die ersten Anzeichen von Frühling machen uns Mut, dass der Winter bald vorbei ist. Aber nachts fällt das Thermometer immer noch auf 2 oder 3 Grad.

Für Schwangere wie Soraya können wir wenig tun. Statt einer ganz dünnen Polyestermatte hat man ihr bei der Ankunft eine selbstaufblasende Isomatte ausgehändigt. Und weil wir gerade einige Oberbetten und warme Decken da hatten, hatte sie Glück: Sie hat so eine weitere Schicht gegen die Härte der Unterlage und die Kälte vom Boden her bekommen. Sie schläft trotzdem auf dem Beton- oder Lehmboden, wie die meisten.

Irgendwann in den nächsten ein, zwei Tagen werden wir für Soraya und ihren Mann einen Platz im Camp finden. Bequemer wird der kaum sein, aber wenigstens irgendwo ankommen zu können ist für die Menschen, die ich heute an der Infotheke treffe, ein großes Anliegen. Es sind wieder Dutzende, die bei uns heute Hilfe oder Information suchen.

Da ist auch noch die Familie mit den fünf Kindern, die angeblich alle Asthma haben:

«Wir haben ein Zelt direkt neben dem Toilettencontainer», beschwert sich der Vater. «Und die Leute werfen alle ihren Müll neben unser Zelt. Gebt uns doch bitte eine andere Unterkunft! Das ist doch ungesund!»

Er legt die entsprechenden Atteste vor, die mir – und ihm vermutlich auch – nichts sagen, weil sie auf Griechisch verfasst sind. Ich befürchte, dass es ohnehin keine Unterkunft in Moria gibt, die halbwegs gesund ist. Ich bitte ihn, ab Freitag wiederzukommen; heute und auch in den nächsten Tagen werden die Kollegen alle Hände voll zu tun haben, um erst mal Plätze zu finden für all die Neuen, die noch gar keine Unterkunft haben.

Dann sind da noch Nesrin – wieder eine Schwangere; sie ist Mitte zwanzig und hat schon vier Kinder – und ihre Mutter Bahare; Letztere vermutlich kaum älter als ich. Sie sind beide sehr schöne Frauen mit feinen Gesichtszügen und tiefdunklen Augen, an denen ich mich kaum sattsehen kann.

Auch Nesrins drei Brüder und ihre Familien sind hier, insgesamt 18 Leute. Sie sind alle zusammen auf der Insel angekommen und möchten gerne zusammen untergebracht werden. Das wird kaum möglich sein, aber ich reiche ihre Papiere trotzdem «en bloc»bei den Kollegen vom «Housing» ein – manchmal gibt es ja auch in Moria kleine Wunder. Ich finde es scheußlich, dass wir Familiengruppen wie die von Nesrin meistens auseinanderreißen und übers Camp verteilen müssen.

Es ist erstaunlich, wie gut man sich auch ohne gemeinsame Sprache verständigen kann, wenn man es versucht: Die Familienverhältnisse erklären Nesrin und Bahare unbekümmert auf Farsi, mit Gesten und Skizzen auf einem Blatt Papier. Auch dass Bahares Mann, der Patriarch dieser Großfamilie, Soldat war und 2008 von den Taliban umgebracht wurde, lässt sich ohne gemeinsame Sprache vermitteln – die Geste des Halsabschneidens ist international genug.

Als ich einen unserer Übersetzer dazuhole und Nesrin dann zu erklären versuche, dass wir vielleicht heute noch keinen Platz für sie finden und dass ich sie alle noch um Geduld bitten muss, bleibt sie erstaunlich gelassen. «Danke trotzdem für eure Mühe», sagt sie. Im Weggehen wischt sich Bahare eine Träne aus den Augen. Ihr Mann, als er noch lebte, und sie haben sich für ihre Kinder und Enkel sicher eine andere Zukunft gewünscht.

Dann ist da noch Farhod, der nicht versteht, warum das mit der Unterbringung im Camp so lange dauert. Er ist ein gutaussehender, ungewöhnlich kräftiger Afghane um die dreißig («Endlich mal wieder jemand, an den wir eine Jacke Größe XL ausgeben konnten!», denke ich mit Warenlager-Kennerblick) mit warmen schwarzen Augen und einem prächtigen Wuschelkopf.

Er steht stundenlang an der Infotheke, drängt sich immer wieder nach vorne und redet lautstark auf Farsi auf meine Kollegin und mich ein, sobald wir zufällig in seine Richtung schauen – auch wenn kein Übersetzer dabei ist.

Irgendwann gehe ich dazu über, ihm auf Deutsch zu antworten; wir verstehen uns ja ohnehin nicht! Und ich kann ihm nichts anderes sagen, als dass er weiter Geduld braucht. Wir können den Prozess nicht beschleunigen, und nein, wir diskriminieren ihn auch nicht, weil er Tadschike ist. (Woher sollen wir das überhaupt wissen? Ich kann einen afghanischen Paschtunen wirklich nicht von einem afghanischen Tadschiken oder Usbeken unterscheiden, und in ihren Papieren lese ich nur «Afghanistan» – auf Griechisch.)

Ich empfinde seine lautstarken Forderungen in einer Sprache, die mir fremd ist, so langsam als etwas bedrohlich und weiß nicht, wie lange ich in all dem Gedränge und Gewühle noch freundlich bleiben kann; er ist ja beileibe nicht der einzige Mensch, der hier heute unzufrieden ist!

Erst als wir kurz nach vier den Info-Tisch schließen, lässt sich Farhod bewegen zu gehen.

«Danke für eure Geduld», sage ich zu ihm und einem seiner Kumpels, der ein bisschen Englisch spricht. «Moria ist ein schlimmer Ort, und es tut mir leid, dass wir euch nicht besser helfen können.»

Und siehe da: Farhod lächelt, als er sich wortreich – und natürlich wieder in Farsi – verabschiedet.

«Farhod ist sehr dankbar für deine Hilfe», übersetzt sein Freund, «und du bist ganz wunderbar. Wie eine Blume im Frühling.» – Das soll mal einer verstehen! …

Ich war mir nicht sicher gewesen, ob ich innerlich schon wieder fürs Camp bereit war, als ich nach meiner Pause erneut auf Lesbos aufschlug. Emotional war ich in den letzten Tagen zwischen «Ich schaff das noch nicht» und «Wird schon irgendwie gehen» hin-und-hergerissen.

Aber am Ende dieses langen Tages voller ermüdender Diskussionen und lautstarker Forderungen nach Dingen, die wir nicht geben und nicht leisten können, weiß ich paradoxerweise: Ich bin froh, wieder hier zu sein. Unter all den europäischen Bleichgesichtern zu Hause haben mir unsere Afghanen und Kurden, die Sierra-Leoner und Kamerunis gefehlt. (Und ja, sogar die lautstarken afghanischen Tadschiken ...)

Ich hoffe, dass der nächste Dreimonats-Abschnitt meines Einsatzes hier genügend ermutigende Erfahrungen bringt, dass ich ihn nicht nur irgendwie überstehe, sondern meine Fröhlichkeit wiederentdecke, die mir in den letzten Monaten ein bisschen abhandengekommen ist. Der furchtbare nasskalte Winter muss ja irgendwann ein Ende haben. Und wir werden alle aufatmen, wenn wir sie sehen: die ersten «echten» Blumen im Frühling.

Kapitel 26

Persönlich: Lucas

«Ihr macht euch so viele Gedanken darüber, wie ihr die Grenzen sichern und die Flüchtlinge draußen halten könnt! Aber vielleicht lässt Gott sie ja bewusst nach Europa kommen, damit sie ihn dort finden können. Habt ihr darüber schon mal nachgedacht?»

Lucas nimmt kein Blatt vor den Mund. Er ist es ganz offensichtlich gewohnt, zu sagen, was er denkt, sich zu nehmen, was er haben möchte, und durchzusetzen, was ihm wichtig ist. Er ist um die vierzig und hatte schon eine Karriere hinter sich, als er zum Flüchtling wurde.

Unser Gespräch findet über Skype statt, weil Lucas inzwischen in der Schweiz lebt. Weil er noch kein Deutsch spricht und sich mit Englisch nicht wohl genug fühlt, um komplizierte Sachen zu erklären, habe ich einen unserer Farsi-Übersetzer angeheuert. Mit Naaman sitze ich also auf dem Sofa in der Wohnung von Emanuels Familie, und wir unterhalten uns per Video-Anruf.

Lucas erzählt so lebendig und ausführlich, dass ich den Verdacht habe, nur einen Bruchteil seiner Geschichte mitzubekommen. Auf einem Sessel uns gegenüber sitzt Emanuel und liest; ab und zu schaut er auf und nickt oder wirft etwas ein – er kennt Lucas' Geschichte schon und war in entscheidenden Momenten daran beteiligt.

Lucas ist nicht der Name, mit dem mein Gesprächspartner aufgewachsen ist, aber der einzige, unter dem er bekannt sein möchte. Er hat ihn bei seiner Taufe angenommen. «Ich habe ein neues Leben bekommen. Ich bin nicht mehr der, der ich war.» Seinen früheren Namen muss er mir nicht verraten.

Lucas' Familie lebt im Iran. Sein Vater war Lehrer der Naturwissenschaften und ein religiöser Sunnit. Er lehrte seinen Kindern auch den Koran und ermahnte sie, ihre religiösen Pflichten zu erfüllen.

Lucas erinnert sich gut daran. «Schon als ich sechs Jahre alt war, schärfte mein Vater mir das ein: Gott sieht alles, was du tust. Und wenn du etwas falsch machst, bestraft er dich. Wenn ich auf der Straße hinfiel, kam gleich die Frage: Das ist bestimmt Gottes Strafe. Hast du etwas angestellt? Wenn ich in der Schule gute Noten hatte, stand fest: Gott ist dir gnädig. Wenn ich schlechte Noten hatte, wurde vermutet: Gott bestraft dich.

Wir hatten eine Familie in der Nachbarschaft, die waren Christen. Spiel nicht mit deren Kindern, hat mir mein Vater eingeschärft. Sie sind schmutzig, und sie sind Ungläubige! Ich habe mich trotzdem heimlich hingeschlichen und mit ihnen gespielt, und wenn es jemand mitbekam, folgte die Strafe auf dem Fuß – allerdings nicht von Gott, sondern von meinem Vater. Es war ein Leben voller Angst.

Als ich 18 war, schickte mich mein Vater nach Saudi-Arabien, um in Mekka an einer der bekanntesten Schulen ein Jahr lang den Koran zu studieren. Er fand, dass das Wissen von Gott vor allen naturwissenschaftlichen Studien stehen sollte. Ich sollte neben den Wissenschaften ein Bewusstsein für das haben, was über diese Welt hinausgeht. Ich wollte nicht dorthin gehen, aber natürlich musste ich meinem Vater gehorchen.

Es war ein sehr streng geregeltes Leben auf dieser Schule: Schon als ich ankam, war alles vorbereitet. Wir Schüler lebten zusammen, beteten schon am frühen Morgen zusammen, aßen zusammen, lernten den Koran zusammen. Es war eine sehr starke Gemeinschaft, und es war nicht vorgesehen, dass man sich ihr entzog.

Ich fand es mühsam, mir das alles anzuhören, und ich stellte auch zu viele Fragen. Wenn Gott doch barmherzig und gütig ist, wie es der Koran sagt – warum befiehlt er uns dann, andere umzubringen? Meine Lehrer gaben ein paar Antworten, aber dann warnten sie mich: Du hinterfragst Gott! Wenn du so weitermachst, wird es dazu kommen, dass dir ein Körperteil abgehackt wird.

Und wie kann es sein, fragte ich ein andermal, dass in einer Sure Gott den Propheten ermahnt, er solle mit dem Sündigen aufhören – wenn wir Muslime doch glauben, dass die Propheten nicht gesündigt haben? Da wurde der Lehrer richtig böse: Du lästerst den Propheten! Hör sofort damit auf! Aber meine Fragen kamen doch aus dem Koran! Ich fand die Antworten meiner Lehrer zu kompliziert, und sie überzeugten mich immer weniger.

Als ich die Schule verließ, stand für mich fest: Es gibt keinen Gott! Ich war auf der Koranschule Atheist geworden.

Ich ging in den Iran zurück, um Physik zu studieren. Meiner Familie erzählte ich nicht, dass ich nicht mehr glaubte. Nur wenn mein Vater da war, betete ich der Form halber mit.

Bald heiratete ich eine Frau, die eine strenge Muslima war – schließlich hatte mein Vater sie für mich ausgesucht. Sie wusste, dass ich nicht mehr glaubte. Behalt deine Ansichten für dich, warnte sie mich, sonst zerstörst du uns alle!

Zum Freitagsgebet gingen wir alle zusammen. Ich erinnere mich, dass ich einmal meine kleine Tochter zum Gebet mitnahm, sie war vielleicht drei. Sie spazierte zwischen den Betenden herum und kam dann zu mir, um mir einen Kuss zu geben. Ich unterbrach das Gebet, um sie in den Arm zu nehmen. Ein Reporter, der gerade in dieser Moschee war, hielt den Moment in einem bezaubernden Bild fest, aber mein Vater machte mir Vorwürfe: Wie kannst du dich nur im Gebet unterbrechen lassen?

Ich habe Gott im Gesicht meiner Tochter gesehen, habe ich geantwortet. Aber wir hatten danach noch viele Diskussionen.

Schon während meines Studiums hatte ich begonnen, für das iranische Verteidigungsministerium zu arbeiten, und nach der Promotion stieg ich dort als Atomphysiker voll ins Raketenprogramm ein. Einmal hatte ich an einem Ort zu tun, an dem die Bevölkerung viel mit radioaktivem Material in Kontakt kam. Ich war erschrocken! So viele Menschen dort waren krank, so viele hatten Hautkrebs, schon die Kinder! Wir zerstören unsere eigenen Leute, wurde mir plötzlich klar. Ich wechselte in eine andere Abteilung, aber so einfach kam ich nicht davon. Ich wusste einfach zu viel. Meine Chefs versuchten, mich zurückzuwerben, aber ich wollte nicht.

Einige Zeit später war ich in der Stadt unterwegs, als jemand von hinten auf mich schoss. Ich ging zu Boden, ein Krankenwagen kam. Als ich im Krankenhaus ankam, wurde ich für tot erklärt und in den Leichenkeller gebracht. Ich weiß das alles nur aus Erzählungen meines Bruders: Er kam nach vier Stunden, um mich zu identifizieren und sich von mir zu verabschieden. Und er merkte, dass sich dort in der Kälte der Leichenhalle über meinem Mund eine winzige Wolke bildete. Ich atmete also doch noch!

Er rief die Ärzte, und die operierten mich. Ich hatte ja mehrere Kugeln im Rücken stecken, und sie meinten, dass ich nie wieder laufen oder auch nur stehen können würde. Ein Jahr lang konnte ich tatsächlich nur liegen, aber dann ging es aufwärts: Ein weiteres halbes Jahr später konnte ich stehen und immer besser laufen.

Sobald es mir gut genug ging, wurde ich vor Gericht gestellt. Die Anklage war, dass ich geheime Informationen an Menschen außerhalb des Iran weitergegeben hätte. Was nicht stimmte, aber darauf kam es ja nicht an. Ich wurde zu 25 Jahren und 44 Tagen Gefängnis verurteilt.

Nach 22 Monaten kam ich wieder frei.

Du musst das Land verlassen!, begann mich mein Vater zu warnen, und er wurde immer drängender. Ich flüchtete also aus dem Iran in die Türkei. Meine Familie wollte ich nachholen, sobald es ging.

Mein Jüngster war noch ein Baby, und die Reise war zu schwierig und zu gefährlich für meine Frau und die Kinder. Meine Frau beantragte Pässe für sich und die Kinder, aber die Behörden stellten sich quer: Dein Mann muss kommen und unterschreiben, forderten sie. Es war klar, dass das nicht in Frage kam.

Ich war inzwischen schon fast zwei Jahre in der Türkei, und wir beschlossen, dass sie nun doch illegal über die Grenze kommen sollten. Meine Töchter waren inzwischen neun und sechs, mein Sohn zweieinhalb.

Ich fuhr von Izmir, wo ich lebte, zur türkisch-iranischen Grenze und traf dort die Schlepper, die meine Familie über die Grenze holen sollten. Wir sind in drei Stunden wieder hier, versicherten sie mir. Ich wartete. Niemand kam. Ich versuchte die Schlepper anzurufen, aber sie meldeten sich nicht. Ich wartete bis zum Morgen. Dann rief einer der Schlepper an. Sie haben es nicht geschafft, sagte er. Die Grenzpolizei hat sie alle erschossen. Meine Frau, meine beiden Töchter und mein Sohn waren tot.

Ich fuhr nach Izmir zurück, und ich war innerlich auch tot, da war kein Leben mehr. Ich ging in die Wohnung, in der nun meine Frau und die Kinder mit mir hätten sein sollen, schnitt mir die Pulsadern auf und schaute zu, wie das Blut aus mir herauslief.

Zu dieser Zeit hatte ich einen Freund in Izmir, der übrigens sogar Christ war. Er war ein eifriger Missionar, und einmal hatte ich ihm seine Bibel über den Kopf gehauen, als er mir zu penetrant von Jesus erzählte. Aber er war mein Freund, und ein paar Minuten nachdem ich mir die Pulsadern aufgeschnitten hatte, kam er zufällig unangemeldet zu Besuch. Er klopfte an die Tür, aber niemand öffnete, obwohl drinnen Licht war. Er rief mich auf meinem Handy an und hörte es drinnen klingeln, aber ich antwortete nicht. Er spürte, dass etwas nicht stimmte, und brach die Tür auf.

Er rettete mir das Leben.

Wenn ich schon überlebt habe, schwor ich mir damals, dann will ich für diese eine Hoffnung leben: dass ich mich an denen räche, die meine Familie auf dem Gewissen haben. Ich war so voller Hass und Rachegedanken, dass es mich auffraß.

Ich blieb noch zwei Jahre in der Türkei. Irgendwann hatte ich den Verdacht, dass mir Leute folgten, die ich schon aus dem Iran kannte. Ich war dort nicht mehr sicher.

Im Juni 2016 kam ich über das Meer nach Griechenland, zusammen mit neunzig anderen Leuten aus arabischen Ländern, Afrika, Afghanistan und dem Iran. Wir waren ungefähr auf halber Strecke, als ein griechisches Boot uns abfing und an Bord nahm. Die Besatzung half den Leuten zwar, an Bord zu kommen, aber ich sah, dass sie dabei auf die Menschen einschlug. Als die Reihe an mich kam, ließ ich mir das nicht gefallen und stieß mit dem Kopf nach dem Beamten. Ich traf ihn voll auf die Nase. Ich war einfach verrückt vor Wut und Anspannung.

Sie brachten uns nach Mytilene und dann ins Camp Moria, aber nach 15 Tagen fand ich Schmuggler, die mich nach Athen brachten. Meinem Freund Mohammed und mir stellten sie falsche Pässe aus, mit denen wir nach Deutschland wollten. Wir fuhren zum Flughafen, und bei den Kontrollen ging auch alles gut. Ein Bus brachte uns zum Flugzeug, und Mohammed, der vor mir ging, war schon drinnen, als mich doch noch ein Beamter aufhielt und die Fälschung erkannte.

Mohammed lebt inzwischen in Deutschland. Ich kam für einen Monat in Athen ins Gefängnis. In die Türkei zurückschicken konnte man mich nicht, denn ich hatte in Mytilene noch Asyl beantragt. Also wurde ich nach Lesbos zurückverfrachtet und landete wieder in Moria, zunächst zehn Tage im lagereigenen Gefängnis, dann im Camp. Dort wollte ich nicht bleiben!

Ich hatte noch etwas Geld und lief auf der Suche nach einer Wohnung durch Panagiouda. Dort traf ich Giorgos, den Eigentümer des großen Apartment-Gebäudes, in dem auch viele Helfer von i58 wohnen. Giorgos vermietet eigentlich nicht an Flüchtlinge, aber ich betrog ihn: Ich zeigte ihm einen falschen Pass, eine Art Diplomatenausweis, und damit kam ich durch. Mit 600 Euro konnte ich mich in dem Gebäude drei Monate lang einquartieren.

Aber ich hatte ja nichts zu tun, und so lief ich jeden Morgen zum Camp und hing dort bei den Imbissbuden herum. Eines Tages setzte sich ein junger Mann zu mir und stellte sich vor. Er hieß Anthony und kam aus den USA. Ich wurde sofort hellhörig: Ich bin Atomphysiker aus dem Iran, erklärte ich ihm. Hast du Verbindungen zu jemandem, der an meinen Informationen interessiert ist oder einen solchen Kontakt herstellen kann? Ich möchte mein Land verraten. Ich möchte, dass der Iran zerstört wird.

Anthony zögerte. Lass uns morgen darüber reden, sagte er. Wir verabredeten uns für 4 Uhr am nächsten Tag im Dorf Moria. Er erschien auch und brachte sogar einen Übersetzer mit. Den beiden erzählte ich also meine Geschichte. Anthony sagte nicht viel, aber er hörte mir zu.

Dann war ich fertig und wartete auf eine Reaktion. Danke, dass du mir das alles erzählt hast, sagte Anthony. Lass uns weiter im Gespräch bleiben.

Ich war komplett verwirrt und enttäuscht. Er wollte einfach wieder weggehen? Was sollte das denn jetzt!? Als er sich verabschiedete, schenkte er mir eine Bibel.

Ich war stinksauer! Am liebsten hätte ich ihm diese Bibel über den Kopf gehauen, wie ich es einmal bei meinem Freund in Izmir gemacht hatte. Aber Anthony ist im Vergleich zu mir recht klein, und ich brachte es nicht übers Herz. Ich ging also wütend nach Hause und pfefferte die Bibel in eine Ecke meines Betts. Da lag sie eine Woche, und ich rührte sie nicht an.

Aus purer Langeweile begann ich sie dann doch zu lesen. Ich hatte ja den ganzen Tag nichts zu tun. Was soll's, dachte ich, ich kann ja mal schauen, was da so drinsteht. Ich begann ganz vorne, im ersten Buch Mose, und von den ersten Kapiteln war ich nicht gerade überwältigt: So ähnlich kannte ich das auch aus dem Islam.

Aber dann kam ich zu 1. Mose 22 und der Geschichte, in der Abraham seinen Sohn opfern soll. Ich hatte gelernt, dass dieser Sohn Ismael gewesen sei. Aber hier, im Buch der Juden und Christen, war es Isaak. Das ist ja doch interessant, dachte ich, und gibt dem Ganzen eine neue Bedeutung! Vielleicht steht da ja noch mehr, das anders ist als im Islam. Es machte mir Hoffnung weiterzulesen. Ich las ziemlich viel und schrieb mir meine Fragen auf. Es waren 69.

Dann rief ich Anthony an: Ich habe in der Bibel gelesen und ich habe viele Fragen, erklärte ich ihm. Du solltest Emanuel kennen lernen, schlug Anthony vor, der kann viel besser Fragen beantworten als ich. Wir gingen also gemeinsam zur Oasis, wo Emanuel sein sollte, und ich hatte natürlich meinen Zettel mit den 69 Fragen dabei.

Emanuel war auch dort, aber er hielt gerade eine Bibelstunde.

Herzlich willkommen, sagte er, als Anthony mich mit meinem Anliegen vorstellte, ich nehme mir nachher gerne Zeit für dich und deine Fragen, aber wir haben hier gerade erst noch Bibelstunde. Setzt euch doch einfach so lange in unsere Runde und hört zu.

Und das taten wir. Ich hörte gut zu, was da geredet wurde, und schaute mich um.

Und am Ende der Stunde kam Emanuel zu mir und fragte: Und, was hast du für Fragen mitgebracht?

Ich schaute auf meine Liste mit den 69 Fragen und merkte, dass sie alle beantwortet waren. Emanuel hatte, von einer Passage im Matthäus-Evangelium ausgehend, viel darüber gesprochen, dass Jesus Gott war – es war meine Hauptfrage, wie das sein konnte –, und er hatte viele Verse und Passagen aus der ganzen Bibel mit angeführt. Aus genau diesen Versen stammten meine Fragen, und er hatte die Antworten gleich mitgeliefert. Es war fast, als hätte er meine Fragen schon im Vorfeld in der Hand gehabt und seine Bibelstunde genau daraufhin ausgerichtet.

Ich war verblüfft, aber mein Englisch reichte nicht aus, um ihm auf den Kopf zuzusagen, dass er wohl ein Dieb sein musste.

Mehr als überrascht war ich in diesem Moment aber nicht. Ich war schon so lange Atheist, dass ich mir nicht vorstellen konnte, wieder an Gott zu glauben. Ich ging weiter zur Bibelstunde, und erst Monate später bekannte ich Emanuel, dass ich mich doch ziemlich eindeutig als Atheist betrachtete.

Aber nach und nach begann ich zu glauben. Und damit fing mein Leben an, schwierig zu werden. Mir war klar, dass ich mein Leben ändern musste. Mein Lebensstil war zu der Zeit ganz schön destruktiv; ich rauchte zu viel, trank viel zu viel Alkohol und wollte einfach nur Spaß haben, wo ich ihn finden konnte. Das würde sich ändern müssen.

Der entscheidende Moment kam aber, als ich mit Emanuel über das Thema Taufe sprach. Sollte das mein nächster Schritt sein? Wie stehst du denn nun zu Christus, fragte er. Und: Bist zu bereit, deinen Feinden zu vergeben?

In diesem Moment explodierte etwas in meinem Kopf. Ich war so voller Hass und Rachegedanken, dass sie mein ganzes Sein prägten. Nein, das neue Leben konnte ich so nicht leben! Ich war noch nicht so weit.

Emanuel lud mich ein, nicht aufzugeben und weiter zur Oasis zu kommen. Ich las auch weiter in der Bibel. Eines Tages sahen wir den Jesusfilm[9] an, und ich konzentrierte mich ganz darauf, wie Jesus die Sache mit dem Vergeben praktizierte: Es gab jede Menge davon, denn er hatte offensichtlich viele Feinde, und noch im Sterben vergab er ihnen. – Wie konnte das sein? Wie konnte er das tun? Und konnte ich so sein wie er? War es wirklich möglich zu vergeben?

Jesus schien Frieden zu haben, indem er vergab. Eigenartig: Ich war immer davon ausgegangen, dass ich Frieden finden würde, indem ich mich rächte.

Nach der Stunde sprach Emanuel mich noch einmal an. Zuerst kommt das Vergeben, bestätigte auch er. Dann folgen der Friede und die Ruhe.

Ich beobachtete auch die jungen Leute von i58 und wie sie sich verhielten. Sie waren Christen, sie hielten sich nah an Jesus, und sie waren wie er. Sie waren extra aus den USA hergekommen, um für die Flüchtlinge da zu sein, und viele von ihnen hatten das aus der eigenen Tasche bezahlt. Es war ihr Glaube an Christus, der sie so sein ließ. Sie hatten Liebe.

Überhaupt denke ich manchmal, dass die Christen sich viel zu viele Gedanken machen, dass sie bloß das Richtige sagen und gut dastehen. Ihr müsst doch nicht zeigen, wie ihr seid, würde ich denen gerne sagen. Zeigt doch stattdessen einfach durch euer Leben, wie Gott ist!

Nun, diese jungen Leute taten das.

Und dann klappte das mit der Vergebung plötzlich doch, und das kam so: Ungefähr eineinhalb Monate nachdem ich mich klar zu Jesus bekannt hatte, griff mich jemand aus dem Camp an und stach mir mit einem Messer in den Rücken. Ich landete im Krankenhaus. Da lag ich und dachte über diesen ganzen Hass nach, der in mir war.

Emanuel kam mich im Krankenhaus besuchen: Was willst du nun tun?, fragte er mich.

Ich will einfach nur nach Hause, erwiderte ich. Was der Typ gemacht hat, war nicht in Ordnung, aber ich werde es auf sich beruhen lassen.

Und ich merkte plötzlich: Ich vergebe ihm. Es war wie ein Examen von Gott, in dem ich merkte, dass ich die kleine Aufgabe lösen konnte – diesem einen Mann zu vergeben. Ich hatte nun die Hoffnung, dass ich die große Aufgabe mit Gottes Hilfe auch lösen können würde – den Leuten zu vergeben, die meine Familie auf dem Gewissen hatten.

Aber eine ganz andere Prüfung wartete noch auf mich. Die iranische Regierung war an meine Telefonnummer geraten, und ich bekam neuerdings Anrufe und Textnachrichten. Sie boten mir eine absurd hohe Millionensumme für den Fall, dass ich zurückkäme und wieder für den Iran arbeitete, und sie schickten Bilder von Räumen und Koffern voller Geld. Vier Millionen wollten sie mir als Anzahlung geben; die warteten angeblich in der iranischen Botschaft in Athen auf mich.

Natürlich war es eine Falle.

Aber zu der Zeit war ich so pleite, dass ich mir nicht einmal mehr etwas zu essen kaufen konnte, und es war eine echte Versuchung. Wenn mich das Angebot damals in der Türkei erreicht hätte, wäre ich vielleicht sogar drauf eingegangen. Ich war ja dort so durcheinander gewesen, und mein Leben bedeutete mir nicht mehr viel. Aber jetzt merkte ich, dass sich in mir viel geändert hatte, seit ich mit Jesus lebte.

Ich habe Emanuel dann im Scherz vorgeschlagen, dass ich einfach mal nach Athen fliege und die vier Millionen abhole und seiner Kirche schenke. Aber er wollte nur sauberes Geld!»

Lucas kichert, und Emanuel im Sessel gegenüber grinst.

«In dem Moment ist mir bewusst geworden: Ich möchte leben. Und ich möchte nicht mehr für tödliche Rache leben. Und auch nicht für Geld. Ich möchte nur noch für Gott leben.»

«Ich geh mal davon aus, dass du dein Wissen dann auch nicht mehr an die USA verkauft hast?», ziehe ich ihn auf.

«Nein», sagt Lucas, und er wird ernst. «Ich möchte ein Mann des Friedens sein und nicht der Zerstörung.»

Geradlinig ist Lucas' Leben auch nach manchen Veränderungen nicht verlaufen. Nach acht Monaten auf Lesbos wurde er nach Athen verlegt. Die Antwort auf sein Asylverfahren dauerte ihm zu lange; zum zweiten Mal versuchte er mit einem falschen Pass nach Deutschland auszureisen. Und diesmal kam er damit durch. Er schlug sich nach Frankreich durch und wollte eigentlich weiter nach England, als er von der französischen Polizei aufgegriffen wurde und wieder einmal im Gefängnis landete.

«Da habe ich zum ersten Mal Gott gefragt, was er denn eigentlich denkt, wo ich hinsoll», sagt Lucas. «Bis dahin habe ich das einfach immer selbst entschieden. Ich hatte den Eindruck, dass er sagt, ich solle in die Schweiz gehen.

Das habe ich gemacht, und seit einem Jahr habe ich ganz offiziell die Aufenthaltserlaubnis. Ich kann nur in einige Länder reisen – nicht überall hin, aber immerhin! Ich war schon in Deutschland, Österreich, Belgien, und das ganz legal! Ich dürfte theoretisch auch arbeiten, aber es ist nicht so leicht, etwas zu finden.

Am liebsten würde ich einfach nur als Evangelist herumreisen und die Leute zu Jesus einladen: Kommt ins Licht! Ich würde auch meinen Landsleuten so gerne sagen: Gott ist auf eurer Seite! Er ist nicht gegen euch, sondern hat euch lieb.

Aber ich glaube, ich muss selbst auch noch viel lernen. Im Rückblick denke ich: Vielleicht wär's besser gewesen, wenn ich doch länger auf Lesbos geblieben wäre und noch mehr gelernt hätte.»

«Weißt du, was ich an unserem Gespräch das Berührendste finde?», sage ich, als ich Lucas zum Abschluss danke. «Dass du so voller Leben bist und lächelst, während du mir das alles erzählst! Man sollte denken, dass dir das Lachen gründlich vergangen ist nach allem, was du erlebt hast.»

«Das ist Jesus, der in mir lächelt», sagt Lucas. «Er hat mir das Lachen zurückgeschenkt.»

Kapitel 27

Freitag, 29. Februar

Glück ist …

Sind Amina und Tarik eigentlich Wirtschaftsflüchtlinge? Politisch Verfolgte? Oder einfach «nur» Menschen, die es in ihrem Land nicht mehr ausgehalten haben? Aminas Schicksal ist kein besonders grausiges, aber sie macht mir einmal mehr deutlich bewusst, dass ausweglose Situationen viele Gesichter haben können.

Amina kommt aus Afghanistan. Sie ist 25, eine hellwache junge Mutter, die vor zwei Jahren noch Zahnmedizin studiert und nebenbei in einer Arztpraxis gejobbt hat. Dann warf ein Taliban ein Auge auf sie und setzte ihre Familie unter Druck: Amina sollte ihn heiraten.

Um ihr dieses Schicksal zu ersparen, verheiratete die Familie sie Hals über Kopf mit einem Mann, der sie besser behandeln würde.

Der Traum, Zahnärztin zu werden, war in jedem Fall geplatzt. Ihre Hochzeitsreise mit Tarik, einem Mechaniker, war die Flucht in Richtung Westen.

Amina wurde sofort schwanger. Die beiden lebten zunächst im Iran, wo ihre Tochter Malia geboren wurde. Als die Kleine sieben Monate alt war, kamen sie über die Türkei nach Lesbos. Das ist nun sieben Monate her. Tarik und Amina haben Glück gehabt: Sie konnten das Camp verlassen und wohnen nun zusammen mit einer anderen Familie in einer winzigen Zwei-Zimmer-Wohnung an der Küste, nur ein paar Gehminuten von meiner Wohnung entfernt. Dass sie sich Bad und Küche teilen müssen, macht vor allem Amina zu schaffen, aber die drei haben lange genug in Moria gelebt, um von Herzen dankbar zu sein für ihre Unterkunft.

Tarik hat mir heute im Warenlager beim Aufeinanderschichten der Paletten geholfen. Er ist ein begabter Handwerker, den man für so ziemlich alles gebrauchen kann, von Reparaturen über Kabel- und Rohre-Verlegen bis zu Maurer-Arbeiten. In den letzten Tagen hat er einer holländischen Gruppe von Bauleuten im Camp viel geholfen. Ich bin nicht sicher, ob er lesen und schreiben kann, aber seine Abmessungen stimmen immer, seine Arbeit ist tadellos, und er ist einfach auch ein angenehmer Mensch, mit dem man gerne arbeitet.

Als seine Frau ihn heute mit der Kleinen abholt, kommen wir etwas ins Gespräch. Amina lernt erst seit sieben Monaten Englisch, kann sich aber schon gut verständigen.

Wir stecken Malia in einen großen Karton, setzen ihr ein Basecap und eine Sonnenbrille auf und tauschen die rostige Schraube, auf der sie herumkaut, gegen ein grünes Quietsche-Entchen aus, das ich heute Morgen in irgendeiner Kiste gefunden habe – ein Warenlager ist nicht der schlechteste Spielplatz, um Kleinkinder zu bespaßen!

In meinem Auto sind noch einige «Momente»-Kalender, die unsere Grafikerin Claudia jedes Jahr für Freunde und Unterstützer unserer Arbeit gestaltet. Die Kalenderblätter zeigen Menschen und Situationen aus GAiN-Projekten in aller Welt. Ich hole einen Kalender aus dem Kofferraum und schenke ihn Amina: Vielleicht machen die freundlichen Bilder ihr Familienzimmer ja schöner!

In diesem Jahr steht der Kalender unter dem Motto «Glück ist …». Und weil die Texte auf Deutsch sind, übersetze ich zumindest die Überschriften für Amina.

Bei einem zufrieden schlafenden Kind aus Lettland steht zum Beispiel: «Glück ist, ohne Sorge einzuschlafen.»

Zu einem rotznasigen ugandischen Waisenkind heißt es in dem Kalender: «Glück ist, ein Zuhause zu haben.»

Zu einem uniformierten Schulkind aus Haiti steht da: «Glück ist, lernen zu dürfen.»

Es gibt auch noch: «Glück ist, Hoffnung zu haben», «Glück ist, eine Familie zu haben», «Glück ist, geborgen zu sein». Und so geht es immer weiter …

Amina schaut mich mit großen Augen an.

Oh weh! Wie komme ich nur aus dieser Nummer wieder heraus? Alles, was wir hier als Glück beschreiben, haben Tarik und Amina und Malia gerade eben nicht! Was an deutschen Wohnzimmerwänden ein paar nette unverbindliche Gedanken sind, macht Amina gewiss nur überdeutlich bewusst, was ihr im Moment alles zu ihrem Glück fehlt.

Ihr Zuhause und ihre Familie hat sie ja für immer hinter sich gelassen; ihre Eltern und Geschwister daheim sind bisher von Vergeltungsschlägen der Taliban verschont geblieben, aber dass ihre Eltern ihre kleine Enkelin je persönlich kennen lernen werden, ist unwahrscheinlich. Die ersten wackeligen Schritte der Kleinen bekommen sie dieser Tage über Handy-Videos mit. Ihr Studium wird Amina vermutlich nie zu Ende führen. Dass sie ruhig schlafen kann, bezweifle ich. Und woher soll sie die Hoffnung nehmen, dass ihre Zukunft besser und glücklicher aussieht als ihre Gegenwart?

«Naja, jedenfalls hoffe ich, ihr freut euch an den Bildern, auch wenn die Texte auf Deutsch sind …», schließe ich ziemlich lahm und drücke Amina den Kalender schnell in die Hand, bevor sie Rückfragen zu dem stellen kann, was ich ihr da gerade übersetzt habe.

Ich gebe demnächst nur noch unverfängliche Kalender mit Bildern von Katzenbabys weiter.

Kapitel 28

Dienstag, 5. März

Zwölf Quadratmeter

Wann habe ich eigentlich zuletzt eine Hacke geschwungen? Heute bekomme ich jedenfalls die Gelegenheit dazu: Zusammen mit vier anderen Helfern und bewaffnet mit Hacken, Schaufeln und einem Rechen rücke ich in den «Dschungel» aus, den Olivenhain außerhalb des eigentlichen Camps. Wir werden dort an einigen Stellen den Boden ebnen und vier der UN-Familienzelte aufbauen, wie ich sie schon kenne.

Es ist ein bisschen wie Ikea-Regale aufbauen: Eigentlich intuitiv, aber es lohnt sich, vorher mal einen Blick in die Anleitung geworfen zu haben ... Ich habe im Januar schon einige dieser Zelte mit aufgebaut und weiß, dass ich es inzwischen im Schlaf kann: Vor zwei Tagen habe ich davon geträumt.

In den letzten Monaten bei all der Kälte und dem furchtbaren Dauerregen haben es die Behörden geschafft, mehr Leute aufs Festland zu verlegen, als angekommen sind. Ich habe manchmal den Eindruck, dass man gerade genug tut, um Todesfälle oder Aufstände zu vermeiden – und damit auch die Diskussionen und Forderungen nach Schließung des Camps, die in den Medien zweifellos wieder aufflammen würden.

Statt gut 9000 Menschen, die im November in Moria lebten, hatten wir deswegen Ende Februar nur noch etwa 5000. Wir konnten das Camp so konsolidieren, dass die meisten Menschen im «echten» Camp in Containern, «Life Sheltern» aus Aluminium und großen Familienzelten unterkamen. Jetzt sieht es im Dschungel regelrecht ordentlich aus: Viele kleine Zelte und selbstgebaute Strukturen sind abgebaut worden, und nur vereinzelte größere Strukturen stehen in einem Abstand voneinander, der schon fast so etwas wie Privatsphäre bietet.

Das wird nicht so bleiben. Der Winter ist vorbei. Der Schnee, der für die letzte Woche angekündigt war, hat sich auf die Bergspitzen beschränkt, und es sieht so aus, als würde es nun schnell immer wärmer werden. Entsprechend gering scheint der Anreiz zu sein, die Bevölkerungszahlen in Moria weiter niedrig zu halten. Es kommen also täglich mehr Menschen an als in den Wintermonaten – in den letzten beiden Tagen waren es wieder 166. Und es werden gleichzeitig weniger aufs Festland verlegt. Wir werden wieder beginnen müssen, die Leute in Zelten und im Dschungel unterzubringen.

Wie mein Warenlager auch, scheint das Camp im Rhythmus der Jahreszeiten aus- und einzuatmen. Es füllt sich, es leert sich, es füllt sich …

Es ist ein herrlicher, sonniger Tag bei 16 Grad, an dem wir dem unebenen Boden zu Leibe rücken und Flächen schaffen, auf denen die 23 Quadratmeter großen Zelte (Innenmaß 4 mal 4 Meter) stehen können.

Einige Afghanen schauen vom Rand her zu; sie sind immer fasziniert und ein bisschen fassungslos, wenn unter uns Helfern auch Frauen sind – darunter oft genug auch junge Amerikanerinnen aus mennonitischen und amischen Gruppen, die in ihren knöchellangen Röcken oder Trachten arbeiten.

Najeeb ist der erste Zuschauer, der sich zu unserer Gruppe gesellt und beherzt zur Schaufel greift: «Mechaniker», sagt er und deutet auf sich.

Im Lauf des Tages kommen zwischen dem Anstellen fürs Essen, ihren Arzt- und Behördenterminen ein halbes Dutzend der Afghanen aus der Nachbarschaft immer wieder für ein Viertelstündchen hier und zwanzig Minütchen dort vorbei und packen mit an. Einer («Hamid, Ingenieur») nimmt mir glatt die Hacke aus der Hand. Kann man ja nicht mit ansehen, wie sich die Tante da abquält, scheint er sich zu denken.

Es gibt mir die Gelegenheit, auf einem Felsbrocken eine Verschnaufpause einzulegen und mit drei kleinen Mädchen, die um uns herumpurzeln, alle vielleicht sechs oder sieben Jahre alt, ein wenig zu kuscheln. Ich bekomme eine Haarspange auf den Kopf geclipst, die völlig verrostet, aber noch erkennbar rosafarben ist. Mein Fingernagel – und ein Großteil des Fingers drumherum – wird mit grünem Filzstift «lackiert». Mein Walkie-Talkie schmücken schnell die ersten Gänseblümchen des Jahres.

Ein Kameruner kommt auf seiner Abkürzung zur Straße in unserem Afghanen-Bereich vorbei.

«Sind das die UN-Zelte?», fragt er nach. «Wie viele Leute kommen denn da rein?»

Ich schaue auf den Plan, den die Kollegin vom «Housing» aufgezeichnet hat: In jedem der vier 2-mal-2-Meter-Abteile, in die man das Zelt unterteilen kann, bringen wir drei oder vier Menschen unter.

«Das ist doch alles viel zu eng!», schüttelt er den Kopf. «In meinem Life Shelter könnten wir gut zu fünft wohnen, aber wir sind zu siebt, die nebenan sogar zu acht.»

Ich weiß.

«Naja, wie auch immer», verabschiedet er sich. «Gott segne euch!»

«Danke, dich auch!»

Gegen drei Uhr sollen die ersten Familien einziehen, und ich gehe noch schnell einige der großen Planen holen, die wir über die Zelte legen. Ich schaffe es kaum, das kompakte 23-Kilo-Paket den steilen Moria-Berg hinauf zu schleppen, und setze es auf halber Strecke kurz auf einem Müllcontainer ab, um zu verschnaufen.

Ein Afghane, vielleicht Mitte, Ende dreißig, drückt sich um mich herum und schaut verlegen links und rechts an mir vorbei. Ich ahne, dass er mir helfen möchte. Aber vielleicht hat er noch nie direkt mit einer Frau kommuniziert, die nicht zu seiner Familie gehört. Es ist für viele unserer Neuen ein ungeheurer Kulturschock, wie unverblümt wir miteinander und mit ihnen umgehen.

Ich schaue ihn an, ohne ihm in die Augen zu schauen, und schiebe mein Paket etwas in seine Richtung. «Würdest du das für mich tragen?», frage ich auf Deutsch. Er strahlt, reißt mir das Päckchen fast aus der Hand und schleppt es zu unseren Zelten.

«Und wie ist das mit der Elektrik?», fragt Abdul-Qadir, der mit seiner Frau und zwei Kindern in einem unserer Vier-Quadratmeter-Luxus-Apartments einzieht.

Mein Kollege zuckt mit den Achseln. Offiziell gibt es hier im Olivenhain außerhalb des Lagers keine Elektrizität und auch keine Sanitäranlagen; es ist Privatgelände. Was auch immer hier von den POCs selbst an Infrastruktur aufgebaut und angelegt wird, ist allenfalls geduldet. Abdul-Qadir wird schnell von seinen Nachbarn lernen, wo und wie man am besten den offiziellen Strom abzapft.

Helfen dürfen wir ihm dabei nicht.

Eine Großfamilie kommt nun doch nicht, um, wie eigentlich erwartet, ihren Bereich in einem der neuen Zelte zu beziehen. Es sind neun Personen: Vater, Mutter, vier Kinder, eine Oma, eine Tante und ein Onkel, die verständlicherweise zusammen wohnen möchten. Wir haben ihnen drei der vier «Abteile» in einem der neuen Zelte reserviert, ohne schon Trennwände einzuziehen; am besten organisieren sie sich selbst, wie sie sich auf ihren zwölf Quadratmetern aufteilen möchten.

«Die Familie will nicht in dieses Zelt, wenn sie es mit anderen Leuten teilen muss. Und überhaupt ist ihnen das zu eng», meldet eine Kollegin vom Housing, bevor sie weiter Überzeugungsarbeit leistet, um die Familie doch noch zum Einziehen zu bewegen.

«Die sollen mal nicht so anspruchsvoll sein», schießt es mir kurz durch den Kopf. «Das ist immerhin eineindrittel Quadratmeter pro Person und nicht nur einer; und sie können als Familie zusammenbleiben.» – Und dann erschrecke ich über mich selbst. Bin ich schon so weit, einen Quadratmeter Wohnfläche für normal zu halten und alles, was darüber hinausgeht, für Luxus?

So frustrierend es für uns ist, die wir trotz aller Anstrengungen meist nichts Besseres bieten können und endlose fruchtlose Diskussionen mit einzugsunwilligen Menschen führen müssen – ich will dankbar sein, solange unsere Bewohner sich noch wehren gegen das, was in Moria Normalität ist. Etliche resignieren viel zu schnell; das sollte uns viel mehr Sorgen machen …

An diesem Abend ziehe ich innerhalb meiner Wohnung um: Nach gut vier Monaten, in denen wir die Wohngemeinschaft, den Austausch und das fast tägliche Miteinander-Beten immer mehr genossen haben, ist Lornie, meine britische Mitbewohnerin, ausgezogen. Ich vermisse sie jetzt schon, möchte aber offen für das Neue sein: In Zukunft werden in meinem bisherigen Zimmer mit seinen zwei Betten Kurzzeit-Ehrenamtliche unterkommen.

Mein neues Zimmer hat nur ein Bett, ist etwas kleiner und hat einen wunderschönen Blick nach Osten, auf das Meer und die Küste der Türkei. Als ich putze und umräume, messe ich aus reiner Neugierde meine neue Unterkunft aus – den großen Küchen- und Wohnbereich und das Bad ausgenommen. Ich wohne auf zwölf Quadratmetern.

Kapitel 29

Persönlich: Nooria

Sie schaut sich immer wieder über die Schulter um, als würde man uns folgen.

«Entschuldige», lacht sie verlegen, als sie meinen verwunderten Blick bemerkt, «ich kann mich immer noch nicht so ganz daran gewöhnen, einfach durch eine Stadt zu laufen. In Afghanistan ist es für Frauen einfach nicht möglich, alleine unterwegs zu sein. Wir würden obszön beschimpft, vielleicht bespuckt oder mit Steinen beworfen.»

Wir sind, das sollte ich vielleicht dazu sagen, nicht mitten in der Nacht in unbeleuchteten Seitenstraßen einer Großstadt unterwegs – nein, es ist ein Montag, ein sonniger Mainachmittag mitten in Mytilene, den ich mit Nooria verbringe. Und die paar Stunden, die wir zusammen shoppen und zum Abendessen in einer griechischen Taverne einkehren, zählen zu den wertvollsten meiner Monate hier. (Unser Gespräch ist kein formales Interview, wie ich es mit den Männern in diesem Buch führte. Deswegen springen wir mit den Themen auch ein bisschen mehr hin und her.)

Nooria ist 25, und ich kenne sie über eine Berliner Bekannte, die vor einigen Wochen mit einer deutsch-spanischen Gruppe eine Woche lang in Moria mitgeholfen und im Anschluss in ihrem Bekanntenkreis Geld für Noorias Sportgruppe gesammelt hat.

Jeden Morgen um 6 Uhr marschiert nämlich eine Gruppe von sechzehn oder siebzehn Frauen («jetzt im Ramadan sind es aber nur fünf oder sechs») mit Gymnastikmatten unter dem Arm aus dem Camp. Sie walken in einem guten Tempo eine halbe Stunde lang bis zu einem abgelegenen Parkplatz, machen unter Noorias Anleitung eine Dreiviertelstunde Gymnastik und walken dann stramm zurück.

Weil die meisten von ihnen nur «normale», sportuntaugliche Kleidung haben – und nicht besonders viel davon! –, kaufen wir von dem gespendeten Geld nun Jogginghosen und T-Shirts ein.

Nooria hat ihre «Ladies' Running Group» von Claudia übernommen, einer Europäerin von einer anderen Hilfsorganisation, deren Nationalität Nooria schon wieder vergessen hat. Sie ist selbst keine gelernte Fitnesstrainerin und hat die meisten Übungen durch YouTube-Videos gelernt, aber es ist ihr wichtig, dass «ihre Ladies» sich bewegen und die Hoffnung nicht aufgeben.

«Es ist im Lager viel zu leicht zu resignieren», sagt sie. «Ich habe auf meinem Handy auch einige Bücher heruntergeladen, die ich den anderen empfehle oder weiterleite. In denen geht es darum, wie man auch in schwierigen Zeiten den Mut nicht verliert.

Ich merke das ja an mir selbst. In der letzten Zeit finde ich es ganz schwer, mich zu konzentrieren. Ich lese eine halbe Seite oder auch nur drei, vier Sätze, und ich habe schon vergessen, was ich gelesen habe. Ich lese die gleichen Sätze dann wieder und wieder! Das macht mir zu schaffen. Aber vielleicht ist es auch normal: Unsere Seelen müssen hier so viel verkraften, dass ich mir nicht zu viele Sorgen machen sollte, wenn mir die Konzentration für eine Weile abhandenkommt …»

Nooria spricht viel über die Situation von Mädchen und Frauen in Afghanistan – sie nennt sie immer «Ladies». Geboren und aufgewachsen ist sie in Kabul. Sie ist nicht ganz sicher, wo ihre Mutter geboren wurde, aber die Familie hat in Kabul gelebt, so lange Nooria denken kann.

«Es ist sehr schwer, in Afghanistan zu leben», sagt sie. «Besonders wenn du eine Lady bist. Es ist eine Gesellschaft, die komplett von Männern beherrscht wird. Für Ladies ist es kein gutes Land!

Das fängt schon an, wenn ein Kind geboren wird:

Wenn es ein Junge ist, gratuliert man der Mutter überschwänglich. Gut gemacht! Bravo! Sie wird mit Glückwünschen überschüttet.

Ist es ein Mädchen, erntet die Mutter eher Mitleid. Viele Männer machen ihre Frauen dafür verantwortlich, wenn sie keine Jungen zur Welt bringen; dabei ist das natürlich rein biologisch Unsinn, das habe ich inzwischen gelernt. Manche verlassen ihre Frau oder nehmen sich eine zweite.

Ich könnte mir vorstellen, dass das auch einer der Gründe ist, warum mein Vater uns verlassen hat, als meine zweite Schwester geboren wurde: Ich war damals elf, und meine erste Schwester neun. Drei Mädchen und kein Junge – das hat ihm wohl nicht gefallen …

Umso schwerer hatten wir es ohne einen Mann und Vater im Haus. Wenn es ein ganz großes Problem gab, konnte sich meine Mutter an ihre Eltern wenden, aber im Alltag waren wir auf uns gestellt. In unserem Stadtteil war es völlig ausgeschlossen, dass wir abends das Haus verließen, selbst wenn eine von uns krank war und eigentlich zum Arzt gemusst hätte. Wobei wir für einen Arzt ja ohnehin kein Geld hatten. – Und tagsüber war es schon schwer genug.

Meine Mutter hat uns nur mit viel Mühe durchgebracht. Sie hat von zu Hause aus gearbeitet und so ganz spezielle Hosen genäht – ich weiß das Wort nicht auf Englisch – mit vielen Taschen, wie man sie zum Beispiel beim Militär trägt, und wir haben natürlich mithelfen müssen. Eine Nähmaschine hatte sie nicht, das ging alles von Hand. Die Fäden mussten immer ganz akkurat abgeschnitten werden, ohne den Stoff zu beschädigen, und unsere kleinen Hände waren dafür sehr gut geeignet.

Meine Mutter ist aber eine gute Mutter, und ihr war es wichtig, dass wir zur Schule gingen. Wir sind Hazara, und wir schätzen Bildung. Das ist in manchen Volksgruppen in Afghanistan ganz anders, da werden Mädchen nicht unbedingt zur Schule geschickt, nur Jungs, und die Mütter unterstützen das noch!»

«Was wäre denn die eine Sache, die sich in Afghanistan ändern müsste, damit es für die Frauen leichter wäre?», frage ich Nooria.

«Sie müssten ihren Wert sehen», überlegt sie laut. «Die Frauen haben selbst kein Gespür mehr dafür, dass sie einen Wert und eine Würde haben. Für viele Leute in Afghanistan liegt der Wert einer Frau nur außerhalb von ihr: in der Bequemlichkeit und Befriedigung, die sie einem Mann schaffen kann. Viele Frauen glauben das inzwischen selbst! Dass eine Frau für sich alleine steht, ist praktisch unmöglich – sie kann ja nicht einmal normal arbeiten gehen wie ein Mann. Da müsste sich noch viel ändern!

Für viele Frauen in Afghanistan, gerade die religiösen, ist es gar nicht seltsam, wenn ihr Mann eine weitere Frau heiratet. Manche sind sogar stolz, weil sie dann so leben wie schon der Prophet Mohammed. Der hatte ja auch mehrere Frauen. Es gibt sogar Frauen, die ihren Männern vorschlagen, noch eine Frau dazuzunehmen!

Ich lebe in Moria ja mit meiner Mutter und meinen Schwestern in Section C, wo die allein reisenden Frauen sind. Wenn du die Afghaninnen fragst, was sie zu Hause erlebt haben, bricht es dir das Herz. So viele wurden von ihren Männern unerträglich misshandelt, schikaniert und kontrolliert. Ein Mann kann bei uns seine Frau schon wegschicken, wenn ihm ihr Essen nicht schmeckt. Vieles ist uns vielleicht erspart geblieben, weil mein Vater die Familie verlassen hat – aber andererseits hatten wir es ohne seinen Schutz auch furchtbar schwer.

Ich hatte nach der Schule das Glück, ein Stipendium für Indien zu bekommen, und konnte dort BWL studieren. Das war sehr gut, die Gesellschaft dort ist viel besser: Die Leute begegnen sich mit Respekt, und das zu erleben, war für mich eine gute Erfahrung! Das Verrückte war, dass ich dort auf mich allein gestellt war. Ich musste mein Leben selbst in die Hand nehmen – und ich konnte es dort auch, sogar als Frau! Neue Menschen, neue Beziehungen – alles war für mich ganz neu, und es tat mir so gut!

Aber es war auch herausfordernd! Alles war anders, und Männer und Frauen gingen ganz anders miteinander um; sie hatten auch viel mehr Kontakt untereinander. Ich hatte ja keine Jungen und Männer in meinem Umfeld gehabt, und ich hatte nie gelernt, wie man sich ihnen gegenüber verhält. Wenn ich ganz ehrlich bin, fühle ich mich auch jetzt sehr unwohl in der Gegenwart von Männern. Ich versuche sie zu vermeiden. Ich weiß natürlich, dass das nicht gut ist. Ich sollte lernen, mit ihnen umzugehen.

Für die afghanischen Männer im Camp ist es auch sehr komisch, wie in Europa Männer und Frauen miteinander umgehen und wie frei die Frauen hier sind! Sie finden das nicht anständig, aber sie verstehen natürlich ein bisschen, dass sie hier in einer anderen Kultur sind und dass hier andere Regeln gelten. Aber mit mir können sie nichts anfangen: Ich trage ja kein Kopftuch mehr, und in ihren Augen bin ich eine schlechte Lady.

Ich versuche, nicht so viel im Camp unterwegs zu sein, und bleibe meistens in Section C, unserem geschützten Bereich. Ich habe immer Sorge, dass mich jemand schlägt oder sonst wie angreift, wenn ich den Moria-Hügel mitten im Camp hinauflaufe, wo immer so viele Leute sind. Es ist aber bisher nichts passiert, das gebe ich zu!

Aber es ist mir egal, was sie denken», sagt Nooria trotzig. «Es ist mein Leben!»

«Du bist eine starke Frau», sage ich.

«Danke!», meint Nooria. «Ich versuche stark zu sein. Das Leben ist hart, aber wenn wir uns anstrengen, kommen wir weiter!»

In Indien lernte Nooria auch Christen kennen, und als ich sie danach frage, leuchtet ihr Gesicht auf. Nachdem sie so lange über afghanische Schwierigkeiten geredet hat, haben wir nun ein fröhlicheres Thema.

«Oh ja!», berichtet Nooria lebhaft. «Das war das erste Mal, dass ich mitbekam, dass es so etwas wie Christen überhaupt gibt! Ich hatte immer gedacht, dass die Leute in allen anderen Ländern Atheisten sind und nicht an Gott glauben. Ach ja – und vom Buddhismus hatte ich schon einmal etwas gehört.

Als ich in Indien war, merkte ich, dass ich mich geirrt hatte! Es gab also doch Leute, die an Gott glaubten, nur anders! 2014 kam ich dort an, und bis 2016 war ich Muslima, aber ich fühlte mich dabei nicht mehr wohl, obschon ich die Gebete meistens noch sprach.

Ich hatte eine Lehrerin, die Direktorin der Schule, die sehr gut zu mir war, sie war Christin. Sie bestellte mich sogar in ihr Büro und fragte, wie ich zurechtkäme. Du bist so weit weg von zu Hause, meinte sie, und das ist sicher schwer. Sie half mir zu sehen, wem ich vertrauen konnte und wem besser nicht, gab mir Tipps, wie ich mein Geld verwalten konnte … Sie gab mir genau die Art hilfreiche Ratschläge, die mir auch meine Mutter gegeben hatte, bevor ich nach Indien ging! Und jede Menge davon! Ihre Fürsorge tat mir so gut!

Wir hatten immer Unterricht von 8 bis 15 Uhr, und danach gab es eine Pause. Meine christlichen Mitstudentinnen gingen dann manchmal in ihre verschiedenen Kirchen. Ich fragte, ob ich auch hinkommen dürfte. Klar, sagten sie, und nahmen mich mit. Es gab eine katholische Kirche und eine andere – ich weiß nicht, wie sie hieß –, und die Gebete in diesen Kirchen waren sehr unterschiedlich; ich fand das interessant.

Ich schaute dann auf Google nach, was sich dort über die Christen und das Christentum finden ließ. Und wenn ich ein Problem hatte und beten wollte, merkte ich, dass ich plötzlich verwirrt war: Zu welchem Gott bete ich denn hier eigentlich? Und wie soll ich überhaupt beten?

In dieser Zeit sah ich mir auch den Jesusfilm auf Farsi an, und er beeindruckte mich sehr. Da war diese Szene von einer Lady, einer sehr schlechten Lady, die getötet werden sollte. Aber Jesus sagte, dass sie nur gesteinigt werden sollte von Leuten, die selbst ohne Schuld waren. Und dann waren am Schluss nur noch Jesus da und die Frau – alle die Männer, die sie töten wollten, waren weggegangen! Ooh, ich wollte mehr wissen!

Ich sprach eine andere christliche Freundin an, ob sie mir mehr erzählen könnte. Ich kenne mich selbst nicht so gut aus, meinte die, aber du kannst in unsere Gruppe mitkommen. Dort gab es eine Krankenschwester, die Bibelstunden hielt, und ich lernte ganz viel.

Ich möchte mich taufen lassen, sagte ich gegen Ende 2016, und zwar noch dieses Jahr. Ich möchte *rein* ins neue Jahr starten! Das ist okay, meinte die Lady von der Bibelgruppe. Ich mache noch einen Taufkurs mit dir, und dann bekennst du deine Sünden und wirst getauft.

Sie erklärte mir in den darauffolgenden zwei Wochen, was ich wissen musste. Ich erinnere mich nicht mehr, in welcher Kirche ich dann getauft wurde, es war jedenfalls keine der Kirchen auf dem Gelände meiner Universität. Ich war auch nur zur Taufe dort, und es war ein ganz besonderer Tag für mich! Ich war sehr, sehr glücklich! Als ich in mein Wohnheim zurückkam, fiel das sogar meinen muslimischen Freundinnen auf, die gar nicht wussten, dass ich inzwischen Christin geworden war. Du hast plötzlich so eine klare Haut!, wunderten sie sich, und du scheinst von innen her zu leuchten.

Noch von Indien aus erzählte ich meinen Schwestern, dass ich getauft worden war. Die Kleine interessierte das noch nicht, aber die Mittlere, die ja nur zwei Jahre jünger ist als ich und mit der ich immer ein enges Verhältnis hatte, war einverstanden mit meinem Weg. Meiner Mutter erzählte ich damals noch nichts.

Sie erfuhr es erst, als wir schon auf der Flucht aus Afghanistan waren, in der Türkei. Sie war zwei Wochen lang sehr wütend und streng mit mir. Die ersten Male war sie auch sehr ärgerlich, wenn sie sah, dass ich während des Ramadan ganz normal zu Mittag etwas aß und so weiter, aber inzwischen hat sie sich daran gewöhnt – auch, dass ich kein Kopftuch mehr trage! Ich versuche ihr ja weiterhin eine gute Tochter zu sein und sie zu unterstützen, wie sie uns jahrelang unterstützt hat. Ich will meine Mutter doch ehren! Ich achte zum Beispiel drauf, dass meine Mutter und meine Schwestern den Ramadan halten könnten, und koche ihnen dann abends etwas besonders Gutes, damit sie nicht immer nur das Essen haben, das es im Camp gibt.

Meine Mutter merkt ja auch, wie sehr ich mich verändert habe. Ich war zum Beispiel ganz schön stolz – obwohl ich eigentlich nicht viel hatte, auf das ich mir etwas einbilden konnte! Aber inzwischen schaue ich nicht mehr so sehr auf andere herunter. In dem Film über Jesus war ja auch eine Szene, in der er seinen Schülern die Füße wusch! Das hat mich sehr nachdenklich gemacht. Ich habe gelernt, dass wir allen Menschen mit der gleichen Freundlichkeit begegnen sollten, und das gelingt mir immer besser.

Ich gehe hier außerhalb des Camps auch in eine Bibelstunde, damit ich immer besser lerne, so zu sein wie Jesus.

Bei den Afghanen ist das interessant: Manchmal kommt eine Frau zum Glauben, und ihr Ehemann nimmt das kaum zur Kenntnis – die Männer hören ja eh nicht auf ihre Frauen und reden nicht mit ihnen; das ist also kaum anders zu erwarten. Aber manchmal kommt in einer Ehe zuerst der Mann zum Glauben, und dann wird es interessant: Er fängt sofort an, seine Frau besser zu behandeln. Bei uns ist es ganz normal, dass Männer ihre Frauen schlagen; wenn einer also damit von einem Tag auf den anderen aufhört, fällt das schon auf! Es gibt Frauen, die trotzdem nicht Jesus folgen wollen; das finde ich komisch – sie erleben doch, wie viel besser es ist, wenn Jesus in unserem Leben ist!

Auch die Leute in diesem Bibelkurs, die Jesus noch nicht kennen, merken, dass es einen Unterschied gibt zwischen den Christen und den anderen. Und sie bemerken, dass die Helfer von EuroRelief eine Beziehung zu Gott haben! Ich habe es schon öfter gehört, dass jemand aus dem Kurs etwas Schwieriges auf dem Herzen hatte und meinte: Ich möchte, dass die Leute von EuroRelief für mich beten. Sie sind rein, und wenn sie beten, hört Gott besonders gut hin!

Wir sind jetzt seit einem halben Jahr in Moria. Im Winter sind wir angekommen. Es hat fünf Anläufe gebraucht, bis wir mit unserem Boot tatsächlich nach Europa gekommen sind. Viermal sind wir von der türkischen Küstenwache aufgegriffen und verhaftet worden. Wir waren dann immer einen oder zwei Tage im Gefängnis, aber wir sind nicht misshandelt worden. Im Gegenteil – zu uns und zu den Familien waren die Polizisten meistens freundlich. Gott hat uns beschützt.

Aber die Überfahrt war furchtbar. Ich habe Todesangst gehabt und mich die ganze Zeit übergeben. Irgendwann habe ich dann den Kopf auf die Knie meiner Schwester gelegt; meine Mutter hat meine eine Hand genommen, die andere Schwester die andere, und ich habe es geschafft. Wir haben es gemeinsam geschafft!

Aber der Schreck sitzt noch immer in mir! Kürzlich wollte ich im Meer baden gehen, aber ich habe gemerkt, dass ich das noch nicht kann. Es ist alles noch viel zu frisch. Viellicht wird es irgendwann gehen.

Wir wohnen zusammen in Section C. Dort sind zehn Räume. In neun wohnen jeweils sechzehn Ladies, und der zehnte ist ein Gemeinschaftsraum. Im Moment ist es nicht so voll wie im Winter, als wir kamen. Da standen draußen vor den Räumen überall noch Zelte, und man konnte kaum durchkommen. Da draußen war es auch sehr kalt, während wir in den Räumen durchgehend Elektrizität hatten. Ich weiß, dass das etwas Besonderes war, während so viele Leute gefroren haben, und bin dafür sehr dankbar!

Draußen stand nachts immer ein Mann Wache – das muss sehr kalt gewesen sein, und mir haben die Männer, die uns beschützen, im Winter immer leidgetan. Jetzt, im Sommer, wird es wieder wärmer. Es wird auch sicher wieder voller, und bald werden wieder kleine Zelte aufgebaut …

Im Moment warte ich vor allem darauf, dass ich meinen neuen Ausweis bekomme ohne den roten Stempel, so dass ich die Insel verlassen darf. Meine Schwestern und meine Mutter haben ihn alle schon; ich hoffe, es dauert nicht mehr lange und wir können zusammen aufs Festland. Ich sollte dann wohl auch anfangen, Griechisch zu lernen; im Moment fehlt mir einfach die Konzentration.

Zurück nach Afghanistan können wir nicht. Meine Schwester – sie ist übrigens sehr begabt, und ihre Geschichte wäre viel interessanter als meine! – hat als Übersetzerin für die Amerikaner gearbeitet, und wir mussten fliehen. Gerade in der letzten Woche sind wieder fünf junge Frauen umgebracht worden, die auch in einer solchen Arbeit gewesen sind.

Wenn ich mir für die Zukunft etwas wünschen könnte, wäre das eine gute Arbeit in einem Hotel, vielleicht sogar als Managerin. Ich würde gerne Menschen einen Ort bieten, an dem sie sich wohlfühlen können, und ich habe im Studium ja auch viel gelernt, was ich da brauchen könnte. Ich weiß nicht, wie realistisch das ist, so viele Griechen haben ja selbst auch keine Arbeit. Aber ich habe Hoffnung, und das ist wichtig. Ohne Hoffnung können wir hier nicht existieren.»

Kapitel 30

Mittwoch, 13. März

Vier Afrikaner

Zu blöd, dass die Straßen hier oft so schlecht befestigt sind! An der langgezogenen Straße vor Camp Moria stehen die vielen privaten Autos von Polizisten und Soldaten, Ärzten, Beamten, Hilfswerk-Mitarbeitern und sonstigen Leuten, die in Moria zu tun haben. Wer morgens früh genug ist, ergattert einen guten Platz ohne allzu lange Laufstrecke zum Eingang.

Ich aber komme diesmal am Mittag, um an einem der Imbissstände vor dem Camp, Kantinas genannt, Sandwiches für meine Helfer zu besorgen. Ich fahre die Straße erfolglos hinauf und hinunter und beschließe schließlich, meinen Ford längs zwischen zwei Autos zu quetschen. Der Straßenrand ist hier nicht befestigt, und ich kann schlecht einschätzen, wie viel Platz ich habe.

Ich habe schon ein mulmiges Gefühl, als ich aussteige: Das rechte Hinterrad liegt nur noch mit zwei, drei Zentimetern auf der Straße auf, der Rest hängt über einem kleinen Abhang, der nicht sehr steil, aber eben doch deutlich abschüssig vielleicht eineinhalb Meter nach unten führt. Oh weh!

Ich steige vorsichtig wieder ein, lege den ersten Gang ein, spiele mit der Kupplung und versuche ganz behutsam die Handbremse zu lösen. Das Auto rollt noch einige Millimeter nach hinten. Das wäre jetzt ein guter Moment, Panik zu schieben, denke ich und schicke ein kleines Stoßgebet zum Himmel: «Gott, kannst du vielleicht gerade vier von diesen kräftigen Kamerunern vorbeischicken, an die wir kürzlich die XL-Jacken ausgegeben haben? Irgendwer muss mein Auto wieder auf die Straße hieven, sonst landet es in dieser Böschung!»

Statt der erbetenen vier Afrikaner kommen zwei spillerige Afghanen vorbei. Ich lasse die Scheibe herunter, ohne mich mehr zu bewegen als nötig: Könnt ihr mir helfen?, deute ich nach hinten. Sie fackeln nicht lange, springen in die Böschung und schaffen es tatsächlich, meinen Theodore Ford wieder auf die Straße zu befördern. (Ich habe meinen C-Max «Geschenk Gottes» genannt, weil Freunde ihn mir geschenkt haben. Einfach so! Vor vier Wochen habe ich ihn aus Deutschland hierher gefahren.)

Bevor ich mein «Teschakor», Danke auf Farsi, losgeworden bin, sind die beiden Afghanen schon wieder weg. Erst in der Kantina merke ich, dass meine Hände zittern. Das hätte echt schiefgehen können.

Im Warenlager ist es heute recht ruhig. Ich habe nicht so viele Helfer zugeteilt bekommen, wie ich eigentlich erwartet habe, weil 300 Leute aufs Festland verlegt werden sollen und deswegen die Ehrenamtlichen im Camp dringender gebraucht werden. Aber wir kommen gut zurecht und haben sogar etwas Zeit, mit Romana zu spielen. Sie ist ein Katzenbaby, das ein Flüchtling vor zwei Wochen an den Info-Point gebracht hat: «No mother», hat er gemeint und das kleine Fellbündel meinem Kollegen in die Hand gedrückt. («Solange sie uns nicht ihre Kinder übergeben, die ‹no mother› haben ...», meinte der nur trocken.)

Kleine Katzen und Hunde haben im Camp keine gute Überlebenschance. Die meisten Bewohner kommen aus Ländern, in denen man die Verzärtelung von «Haustieren» ohnehin nicht kennt und unerwünschte Tiere mit Schlägen, Tritten und Steinen verscheucht. Dazu kommt, dass manche Kinder ihre Traumata an den Tieren abreagieren. Im Winter haben wir ein kleines Kätzchen aus einer Toilette gezogen und später noch mal aus den Händen von Kindern befreit, die es über ein offenes Feuer hielten – wollten sie es nur trocknen oder quälen? Es ist nicht immer leicht, an die harmlosere Erklärung zu glauben. «Als ich mitbekommen habe, wie ein Dreijähriger ein Katzenjunges gegen die Wand geschleudert hat», meinte eine junge Kollegin kürzlich, «wusste ich nicht, für wen ich mehr Mitleid empfinden sollte.»

Romana soll überleben. Benannt nach Roman, einem wunderbaren Schweizer Helfer der Wintermonate, gehört die Kleine nun offiziell einer holländischen Ehrenamtlichen, die aber eine Mitbewohnerin mit Katzenallergie hat. Also wird sie von unserem amerikanischen Fahrer Aran aufgezogen, der auf einem Bauernhof aufgewachsen ist und sich mit kleinen Kätzchen auskennt; inzwischen ist sie etwa vier Wochen alt. Tagsüber ist sie im Warenlager, und meine Helfer und ich füttern und bespaßen sie bei Bedarf.

Ein junges Pärchen hat im Camp an diesem Mittag einige unschöne Erfahrungen gemacht und ist ziemlich verstört; ihr Teamleiter bringt sie kurzfristig zu mir, damit sie etwas Abstand von der normalen Camp-Arbeit bekommen. Mein Warenlager dient auch sonst des Öfteren als eine Art Therapiezentrum für Ehrenamtliche, die nach emotional aufreibenden Camp-Tagen eine Pause brauchen, sich aber trotzdem nützlich machen wollen, und das Kätzchen mausert sich zur Therapiekatze: Die beiden verbringen ein sehr entspanntes Viertelstündchen mit Katzenkuscheln – und beruhigen sich wieder.

Etwas weniger entspannt wird es, als unser Fahrer Amjat mitbringt, einen Afghanen Anfang zwanzig, dem es im Moment auch nicht so gut geht. Gestern haben wir in der Teamsitzung noch für ihn gebetet. Er ist, wie ja die meisten hier, traumatisiert und sehr verletzlich. Er hat es nicht gut verkraftet, dass einige unserer jungen Männer, mit denen er sich angefreundet hatte, nach ihrem Einsatz in Moria wieder in ihre Heimatländer zurückkehrten. Vor zwei Tagen hat er sich so kräftig in die Unterarme geschnitten, dass er ins Krankenhaus musste.

Jetzt ist Amjat wieder da und folgt nun also unserem Fahrer wie ein Schatten. Ob das gutgeht? Er wirkt überdreht, und sein «Kuscheln» mit Romana fällt so ruppig aus, dass ich kaum hinschauen mag.

Seit es warm geworden ist und wir alle in T-Shirts herumzulaufen beginnen, mag ich auch da kaum hinschauen: Amjats ganzer Arm ist bis fast hinauf zur Schulter ein feines Zickzack-Muster von Narben, «als wäre er im Krieg gewesen», wie es einer unserer jungen Helfer erschüttert formuliert hat. Aber seinen Krieg führt Amjat im Moment gegen sich selbst.

Dass gerade unsere minderjährigen Jungs selbstverletzendes Verhalten an den Tag legen, ist nichts Außergewöhnliches. Etwa die Hälfte von ihnen «ritzen» sich, meint mein holländischer Sozialarbeiter-Kollege, der ihren besonders geschützten Bereich im Camp betreut. (Längst nicht alle finden in diesem Bereich Platz; manche hausen über Monate mit im Bereich der «New Arrivals», weil sie ohne erwachsenen Vormund nicht im normalen Camp untergebracht werden dürfen.) Viele von ihnen fügen sich im Geheimen tiefe Wunden zu, um überhaupt irgendetwas zu empfinden, wenn sie sich taub fühlen. Andere tun es vor aller Augen, um Aufmerksamkeit zu erregen. Andere sehen es als Mutprobe: Wer kann am tiefsten schneiden, ohne zu weinen?

«Der Boden soll mein Blut haben», hat Amjat einer Kollegin erklärt; was das bedeuten soll, hat sie nicht verstanden.

Ein überfüllter Raum in der Größe eines doppelten Containers als Durchgangs-«Zuhause», keine sinnvolle Betätigung, eine international durchmischte Gruppe traumatisierter Halbstarker als «Familie» – in der Tat, Pubertät im Camp ist weder für die Jungs ein Spaß noch für die Leute, die sie betreuen. Wie und von wem sollen unsere Jungen denn lernen, was es bedeutet, ein Mann zu sein?

Als einer von sehr wenigen Menschen im Camp wird Amjat nun immerhin psychologische Hilfe bekommen. Eigentlich müsste man Leute wie ihn sofort aus einer Umgebung wie Moria herausnehmen, in der bestimmt keine Heilung, sondern allenfalls eine weitere Traumatisierung auf sie wartet. Aber wenn man damit anfinge, wäre Moria sicher bald sehr leer …

Zum Schichtende werden meine Helfer zum Camp zurückgebracht. Ich räume noch ein bisschen auf und bringe einige Klamotten mit Flecken und Rissen zum Müllcontainer am Straßenrand. (Man wundert und ärgert sich manchmal wirklich, was die Leute zu Hause alles zur Kleiderspende geben!)

Dabei stoße ich auf Marko, einen der Roma aus der Umgebung. Er wühlt durch unseren Müll und ist, wie eigentlich immer, etwas alkoholisiert. (Ich bin nicht sicher, ob er wirklich Marko heißt, wie einer unserer früheren Fahrer herausgefunden haben wollte. Wir können uns so schlecht verständigen.) Ich war in den letzten Wochen manchmal genervt von Roma-Familien, die samt ihren Kindern bei uns aufschlagen. Meistens versuchen sie sich ins Warenlager zu drängen und fordern dann ziemlich aggressiv, auch etwas von den vielen Gütern abzubekommen, die sie in unseren Regalen sehen. Es ist schwer zu vermitteln, dass wir schon aus rechtlichen Gründen all diese Sachen wirklich nur an die Leute im Camp abgeben dürfen.

Wenn sie Flüchtlinge wären und in Moria lebten, würde ich ihnen anders und mit mehr Geduld begegnen, habe ich dann beschämt gemerkt. Wenn wir «jedem Menschen mit dem höchsten Respekt begegnen», wie uns bei fast jeder Morgenbesprechung eingebläut wird – gilt das etwa nicht für Roma? Wer ist denn mein Nächster, wenn ich eben nicht direkt im Camp, sondern im Warenlager arbeite?

Ich halte Marko die Jacken also mit einem Lächeln entgegen statt mit der grimmigen Miene, die er sonst von mir gewohnt ist. «Guck mal, ist da was für dich dabei?» Er findet tatsächlich ein schmutziges, aber warmes Karohemd und eine zerschlissene Winterjacke und zieht beides gleich am Straßenrand an.

Armer Kerl, denke ich, als ich aus den Augenwinkeln seinen ausgemergelten Oberkörper sehe. Unsere Flüchtlinge sind wirklich nicht die Einzigen, die hier auf Lesbos ein bisschen Barmherzigkeit gebrauchen können.

Kapitel 31

Samstag, 16. März

Genau wie wir

Ich mag in diesen Tagen nicht Online-Zeitung lesen: Seit vorgestern sind die Medien voll von dem Attentat in Christchurch in Neuseeland, und es geht mir einfach zu nahe. Die Zusammensetzung der Opfer könnte fast die Besetzung eines Linienbusses sein, wie er stündlich zwischen Camp Moria und der Hauptstadt hin-und-herfährt: 51 Muslime, die ihren Glauben ernst nahmen. 51 Erwachsene und Kinder, die ursprünglich aus ganz verschiedenen Ländern stammten. 51 Menschen, die bis zu diesem Tag dachten, sie wären in Sicherheit.

An diesem Nachmittag spielen einige unserer EuroRelief- und i58-Helfer Fußball, und wie in solchen Fällen üblich, kommen schnell einige der Jungs aus dem Camp dazu und spielen mit. Fast nichts bringt Menschen auch ohne gemeinsame Sprache so schnell zusammen wie Sport! Innerhalb kürzester Zeit kann man im Gewimmel der verschwitzten Körper und durcheinanderlaufenden Beine nicht mehr so leicht erkennen, wer Flüchtling und wer Helfer ist.

Einer der afghanischen Jungs sitzt am Rand des Spielfelds und skypt ganz offensichtlich mit seiner Familie zu Hause. Er spricht lebhaft in seinen zerkratzten kleinen Bildschirm hinein und dreht sein Handy dann so, dass seine Gesprächspartnerin einen Panoramablick auf das Feld und die Fußballspieler bekommt. «Guck doch nur, Mama», übersetzt später einer unserer Farsi-Übersetzer, der zufällig in der Nähe sitzt, «die sind genau wie wir!»

Es klingt banal, wird mir bei meinen Einsätzen in sehr verschiedenen Ländern aber immer wieder neu deutlich: Trotz aller massiven Kulturunterschiede haben die meisten Menschen im Tiefsten doch sehr ähnliche Bedürfnisse. Väter möchten ihre Familie beschützen und versorgen. Mütter möchten ihrer Familie ein Zuhause bieten. Eltern wünschen sich, dass ihre Kinder zur Schule gehen können, dass «aus ihnen etwas wird» und sie eine Zukunft haben. Kinder wollen spielen und die Welt entdecken. Teenie-Mädchen wollen sich schön machen. Heranwachsende Jungen wollen sich beweisen und austoben; überall in der Welt kann man sie mit einem Fußball oder einem Tischkicker stundenlang beschäftigen.

Die meisten dieser Grundbedürfnisse bleiben bei den Menschen, mit denen wir hier täglich zu tun haben, sehr, sehr lange unbefriedigt. Welche tiefe Demütigung es für einen Familienvater bedeutet, seine Familie in seiner Heimat eben nicht beschützen und sie als Flüchtling nicht einmal selbst versorgen zu können, kann ich nur erahnen; so viele würden gerne arbeiten, bekommen aber stattdessen 90 Euro pro Erwachsenem – bzw. etwas mehr als 200 Euro für Familien – monatlich zugewiesen; Kost und Logis, wenn man das so nennen möchte, gibt es im Camp.

Und wie viel «Zuhause» kann eine Mutter unter den katastrophalen Umständen von Moria gestalten, auf ein paar Quadratmetern in einem Zelt, das sich ihre Familie mit zwei oder drei anderen teilt?

Wie viel grundlegende Bildung verpassen Kinder, während ihre Familien auf die Verlegung nach Athen oder Thessaloniki warten? Und werden sie mit all dem Traumatischen, das sie erlebt haben, überhaupt je normal lernen können?

Wo sollen sich die heranwachsenden Mädchen schön machen in einer Umgebung, in der es keine Badezimmer und nur zersprungene Spiegel im Dämmerlicht gibt?

Wie gut, dass wenigstens die Jungs heute für einige Stunden auf ihre Kosten kommen!

Kapitel 32

Montag, 18. März

Hollywood meets Moria

Dass ich heute gute Laune habe, ist gar nicht selbstverständlich. Am Freitag habe ich mich ziemlich geärgert, das Training für heute Morgen aufs Auge gedrückt bekommen zu haben: Alle Helfer, ob Einzelpersonen oder Gruppen, die über EuroRelief ins Camp kommen, erhalten eine Einführung in unsere Arbeit. Es gibt einen kurzen Impuls aus der Bibel zum Einstieg, wir erklären die Situation auf Lesbos und im Camp und die Aufgaben unserer Organisation, und zum Schluss gehen wir die Richtlinien durch, zu denen wir uns verpflichten. (Diesen Code of Conduct haben die Helfer im Idealfall schon zu Hause gelesen, und sie unterschreiben dann auch, dass sie sich daran halten werden.)

Ich habe schon länger mit den Hufen gescharrt, dass ich gerne auch mal ein solches Training halten möchte. Aber doch nicht gerade dieses! Als meine Kollegin mich dazu verdonnert, ist es schon Freitag, und ich habe keine Lust, mich an meinem freien Wochenende noch mal über die Geschichte der Insel, die Situation von Flüchtlingen weltweit und das Türkei-Abkommen schlauzumachen.

Zweitens geht es bei der Gruppe «Artolution» um Künstler, die gar nicht die üblichen EuroRelief-Arbeiten machen, sondern ein eigenes Public-Art-Projekt im Camp und einen Theaterworkshop bei einer Hilfsorganisation außerhalb. Sie sind zwar durch uns nach Moria gekommen, aber was soll ich ihnen denn von unseren Regeln und Aufgaben vermitteln? Und überhaupt kann ich mit Künstlern wenig anfangen!

Drittens sind es keine Christen, und ich werde folglich insgesamt weiter ausholen und mehr erklären müssen, wenn es um unsere Motivation und Arbeitsweise geht.

Viertens kündigt sich auch noch unser Direktor an, um einzelne Teile des Trainings zu übernehmen und die Gruppe kennen zu lernen: Stefanos arbeitet normalerweise im EuroRelief-Büro außerhalb des Camps, und ich hatte bisher fast nichts mit ihm zu tun. Ich bin unsicher, ob wir uns gut ergänzen, und außerdem wenig begeistert, ausgerechnet bei meinem ersten Training den Chef im Nacken sitzen zu haben, der sich als Grieche und Direktor ungleich besser auskennt als ich.

Dass fünftens auch noch ein Hollywood-Star mit zur Gruppe gehört, Katie Holmes, zusammen mit ihrer Tochter Suri Cruise, macht das Ganze weder besser noch schlimmer.

Ich will einfach nicht!

Aber es lässt sich nicht auf die anderen abwälzen. Meine holländische Kollegin macht grundsätzlich keine Trainings in Englisch, die anderen üblichen Trainer sind zum vorgesehenen Zeitpunkt alle nicht da oder arbeitstechnisch verhindert. Das ganze Miteinander – oder Gegeneinander – in unseren Absprachen läuft so merkwürdig, dass ich verunsichert die Freunde zu Hause anschreibe, die für mich beten. Ich schaffe das alleine nicht!

Und tatsächlich: Wir können im Kollegenkreis unkompliziert klären und ausräumen, was in der Kommunikation schräg gelaufen ist. Und übers Wochenende habe ich dann richtig Spaß, das Training vorzubereiten.

Und dann habe ich heute eine unerwartet gute Zeit mit der Gruppe. Stefanos erzählt statt einer ausführlichen Andacht ganz schlicht, wie die Nächstenliebe und Großzügigkeit einer Nachbarin für ihn Anstoß zum Glauben war und wie wir bei EuroRelief unseren Glauben praktisch zu leben versuchen. Und nach einem Stündchen verabschiedet er sich.

Die Gruppe – alles Amerikaner, von denen einige schon sehr viel Zeit mit humanitärer Hilfe im Ausland verbracht haben, andere gar keine – ist freundlich und stellt gute Fragen.

Erst Stunden später kapiere ich, dass drei der Teilnehmer in erster Linie Katie Holmes' Begleittrupp bilden: hier das Kindermädchen für Suri, dort der Bodyguard («also, meine eigentliche Bezeichnung ist Logistiker»), und dann noch eine Freundin, die als Psychologin wohl nicht nur den Frauen des Theater-Workshops zur Seite stehen soll, sondern auch Katie selbst.

Es ist schon Mittag, als wir endlich im Camp ankommen, dem Ende und meist auch Höhepunkt unseres Trainings. Unter den Ehrenamtlichen hat sich herumgesprochen, dass Katie Holmes da ist, aber sie halten sich alle diskret im Hintergrund. Wie gut! Ich habe von Anfang an den Eindruck, dass es Katie ganz lieb ist, hier nicht als Star behandelt zu werden, sondern einfach als Person. Und sie genießt es, mit einzelnen der Frauen und Mädchen ins Gespräch zu kommen, die sie zu ihrem Theater-Workshop einlädt. Hinter ihrer Sonnenbrille ist sie inkognito – und weil außer uns niemand vorher wusste, dass sie kommen würde, begegnen unsere Bewohnerinnen ihr auch ganz unbefangen.

Wir beenden unsere kleine Führung in Section B, dem Bereich der unbegleiteten minderjährigen Jungs, und Ruben, mein holländischer Sozialarbeiter-Kollege, erklärt die Situation gerade dieser besonders verletzlichen Gruppe von Flüchtlingen. In einem Raum, der mit Stockbetten vollgestopft ist und nach pubertierenden Teenie-Jungs und altem Essen riecht, kommen Katie und ihre Freundin noch mit einigen afghanischen Jungs ins Gespräch, die kaum älter sind als Suri.

Der Kontrast ist mit Händen greifbar – hier die müffelige Enge der Jungs, deren ganzes Leben von Krieg und Heimatlosigkeit geprägt ist, dort der Glamour eines Stars, der überhaupt zum ersten Mal Armut zu sehen scheint.

Das alles beschäftigt besagten Star spürbar – und wen würde es auch kalt lassen?! Ich kann mich an meinen ersten schockierten Gang durchs Camp noch gut erinnern. Im Gegensatz zu einem VIP konnte ich meine Gedanken dann aber in Ruhe sammeln.

Nicht so Katie. «Am Tor stehen einige Leute mit Kameras», raunt einer aus ihrer Gruppe Katie zu.

Und zu mir: «Gibt es einen Hinterausgang, durch den du Katie rausschmuggeln kannst?»

«Woher wissen die das denn?», frage ich fassungslos. Von uns hat ganz bestimmt keiner was gesagt.

Katie lächelt nur müde:

«Die haben ihre Quellen.»

Ich lotse sie und ihre Psychologen-Freundin also durch einen Hinterausgang des Camps und über abenteuerlich unebenes Gelände durch den Olivenhain in Richtung Straße – und dort steht dann doch auch eine Frau mit einer Kamera.

Wir überlegen kurz, ob wir ins Camp zurückgehen – die Paparazzi würden als Unbefugte glatt verhaftet, wenn sie uns nachzukommen versuchten. Aber eine echte Lösung wäre das nicht, allenfalls ein Aufschub.

«Wir könnten eine der afghanischen Frauen bitten, dir etwas von ihren Kleidern zu leihen, und du spazierst dann einfach verschleiert durch den Hauptausgang», überlege ich laut. Aber so richtig realistisch ist das auch nicht.

Also wickeln sich Katie und ihre Begleiterin ihre Schals ums Gesicht – sie kennen das vielleicht schon, aber ich habe keinen Schal dabei! Ich muss innerlich lachen bei der Vorstellung, dass mein schickes schwarzes GAiN-T-Shirt es nun vielleicht in eine Klatschzeitung schafft – und marschieren so vermummt tapfer zur Straße.

Klick, klick!

Zwei Schritte vorwärts.

Klick, klick!

Das ist doch doof!

«Sagen Sie mal, hassen Sie sich nicht selbst?», frage ich die Paparazza, die vielleicht in meinem Alter ist.

«In diesem Moment tue ich das tatsächlich», meint die verblüfft und von meiner Frage offenbar etwas überrumpelt. «Aber ihr habt ja keine Ahnung! Mein Chef hat mir einen solchen Druck gemacht! Soll ich euch die Mails zeigen, die er mir geschrieben hat? Und wir haben alle schon seit 11 Uhr an einer anderen Stelle gewartet, weil man uns durchgegeben hatte, dass ihr dort sein würdet ...»

«Aber Leuten so aufzulauern, ist doch keine Art», mischen sich nun auch Katie und ihre Freundin ein. «Wir sind doch echte Menschen. Und im Moment sind wir noch ganz aufgewühlt von dem, was wir hier sehen! Und das ist unser erster Tag hier. Warum geben Sie uns nicht einfach Ihre Karte, und wir organisieren ein echtes Interview gegen Ende unserer Zeit hier?»

Eine Karte hat die Frau mit der Kamera nun nicht dabei, aber immerhin trennen wir uns friedlich. (Nachtrag: Und ich habe bisher noch keine Bilder von dieser Begegnung im Internet gefunden, in denen Katie in ihren Schal gewickelt zu sehen wäre. Oder ich in meinem GAiN-T-Shirt …)

Ich weiß gerade nicht, wer mir mehr leidtut – der verfolgte Hollywood-Star oder die gestresste Paparazza! Immerhin haben wir jetzt unsere Ruhe und laufen unbelästigt die Straße entlang zu «Gateways2Life», der anderen Hilfsorganisation, bei der in dieser Woche der Theaterworkshop stattfinden soll. (Genau. Es ist die, bei der wir im Dezember auch unsere Schuhkartons verteilt haben.)

Ich merke, wie es noch in Katie arbeitet.

«Gilt das hier eigentlich noch als Zweite Welt, oder ist das schon Dritte Welt?», fragt sie ganz unschuldig.

Ich versuche zu erklären, dass Griechenland zur EU gehört und die gleiche Währung hat wie Frankreich und Deutschland. Und deswegen nicht wirklich in diese Kategorien gesteckt werden kann – und überhaupt. Aber ich verstehe ja, woher die Frage kommt. Was sie gerade gesehen hat, könnte genauso gut in Guatemala oder im Sudan angesiedelt sein.

«Es tut mir leid, dass das jetzt so blöd geendet hat», verabschiede ich mich, als ich Katie und ihre Gruppe bei «Gateways2Life» an die Mitarbeiter dort übergebe. «Andererseits ist es ja noch nicht das Ende – ihr fangt ja gerade erst an!»

Ich bin sicher, dass der Theater-Workshop und das Kunstprojekt den Frauen und Kindern von Moria guttun. Und vielleicht kriegt «Artolution» mit Katie als ihrer Botschafterin es auch hin, auf ganz neue und eigenständige Weise ein Bewusstsein für die Situation hier zu schaffen.

Ins Warenlager kehre ich nur noch fürs allgemeine Aufräumen zurück; das Training hat viel mehr Zeit in Anspruch genommen als geplant. Aber ich bin nun froh, dass ich es machen durfte. Wenn mir das am Freitag jemand vorhergesagt hätte, hätte ich ihn angeknurrt!

Neben der Halle sind wieder einmal einige Roma dabei, unseren Müllberg zu durchwühlen. Wir legen größere Teile wie zerrissene Planen oder verschimmelte Zelte dort ab, und der Fahrer bringt sie dann bei Gelegenheit zur Müllhalde. Am Freitag haben wir Zelte sortiert und einiges an Ausschuss nach draußen entsorgt – eine regelrechte Einladung für unsere Besucher, die sich nun recht großzügig bedienen.

«Nehmt, was ihr möchtet», sage ich auf Deutsch, «aber räumt den Berg nachher wieder schön auf, ja?»

Es ist echt nervig, wenn unser Müll überall auf dem Gelände verstreut und vom Wind auf die Straße getragen wird! Ich weiß nicht, wie viel wir wirklich voneinander verstehen. Mit einer der Frauen diskutiere ich noch gestenreich – sie in ihrer Sprache, ich in meiner –, dass wir ihnen leider die Stöcke zum Zelt nicht geben können, nein: Wir haben die Zelte ja eben gerade deswegen entsorgt, weil sie nicht mehr vollständig waren!

Ich kichere, als ich nach dieser lebendigen, aber vermutlich nutzlosen Debatte ins Warenlager zurückgehe. Wenn ich mal ein Buch schreibe, nenne ich es «Mein Leben zwischen Hollywood-Stars und Müllsammlern», denke ich. Und jedenfalls wird es in Moria nie langweilig.

Kapitel 33

Dienstag, 26. März

Matratzen

Gestern haben die Griechen ihren Nationalfeiertag gefeiert: Vor knapp 200 Jahren haben sie sich aus dem Osmanischen Reich herausgelöst. Diesen griechischen Unabhängigkeitstag feiert man offenbar auch in der Türkei. Wie sonst lässt sich erklären, dass gleich vier Boote es an der türkischen Küstenwache vorbei nach Lesbos geschafft haben?

188 Menschen sind gestern angekommen, 58 in einem weiteren Boot heute. («Das ist doch gar nichts», winken die Kollegen ab, die schon länger hier sind. «Letztes Jahr hatten wir an dem einen Tag fast 400 New Arrivals!»)

Sie alle unterzubringen, ist die Hauptherausforderung dieser Tage. Dass sich unter diesen 246 Menschen 59 «Araber» befinden (die Syrer und Palästinenser und vereinzelten Iraker laufen bei uns unter dieser Sammelbezeichnung, auch wenn wir sie nach Volksgruppen und nicht nur nach Sprachen getrennt unterzubringen versuchen), macht das Ganze doppelt schwierig: Es ist nicht ganz einfach, in einem vorwiegend afghanisch geprägten Camp für fünf Dutzend Araber Quartiere zu schaffen.

Dazu kommt, dass wir in diesen Tagen rund 1100 alte Matratzen gegen neue austauschen.

Die gute Nachricht zuerst: Über tausend Menschen bekommen eine frische Schlaf-Unterlage! (Es betrifft zwar nur die Geflüchteten, die ohnehin schon «nobel» in einem Container wohnen und ein Stockbett haben, aber immerhin!) Spender aus Holland haben es möglich gemacht, sie in Athen einzukaufen, und alle paar Tage nehme ich im Moment im Warehouse einen LKW voller Matratzen entgegen, die dann nach und nach ins Camp gebracht werden.

Es macht Freude, diese frischen, jungfräulich weißen Schaumstoff-Dinger zu stapeln! Und weil wir seit einigen Wochen ein «Box-Truck» genanntes größeres Transportfahrzeug haben, ist der Transport zum Camp ein wahres Kinderspiel, zumal wir für einige Monate einen amerikanischen LKW-Fahrer unter den Helfern haben. Wunderbar!

Die schlechte Nachricht? Die alten Dinger müssen entsorgt werden. Um sie zu entsorgen, muss man sie im Camp von den Bewohnern entgegennehmen, in unseren Fahrzeugen stapeln, zum Warehouse schaffen und dort lagern, bis eine endgültige Lösung gefunden ist.

Schon seit Wochen versuchen die Verantwortlichen im Camp und im Büro, außerhalb eine solche Lösung zu finden, scheitern aber immer wieder an der griechischen Bürokratie:

Kann die Gemeindeverwaltung die Dinger mit einem Müllwagen abholen lassen? (Es dauert Tage, bis wir die Antwort haben: Nein!)

Können wir sie zu der Müllhalde bringen, bei der wir sonst auch unseren größeren Müll abliefern? (Mehrere vergebliche Fahrten ergeben: Nein!)

Was ist mit der größeren Müllhalde eine halbe Stunde entfernt? Wäre das denkbar? (Nach langem Hin und Her erhalten wir endlich die Antwort: Ja! Aber es ist mit viel Papierkram verbunden. Und auf Lesbos bedeutet Papierkram tatsächlich das: Es werden Papiere ausgefüllt – teils mit der Hand – und dann in echten Ordnern abgelegt. Die Digitalisierung scheint hier noch nicht so recht angekommen zu sein. Ach so – und die Formulare sind natürlich auf Griechisch …)

Ich habe mich heute mit besagtem amerikanischen LKW-Fahrer zum Matratzen-Transport einteilen lassen und hantiere den ganzen Tag mit den versifften alten Schaumstoffdingern. Der Austausch war dringend nötig:

Die Matratzen lagen schon – und wer weiß, wie lange? – auf den Stockbetten, als meine langjährigsten Kollegen hier einstiegen, also vor ungefähr drei Jahren. Im Kommen und Gehen von Bewohnern hat niemand die Matratzen besonders geschont oder je gereinigt, und die meisten haben keine Hülle, kein Betttuch oder Ähnliches.

Wir fragen lieber nicht nach, was die vielen braunen und gelblichen Flecken auf den Matten zu bedeuten haben. Und warum sehen manche überhaupt so angekokelt aus? – Weil es im Camp neben Krätze und Wanzen so ziemlich jede Haut- und sonstige Krankheit gibt, wollen wir auch lieber gar nicht wissen, was wir hier heute alles mit den Matratzen mittransportieren. Aber es ist eben auch Teil unseres Dienstes, und die Aussicht, dass die Leute nun eine frische Unterlage haben, motiviert uns durch einen Tag mit einigen Ekel-Erlebnissen hindurch.

Die Stapel mit alten Matratzen, die wir erst im Camp, dann neben dem Warehouse aufbauen, stinken erbärmlich schon aus mehreren Metern Entfernung. Die Vorstellung, dass heute Morgen noch Menschen ihre Köpfe darauf gelegt haben, lässt mich erschaudern.

Und trotzdem betteln immer wieder Moria-Bewohner um die alten Matten. Versifft oder nicht – sie sind hochbegehrt bei den Menschen, die bisher auf Plastikmatten und Pappe schlafen. Aber wir wollen wirklich nicht, dass die ungesunden Dinger weiter zum Einsatz kommen, und so postiere ich mich im Lauf des Tages im Camp immer wieder neben den Matratzenstapeln. Immer wenn jemand um eine der alten Matratzen bittet, wedele ich wild mit den Armen, rufe «no good, no good» und mache Hust- und Kotzgeräusche.

Das überzeugt offenbar.

Als ich an diesem Abend nach Hause komme, ziehe ich schon im Treppenhaus meine stinkenden Klamotten aus und stopfe sie in die Waschmaschine, bevor sie mit irgendetwas in Berührung kommen. Ich bin nach der ganzen Schlepperei des Tages müde, aber echt zufrieden. «Moria no good» ist so ein Standardspruch unter den POCs, den wir, quasi aus Solidarität, mit übernommen haben. Aber manchmal gibt es eben doch auch Verbesserungen. Neue Matratzen zum Beispiel. Und die will ich feiern!

Kapitel 34

Donnerstag, 28. März

Katzenleben

Romana ist tot. Unser kleines Kätzchen ist nur sechs Wochen alt geworden. Die Kleine wirkte immer schon mickrig und verschnupft, und in den letzten Tagen fraß sie nicht mehr viel, fühlte sich ganz kalt an und zitterte immer, wenn man sie aus der warmen Decke herausschälte, in die sie sich eingemummelt hatte. «Fading Kitten Syndrome», nannte sich das laut Doktor Internet wohl, und die Prognosen waren schlecht.

Gestern haben wir noch diskutiert, ob wir sie zu einem Tierarzt bringen. «Jedes Leben zählt!», meinte Ruben, mein holländischer Sozialarbeiter-Kollege mit dem weichen Herzen.

«Aber es ist ein Katzenleben», hielt ich dagegen. «Und, ganz ehrlich, wenn ich zufällig ein-, zweihundert Euro zu viel habe, gebe ich die lieber für Zahnpasta für unsere New Arrivals aus als für einen Tierarzt und Katzenmedikamente.»

Unser Fahrer Aran, der sich als Katzenpapa in den letzten Wochen ins Zeug gelegt hat, neigte auch zum Realismus: «Ihre Mutter hat sie wahrscheinlich zurückgelassen, weil sie so schwach war. Wir haben ihr eine Chance gegeben, aber es soll wohl nicht sein.»

Keiner von uns hatte außerdem die Zeit, sich noch mehr als bisher rund um die Uhr um ein Katzenkind zu kümmern. Wir sind doch für die Flüchtlinge hergekommen!

Wir beschlossen, dass einer von uns sie immer in der Nähe behalten und darauf achten sollte, dass sie nicht fror, und so setzte ich Romana in meinen Schlaufenschal und versenkte sie im Ausschnitt meines T-Shirts. So hatte ich im Warenlager weiter beide Hände frei.

Die Kleine streckte noch eine Weile den Kopf aus dem T-Shirt und schaute in der Gegend herum. Dann tauchte sie ab und machte es sich zwischen meinen Brüsten gemütlich, ein zusammengerolltes Fellbündel, das zufrieden, aber zunehmend leiser vor sich hin schnurrte.

Als ich sie am Abend wieder an Aran übergab, ahnte ich schon, dass ich mich endgültig von ihr verabschiedete. Für mich war sie auch eine Art Therapiekatze: Zwischen all dem Herumkommandieren von Ehrenamtlichen und manchen Männerarbeiten hat sie mir die Gelegenheit gegeben, meine weichere, mütterliche Seite ein bisschen auszuleben.

Heute ist sie gestorben.

Aran hat sie in einer Ecke des Strands begraben.

Wenn das vor drei, vier Monaten passiert wäre, hätte mich das komplett runtergerissen, wird mir plötzlich bewusst. Ich war emotional so angekratzt, dass ich jetzt vermutlich heulend in einer Ecke säße und den Eindruck hätte, das ganze Elend der Welt bricht über mir zusammen. Krass!

Wenn ich jetzt die Aufzeichnungen aus meinen ersten Wochen hier anschaue, kann ich mich zwar einerseits noch gut an die Zeit erinnern, und gleichzeitig scheint sie weit weg zu sein. Ging es mir wirklich so schlecht? «Damals» habe ich mich daran festgehalten, dass diese schwierige Anfangszeit schon irgendwann vorbeigehen würde und ich mich wieder besser fühlen würde. Und jetzt merke ich: Genau!

Es geht mir gut! Ich bin gerne hier! Auch wenn sich viele Dinge nicht wirklich geändert haben und ich mich immer noch ziemlich einsam fühle, gibt es eben auch so manches, an dem ich mich freue. Ich habe am Anfang gedacht, dass es überhaupt keine Schönheit in Moria gibt, aber ich habe sie dann doch gefunden: in den Gesichtern der Menschen. Im Lachen der Kinder. In Blumen, die jemand in einer freien Stunde in den Stacheldraht gewunden hat.

Der Frühling trägt sicher das Seine zu meiner guten Stimmung bei: Die Wiesen sind saftig grün und voller Blumen, die Kirschbäume blühen, die Sonne scheint. Es riecht nach Flieder und den ersten Rosen. Die Insel zeigt sich von ihrer herrlichsten Seite. Die Restaurants haben die Plastikverkleidung ihrer Außenbereiche entfernt, so dass ich den gelegentlichen Kaffee tatsächlich im Freien trinke und mir vorkomme wie eine Touristin.

Und wenn es nicht gerade stürmt wie heute, kann man tagsüber schon im T-Shirt herumlaufen. Der furchtbare Regen ist vorbei. Auch die Nächte, in denen unsere Geflüchteten frieren, werden bald der Vergangenheit angehören.

Und ein kleines Katzenkind hat ein kurzes, aber kein schlechtes Leben gehabt. Sie hat in den paar Wochen vermutlich mehr Liebe und Aufmerksamkeit erfahren als die meisten unserer Flüchtlinge im Massenbetrieb …

Rest in Peace, Romana.

Kapitel 35

Persönlich: Aziz

Bis wir endlich einen Interview-Termin finden, braucht es einige Anläufe. Aziz – wir haben beschlossen, dass ich den jungen Iraker in diesem Buch so nenne – ist ganz schön beschäftigt, und wenn er gerade Zeit hatte, war ich nicht zu erreichen …

Vor ein paar Tagen hatten wir dann gerade unseren Video-Anruf begonnen, als er schon wieder abbrach. «Ich habe nicht mehr viel Saft auf dem Handy», hatte sich Aziz schon im Vorfeld entschuldigt, «ich habe im Moment hier sehr unregelmäßig Strom und konnte es nicht aufladen. Du kennst das ja!»

Ich kenne das in der Tat: Aziz wohnt in Ankawa, dem christlichen Vorort von Erbil, den ich durch meine Einsätze und Reisen in den Irak gut kenne – einschließlich seiner unzuverlässigen Strom- und Wasserversorgung.

Wir haben sogar einige gemeinsame Bekannte: Der Pfarrer, zu dessen Gemeinde sich Aziz zählt, war im August 2014 bei einer unserer Verteilungen in einem syrischen Camp im Nordirak dabei. «Ja, in diesem Camp sind wir immer noch aktiv», bestätigt Aziz, «gerade heute Nachmittag werden wir dort wieder Hilfsgüter verteilen!»

Er findet es lustig, als ich ihm Bilder schicke, die seinen Pfarrer und mich mit meinem GAiN-Team vor fünf Jahren zeigen. Die Welt ist klein! Aber dass sich unsere Welten ausgerechnet im Nordirak überschneiden, ist dann doch Aziz' ungewöhnlicher Geschichte zu verdanken.

«Ich bin im Südirak aufgewachsen», erzählt Aziz. «Als ich fünf Jahre alt war, 2003, kam der Krieg, und er war in unserer Region besonders heftig. Ich habe damals eine ganze Reihe Menschen sterben sehen – in Explosionen, durch Bomben, durch Geschosse …

Die meisten Toten in meinem Umfeld waren Erwachsene, aber einmal ist durch eine Explosion auch ein Kind in meinem Alter umgekommen. Der Krieg war Normalität, er gehörte einfach zu unserem Leben dazu. Bei mir hat das aber dazu geführt, dass ich schon als Kind keine Gefühle mehr hatte: Ich weinte nicht, ich war nie traurig, aber auch nie froh …

Als ich 12 oder 13 war, gab es in meiner Nachbarschaft einen kleinen Markt, auf dem die Leute alles Mögliche verkauften. Ich weiß gar nicht mehr, was ich dort kaufen wollte, aber mir fiel ein kleiner Stand mit Büchern und DVDs auf. Es waren christliche Bücher und Filme, und darüber stand ein Schild: ‹Kostenlos zum Mitnehmen›! Ich nahm mir eine DVD mit dem Jesusfilm und versteckte sie schnell unter meinem Hemd. Ich wusste schon, dass meine Familie nicht begeistert sein würde, wenn sie davon wüsste.

Meine Familie ist sehr religiös: Mein Vater ist nicht ganz ein Imam, aber so etwas Ähnliches, und meine Mutter verantwortete sozusagen die Frauenarbeit in unserer Moschee. Mein großer Bruder und seine Frau waren auch sehr gläubig, und alle vier hatten sogar viermal den Haddsch gemacht, die Pilgerfahrt nach Mekka.

Diese DVD war meine erste Berührung mit dem Christentum. Abends um zehn schaute ich sie mir heimlich an, natürlich mit Kopfhörern. In dem Film passierten manche schmerzhaften Sachen, aber es war ja nur ein Film, und ich hatte in meinem echten Leben doch schon viel Schrecklicheres gesehen! Dann kam die Szene, in der Jesus gekreuzigt wird, und noch im Sterben sagte er: ‹Gott, vergib ihnen!›

Das löste den ersten Funken von Gefühlen seit Langem aus. Nach vielen Jahren bemerkte ich zum ersten Mal, dass ich wieder weinen konnte. Meine Wangen waren ganz nass von meinen Tränen, und ich war völlig verwirrt. Warum weinte ich denn?

In der Nacht, nachdem ich den Film gesehen hatte, erschien mir Jesus in einem Traum. Er hatte ein weißes Gewand an, und sein Gesicht war ganz hell. Ich konnte die Gesichtszüge nicht erkennen, aber ich wusste einfach, dass er es war.

Meine Familie wollte ich nicht fragen, was das alles bedeutete. Ich hatte aber einen Bekannten, der aus einer der christlichen Volksgruppen stammte. ‹Nimm mich mit in deine Kirche›, bettelte ich. ‹Die werden dich dort nicht reinlassen›, meinte mein Freund. Ich fragte aber wieder und wieder, so dass er mich schließlich zu seinem Pfarrer schleppte.

‹Ich möchte mehr über Jesus erfahren›, erklärte ich dem.

‹Warum denn?›

‹Ich weiß auch nicht genau; aber ich möchte mehr wissen.›

Der Pfarrer war nicht besonders begeistert, hatte ich den Eindruck. ‹Du kannst immer freitags kommen, und ich erzähle dir dann mehr›, sagte er und gab mir ein kleines Büchlein, das ich lesen sollte. Aber ansonsten sagte er nicht viel und schickte mich nach einer halben Stunde auch wieder nach Hause. ‹Komm nächste Woche wieder›, sagte er.

Ich weiß nicht, ob er Angst hatte, dass ich ein Spion sein könnte, denn natürlich würde er in große Schwierigkeiten kommen, wenn ich durch seine Arbeit zum christlichen Glauben konvertieren würde. Vielleicht war er auch einfach nur faul. Jedenfalls hatte er angeblich keine Zeit, als ich am nächsten Freitag wieder kam. Und am darauffolgenden Freitag auch nicht, und an dem danach auch nicht. Die Botschaft kam bei mir deutlich genug an!

Ich konnte niemanden sonst fragen, es gab keine anderen Christen in meinem Umfeld. Irgendwann fasste ich mir doch ein Herz und fragte meine Schwägerin:

‹Was sind denn eigentlich Christen?›

‹Das sind schmutzige, dumme Menschen›, gab sie zur Antwort.

‹Aber warum denn?›

‹Gott hat ihnen einen Propheten geschickt, und sie haben ihn umgebracht!›

Von der Seite waren also keine Antworten zu erwarten.

Ich versuchte es dann über eine Facebook-Seite: Da war eine christliche Seite mit einem blumigen arabischen Namen, übersetzt hieß sie ungefähr: ‹Süß in meinem Verhalten›. Ich schaute in den Kommentaren nach Leuten, die christliche Namen hatten, und schickte ihnen Freundschaftsanfragen. Wenn sie antworteten, stellte ich ihnen meine Fragen. Es gab aber nur eine einzelne Frau, die darauf einging und mir ein bisschen half, aber nach einer Weile verschwand sie merkwürdigerweise.

Ich hatte ein ganzes Jahr nach Jesus gesucht, aber nichts gefunden. Ein Teil von mir wollte aufgeben, ein anderer wollte ihn immer noch kennen lernen. Schließlich gab ich doch auf.

Ich drückte meine Situation aus, indem ich mir ein Tattoo auf den Rücken stechen ließ, als ich 14 war: Ein Kreuz, das von einem Hidschab, einem muslimischen Kopftuch, verhüllt ist. Das hatte ich mir aus dem Motiv-Buch im Tattoo-Studio so zusammengebastelt. Der Hidschab sollte ausdrücken, dass die muslimische Gemeinschaft mir den Blick auf Jesus verstellte und ihn vor mir verborgen hielt.

In dieser Zeit hörte ich auch nach der achten Klasse mit der Schule auf. Ich war insgesamt sehr gut gewesen, vor allem in Englisch, nur in Chemie kam ich nicht weit, und dann gab es immer Prügel von meinem Vater. Er ist Professor an der Universität meiner Heimatstadt und hat ein gutes Auskommen, aber er fand, dass ich nun für meinen Unterhalt selbst aufkommen sollte.

Ich heuerte also bei einem Reisebüro an, bewirtete die Kunden mit Tee, putzte die Räume. Ich beobachtete auch die Angestellten, wie sie die Kunden berieten, und eines Tages, als gerade außer mir niemand im Laden war und ein Kunde kam, beriet ich diesen Kunden. Ich weiß noch genau, dass er vom Südirak nach Dubai fliegen wollte. Ich nahm die Daten auf, nahm sein Geld entgegen und bat ihn, in zehn Minuten wiederzukommen, und dann lief ich zu einem anderen Reisebüro, besorgte das Ticket und klebte die Aufkleber unseres Büros darüber, bevor ich es dem Kunden gab.

In der Abrechnung am Ende des Monats fiel das aber natürlich auf, und mein Chef fragte:

‹Wer war das?›

‹Ich›, meldete ich mich.

Zu meinem Erstaunen fand er das alles ziemlich clever und

sorgte dafür, dass ich die Programme selbst auch lernte und Tickets buchen konnte und so weiter. Nach einer Weile managte ich den Laden, und noch bevor ich 17 war, kam ich ziemlich viel herum: Ich war in der Türkei, in Dubai, im Oman … Ich hatte auch zwei billige kleine Autos und eine Harley-Davidson. Ich fuhr ohnehin schon, seit ich 14 war, obwohl man im Irak erst mit 18 den Führerschein machen darf. Ich habe das erst vor vier Monaten nachgeholt!

Ich kam mir in dieser Zeit ungemein erfolgreich vor. Ich werde mein Leben lang Erfolg haben, dachte ich. Meine Freunde aus der Schulzeit wurden immer noch von ihren Eltern unterstützt, während ich schon 2000 Dollar angespart hatte. Allerdings verließen in dieser Zeit auch viele Leute den Irak und versuchten in Europa ihr Glück. Ich war mir immer weniger sicher, dass ich im Irak eine Zukunft haben würde, und meine Eltern begannen immer mehr davon zu reden, dass es für mich an der Zeit wäre zu heiraten. Schließlich hatte ich Geld, und warum sollte ich das nur für mich ausgeben? Ich wollte aber nicht.

Mit 550 Dollar kaufte ich ein Flugticket nach Izmir, und von dort aus brachte mich ein Schlepper zur Küste und aufs Boot. Ich hatte, ehrlich gesagt, überhaupt keine Ahnung, wo ich war und wohin wir fuhren, aber an diesem 29. September 2017 setzten wir über nach Lesbos. Wir waren sechzig Erwachsene und sieben Kinder. Es war eine furchtbar stürmische Nacht, und die Wellen waren sehr, sehr hoch. Ich hatte große Angst. Als wir an der Küste ankamen, war ich einfach nur froh, dass ich noch lebte.

Es war dort niemand, keine Küstenwache, keine Polizei … Als Erstes zog ich mir mein nasses Hemd aus und rannte nur in meiner Hose die Straße entlang, bis ich laute Musik hörte. Da war eine Disko, und ich rannte einfach hin und rief: ‹Hilfe, Hilfe!›

Die Leute dort waren etwas überrascht über diesen Typen, der da mitten in der Nacht nur mit einer Hose herumlief. Sie gaben mir eine Decke und riefen die Polizei, die nach einer halben Stunde auch kam und mich in ein Lager brachte, zunächst in das kleine Notlager in Skala, an der Küste, dann nach Moria.

Es war eine ganz schreckliche und merkwürdige Erfahrung.

Ich glaube, ich hatte mir vorher nicht überlegt, wie das Leben als Flüchtling sein würde, aber dort war es jedenfalls sehr schwierig. Ich hatte immer mein eigenes Zimmer gehabt und mein Leben selbst bestimmt. Hier gab es keinen Platz und zu wenig Essen, für das man jedoch endlos anstehen musste. Das hatte ich nicht erwartet.

Aber ich bin ein Mensch, der sich durchbeißt. Ich überstand den ersten Tag, dann den zweiten … Ich wollte am liebsten im New-Arrivals-Zelt bleiben; draußen im ‹echten› Camp gab es zu viel Gewalt und ständige Kämpfe. Immer wenn also jemand von EuroRelief kam, um mich zu ‹housen›, versteckte ich mich, ging um sie herum oder vermied auf alle möglichen Weisen, das große Zelt zu verlassen.

Drei Wochen lang ging das so, aber dann wurde mir bewusst: Ich sollte doch irgendetwas tun! Ich sollte mich zumindest informieren, wie das mit dem Asylverfahren ist und so weiter. Also überlegte ich, mir irgendjemanden mit einer Uniform zu suchen. Ich ging zum EuroRelief-Info-Point, und da war diese Frau in den Sechzigern mit einer EuroRelief-Weste, eine Amerikanerin, in deren Gegenwart ich mich sofort wohlfühlte. Aus ihren Augen strahlte Licht.

‹Kann ich mit dir reden?›, fragte ich. ‹Wie bekomme ich denn Asyl?›

Sie nahm sich Zeit für mich, und ich erzählte ihr meine Geschichte. Beziehungsweise die Geschichten, die ich mir für mein Asylverfahren zurechtgelegt hatte – es war eigentlich die Geschichte meines Vaters und eines meiner älteren Brüder, die für die Amerikaner gearbeitet hatten. Eine Miliz hatte daraufhin versucht, sie umzubringen. Dieser Bruder lebt inzwischen auch in den USA. Es war also nicht einmal meine Geschichte!

Ich weiß gar nicht, warum, aber ich erzählte dieser Frau auch, wie ich vergeblich nach Jesus gesucht hatte. ‹Möchtest du denn mehr wissen?›, fragte sie, und sie bot an, mich am nächsten Tag nach der Schicht mit zu ihrem Team zu nehmen.

Moment mal, dachte ich, als ich vom Info-Point wegging. Das war jetzt aber merkwürdig! Ich wollte eigentlich etwas über das

Asylverfahren wissen, und stattdessen werde ich mehr über Jesus hören!

Ich traf dieses Team auch am nächsten Tag, und es war nett; wir saßen im Garten des Hotels, in dem sie untergebracht waren, und unterhielten uns. Aber ich hatte nicht den Eindruck, dass das alles etwas mit mir zu tun haben könnte. Ich war schließlich als Muslim geboren, und ich hatte nicht vor, ein Ungläubiger zu werden!

An diesem Nachmittag lernte ich dann aber auch noch Mister Tim und seine Frau Sandy kennen, die jetzt für die seelsorgerliche Betreuung der EuroRelief-Mitarbeiter verantwortlich sind. Er gab mir eine Hörbibel, aber im Camp war es immer viel zu laut, um sie mir anzuhören.

Ich traf auch Michael, einen anderen Amerikaner aus diesem Team, der sich viel mit mir unterhielt und mir eines Tages einen Vers in der Bibel zeigte, in dem es darum geht, dass Jesus vor der Tür unseres Herzens steht und anklopft.

‹Willst du ihn reinlassen?›, fragte Michael.

‹Ja, unbedingt!›, sagte ich, und wir beteten.

Für das, was ich dann spürte, habe ich bis heute keine Worte. Ich konnte es auch damals nicht beschreiben, aber ich dachte, dass das wahrscheinlich daran liegt, dass ich kein Muttersprachler bin. Ich fühlte mich irgendwie besonders. ‹Das ist bestimmt der Heilige Geist, der jetzt in dir lebt›, meinte Michael. Das machte mir Sorgen: Was – da ist jetzt ein Geist in mir drin?

In dieser Nacht konnte ich nicht schlafen. Ich hatte plötzlich all diese Stimmen im Kopf: Was machst du da eigentlich? Spinnst du? Wenn deine Mutter wüsste, was du getan hast! Dein Vater würde einen Schlaganfall bekommen! Sprich nie wieder mit diesen Leuten!

Ich wälzte mich schweißgebadet auf meiner Matratze hin und her. Am nächsten Morgen erzählte ich den Amerikanern davon. Ich fühlte mich wie auf einem geistlichen Kampffeld, und das war ja völlig neu für mich.

‹Das sind Angriffe vom dem, der nicht will, dass du dich Gott zuwendest›, sagten die Amerikaner.

‹Aber was soll ich denn machen, wenn das erneut passiert?›, fragte ich. ‹Ich habe meine Mutter doch lieb und will ihr keinen Kummer machen!›

Sie lehrten mich, wie man in solchen Situationen beten und sich behaupten kann. Dann wurde mir plötzlich bewusst: Vom Gegenspieler Gottes wird doch gesagt, dass er der Vater der Lüge ist. Wenn er also sagt, ich soll einen anderen Weg einschlagen, dann muss ich auf dem richtigen Weg sein!

Das half.

Mister Tim nahm sich in diesen Wochen auch sehr viel Zeit für mich und erklärte mir viel. Er wählte immer gute Themen aus, und ich lernte jede Menge über meinen neuen Glauben. Ich wollte mich auch einer Kirche anschließen, aber als wir an einem Sonntag zur Oasis kamen, sah ich dort einen der Flüchtlinge, die für EuroRelief arbeiteten. Ich hatte mitbekommen, dass er einmal zu seinen Kumpels sagte: ‹Haltet euch an mich, dann habt ihr auch etwas von den Vorteilen, die ich durch meine Arbeit habe!› Ich fand das abstoßend. Ich wollte nicht in der gleichen Kirche sein wie er, und ich wollte auch nicht, dass er mich dort sah.

Wir gingen stattdessen zur evangelischen Kirche in Mytilene, und ich schloss mich dieser Kirche an. Die Leute dort nahmen mich sehr freundlich auf.

Einige Monate ging das gut, dann setzte mich ein Typ aus dem Camp unter Druck. Er wusste ja, dass ich als Muslim galt. Er hatte Gold gestohlen und wollte, dass ich es für ihn versetzte, weil ich sprachlich und geschäftlich besser zurechtkommen würde als er. Ich wollte aber nicht. ‹Ich weiß, dass du sonntags in diese Kirche gehst›, drohte er, ‹und wenn du nicht mitmachst, erzähle ich den Leuten hier im Camp davon.›

Das machte mir Sorgen. Ich mochte die Leute in der Kirche und wollte nicht, dass sie zu Schaden kämen. Also spielte ich sein Spiel mit, zwei- oder dreimal, und sagte ihm dann, dass ich nicht mehr mitmachen würde.

‹Ich gebe den anderen Drogen und erzähle ihnen, dass du Christ bist›, drohte er diesmal, ‹und dann wird es ihnen leicht fallen, dich zu töten.›

In dieser Nacht griffen die Syrer auf Level 3, wo ich lebte, die Iraker an und zündeten das Camp an. Ich rannte in die Nacht hinaus, ohne Schuhe, aber immerhin mit meinem Handy. Ich hatte ein paar Schnitte an den Händen und Armen, aber vor allem hatte ich Angst. Nachts um zwei rief ich Mister Tim an: ‹Ich renne hier draußen auf der Straße vor dem Camp herum!›, meldete ich ihm.

Er kam und sammelte mich am Straßenrand auf. Sandy gab mir eine heiße Schokolade, und ich verbrachte den Rest der Nacht auf ihrem Sofa.

Am nächsten Morgen fragten die anderen Iraker: ‹Wo bist du denn gewesen?› Ich zeigte ihnen meine Verletzungen. ‹Ich war doch hier›, behauptete ich. Aber es wurde in den nächsten Tagen immer schwieriger für mich. Ich glaube inzwischen, ich wäre in dieser Nacht erstochen worden, wenn ich nicht abgehauen wäre.

Ich stahl mich also nur mit meinem Rucksack aus dem Camp. Eine Frau aus der Gemeinde in Mytilene holte mich ab. Sie versteckten mich zunächst in einem Hotel, dann in einer kleinen Kammer über der Kirche. Die war nur drei mal drei Meter groß, aber immerhin war ich sicher. Ich blieb dort mehrere Wochen.

Mein Asylantrag wurde zweimal abgelehnt. Kein Wunder, ich hatte ja meinen Bruder und meinen Vater vorgeschoben und auch noch eine andere Sache erzählt, die nicht stimmte. Dafür schäme ich mich heute sehr.

Es war klar, dass ich in den Irak zurückmusste. Mir war auch bewusst, dass man mich bei einer weiteren Ablehnung direkt in die Türkei abschieben würde, aber ich wollte nicht in einem türkischen Gefängnis landen! ‹Vielleicht steht Gott ja hinter all dem›, überlegte ich, ‹und will, dass ich wieder in den Irak gehe.›

Ich stellte mich also den Behörden freiwillig, um in den Irak zurückdeportiert zu werden. Mister Tim brachte mich an den Eingang von Moria, und dort war ich 21 Tage lang im Gefängnis, bevor ich mit dem Flugzeug über die Türkei nach Bagdad geschickt wurde. Dort wurde ich ein paar Stunden befragt, aber dann war ich frei.

Ich ging zu meiner Familie, die gar nicht mit mir rechnete. Sie waren froh, mich zu sehen, aber auch traurig, als sie sahen, wie viele Verletzungen ich davongetragen hatte, seit wir uns das letzte Mal gesehen hatten.

Ich blieb drei Wochen im Süden und traf dann einen Bekannten aus Kanada, der für eine Hilfsorganisation arbeitete. Er wohnte eigentlich in Erbil, in der kurdischen Autonomie-Region im Nordirak, und er lud mich ein, ihn zu besuchen. Ich flog also für eine Woche in den Norden, wohnte in seinem Gästezimmer und begann nach einer Kirche zu suchen. Über Missionare in Griechenland hatte ich einen Link bekommen. Ich meldete mich bei diesen Christen und kam zu ihrem Bibelkreis. Ich mochte diese Leute. Sie strahlten Frieden aus, waren sehr freundlich und nahmen mich herzlich auf.

Dann flog ich zurück in den Süden, aber ich hielt es dort nicht mehr aus. Es lag so viel Gewalt in der Luft, und mein Vater setzte mich unter Druck, mit ihm zur Moschee zu gehen. Ich konnte dort nicht in meiner Bibel lesen und ganz sicher nicht zur Kirche gehen!

Einige Wochen lang flog ich jeweils für einen Tag in der Woche in den Norden, um dort die Gemeinde zu besuchen. Aber mir ging schnell das Geld aus. Ich hatte damals noch ein iPhone7; das verkaufte ich und flog wieder in den Norden. Ich blieb erst in der Wohnung eines Freundes, der Christ war, und fand dann ein kleines Studio-Apartment. Ich arbeitete auch eine Weile in einem Reisebüro, aber ich wurde dort nur ausgenutzt: Statt der versprochenen 500 Dollar Monatslohn bekam ich nur 400 ausbezahlt. Angeblich hätte ich nicht gut gearbeitet, dabei hatte ich in dem Monat rund fünfzig Flugtickets verkauft und dem Unternehmen einen ganz schönen Gewinn beschert. Ich wollte unter diesen Umständen nicht dort bleiben.

Dem Pfarrer meiner neuen Gemeinde war aber aufgefallen, dass ich ganz gut Englisch kann, und er bot mir einen Job in der Hilfsorganisation an, in der er auch engagiert ist. Ich mache nicht nur Übersetzungen, sondern helfe auch mit Holzarbeiten und bei allem, was sonst so ansteht. Seit zehn Monaten bin ich dabei.»

Aziz erzählt mir ein bisschen, wie es in dem Camp aussieht, in dem mein GAiN-Team auch schon 2014 Waschmittel und Kindersandalen verteilt hat. Das Lager besteht seit Herbst 2013, und die Syrer, die schon damals unter erbärmlichen Bedingungen dort lebten, warten immer noch darauf, dass sie in ihre Heimat zurückkehren können.

«Donnerstags und freitags gehen wir immer hin und schauen, wie wir helfen können», sagt Aziz. «Wenn die Leute es wünschen, beten wir auch mit ihnen. Vor zwei Wochen haben dort zwei Familien angefangen, mit Jesus zu leben.

Ich merke, dass ich noch viel über Gott lernen muss, aber ich erlebe jetzt auch schon sehr viel mit ihm. Vor einigen Monaten hatte ich eine Vision, in der ich mit Mister Tim in Griechenland vor Flüchtlingen stehe und ihnen von Jesus erzähle. Ich weiß noch nicht, wie das aussehen kann, schon rein rechtlich ist das sicher kompliziert. Aber ich habe schon so viel mit Gott erlebt – und ich habe Zeit. Ich bin gespannt, was er noch mit mir vorhat.»

Kapitel 36

Dienstag, 2. April

Wohnungs-Upgrade

Auf Level 1 sieht es heute aus wie auf einem orientalischen Basar: Zwischen Töpfen, Herdplatten und Waschschüsseln stapeln sich Plastikkörbe mit Kleidern. Auf einigen Bettgestellen sitzen, umgeben von Rucksäcken und Plastiktüten, einige jüngere Frauen. Väter wiegen plärrende Babys im Arm; eine große Schwester wäscht in einer Plastikschüssel etwas Wäsche – und im Anschluss ihren kleinen Bruder gleich mit. Auf dem Boden stapeln sich Plastikmatten und Decken. Eine ältere Frau hat sich aus doppelt gestapelten großen Sechser-Packungen Wasser eine Art Festung um eine Isomatte herum gebastelt und sitzt nun dort im Schneidersitz auf dem Boden, eine Matriarchin inmitten ihres Clans. Im Gewirr spielen Kinder Fangen, Verstecken und Hüpfkästchen. Dazwischen schimmern immer wieder die knallig-orangen EuroRelief-Westen von Helfern durch, die mit dünnen Metall-Wandstücken, Zollstöcken und Werkzeugen geschäftig hin und her laufen. In einer Ecke kreischt eine Kreissäge.

Es ist ein insgesamt fröhlicher Trubel bei schönem Wetter. Der Hausrat auf dem Betonboden hier draußen ist all das, was die Bewohner von Level 1 besitzen; sie mussten für einige Stunden ausziehen, aber das haben sie gerne getan: Heute wird renoviert! Seit gestern ist ein Team von Holländern hier, das in den großen Räumen Wände einzieht.

Es gibt entlang des Hügels, der sich längs durch das Camp zieht, drei Ebenen, Levels genannt, auf denen die ursprünglichen Räume des Militärgefängnisses stehen. Diese insgesamt 24 Räume sind jeweils sechs mal acht Meter groß, haben eigene Toiletten und Duschen und sind entsprechend beliebt bei unseren Bewohnern. Wir versuchen dort vor allem Familien unterzubringen, sechs sind es in jedem Raum.

Bisher waren ihre Bereiche nur mit Decken abgetrennt, was alles andere als hygienisch war und zu Streitigkeiten führte – Seile, an denen Decken hängen, kann man eben doch verschieben, wenn gerade keiner hinschaut! Die Holländer haben nun dünne Metallwände liefern lassen, wie man sie von Containern kennt, und ziehen sie in einer Mammutaktion von nur wenigen Tagen in allen Räumen ein.

Sogar den Boden erneuern sie an vielen Stellen. Eigentlich wollten sie nur den PVC-Belag ersetzen, aber ganz kurzfristig stellte sich heraus, dass das Holz darunter komplett von Abwasser durchtränkt und durchgefault war. Kein Wunder, dass es in den Räumen oft so widerlich stank und die Bewohner Paletten auf das PVC stellten, um etwas Abstand zu gewinnen! Das Holz wird nun auch ersetzt, aber ob das Abwasser dauerhaft draußen bleibt, ist eine andere Frage …

Die Kanalisation in Moria ist ursprünglich für 800 Leute angelegt und war mit den zwischenzeitlich 9000 völlig überfordert. Aber das ist ein Projekt für eine andere Zeit.

Etwas Unmut gibt es, als die Bewohner ihre neuen Räume beziehen und dabei erfahren, dass nun sieben statt sechs Familien in jedem Raum einziehen sollen. Luxus sind die Quartiere ja nach wie vor nicht; auf einer Fläche von 2,20 mal 2,20 Metern bringen wir auch hier gerne mal eine vier- oder fünfköpfige Familie unter. («Wenn ich meiner Frau auch nur ein Badezimmer in der Größe vorschlagen würde, würde sie mir einen Vogel zeigen», meint einer der Helfer.) Theoretisch gibt es nun also etwas weniger Platz als vorher, aber die schmalen weißen Wände schaffen auch Klarheit und Schutz, wo es vorher viel zu Streitigkeiten gekommen ist.

«Wir brauchen noch über hundert Decken», meldet sich Rien, der Leiter des Bauteams, bei mir im Warenlager. «Am besten möglichst bunte, damit es ein bisschen fröhlich aussieht!»

Der ist ja lustig! Wo soll ich denn auf die Schnelle hundert bunte Decken herbekommen?, überlege ich. An unsere Neuankömmlinge geben wir meistens graue, schön warme Decken aus, die von den UN geliefert werden, aber die sehen tatsächlich ein bisschen langweilig aus. Und wir wollen sie nicht einfach als Tür-Vorhänge zweckentfremden, wenn es nicht sein muss!

Da fallen mir einige Kisten ein, die etwas unmotiviert in einer Ecke stehen: «Schlafsack-Decken», haben wir darauf geschrieben. Es sind bunte Schlafsäcke, wie man sie in den Siebzigern und Achtzigern viel zum Camping verwendet hat: Sie sind rechteckig mit einer kleinen Falte für den Kopf, und wenn man den Reißverschluss aufmacht, kann man sie auch als Decken verwenden. Wir haben sie bisher in der Kälte nicht ausgeben wollen, weil sie nicht so warm sind wie «echte» Mumienschlafsäcke und wir niemanden benachteiligen wollen. Aber als Türen sind sie wunderbar.

Ich lächle, als ich die quietschbunten Dinger am Eingang staple, damit Rien sie gleich abholen kann. Durch die Levels wird ab heute ein Hauch von Hippie-Atmosphäre und Achtziger-Jahre-Camping wehen. In all der üblichen Tristheit von Moria ist das wirklich eine schöne Nachricht!

Kapitel 37

Mittwoch, 17. April

Mit anderen Augen

«Meinem ersten Patienten habe ich gleich fünf Zähne ziehen müssen», stöhnt Alex, ein junger Zahnarzt, beim gemeinsamen Abendessen. Er ist seit Samstag mit einem GAiN-Team aus Großbritannien hier, hat sich für seine Woche auf Lesbos aber einer anderen Hilfsorganisation angeschlossen – einer Zahnarzt-Initiative, die vor allem Zähne zieht, so könnte man meinen. Zumindest ziehe ich ihn damit auf.

«Es ist wirklich nicht so einfach», verteidigt sich Alex. «So viele der Leute, die mit schlimmen Schmerzen oder Beschwerden zu uns kommen, haben völlig verrottete Zähne. Wir können Füllungen machen oder eben Zähne ziehen, alles andere ist zu aufwendig.»

Bei vielen der Moria-Bewohner, die aus armen und ungebildeten Familien kommen, ist Mundhygiene völlig unbekannt. Schon manche Kinder haben so grauslich schiefe und kaputte Zähne, dass man wirklich kein Profi sein muss, um zu ahnen, dass ihnen ihr Gebiss in naher Zukunft viel Kummer machen wird.

Dabei ist es nicht nur eine Frage der Kosten, dass Wurzelbehandlungen, Kronen oder Zahnspangen nicht zum Repertoire der ehrenamtlichen Zahnärzte im Camp gehören: Niemand weiß, wie lange ein Patient noch in Moria ist und wo er hinkommen wird, wenn er das Lager verlässt. «Wenn man wüsste, dass jemand an einen Ort mit einer halbwegs anständigen Krankenversorgung verlegt wird, könnte man sicher mehr tun», meint Alex, «aber wenn die Leute in ihre Länder zurückgeschickt werden und wir irgendetwas mit ihren Zähnen angefangen haben, das dann nicht fortgesetzt werden kann …»

Alex hat sich innerhalb weniger Stunden daran gewöhnen müssen, sich – nach einer höchstens oberflächlichen Betäubung

– kleine Kinder unter den einen Arm zu klemmen und mit dem anderen dann einen oder mehrere Zähne zu ziehen. Er beschreibt solche Prozeduren, die mit viel Zetern und Zerren verbunden sind, mit britischem Understatement. «Die Leute sind dann alle ausnahmslos dankbar, wenn sie den Zahn und die Schmerzen los sind», versichert er mir. Für ihn ist es eine ungewöhnliche Berufserfahrung, von der er nicht weiß, inwieweit sie ihm zu Hause nützen wird. «So viele Zähne wie hier in einer Woche werde ich in England wohl den Rest meiner Karriere nicht mehr ziehen», meint er.

Ich habe in den letzten Wochen öfters die Einführungs-Veranstaltungen für neue Teams gehalten und dabei gelernt, das Camp immer wieder mit den Augen anderer zu sehen. An so vieles, was schrecklich ist, habe ich mich schon sehr gewöhnt – und andererseits sehe ich auch manches nicht, das sich wirklich verbessert hat. Der Müll zum Beispiel quillt nicht mehr über, und es sieht im Moment wirklich recht aufgeräumt aus, zumal wir aktuell nur rund 5000 Bewohner haben statt wie Ende letzten Jahres noch 9000.

Es ist auch deutlich ruhiger im Camp. Seit ich im November hier ankam, haben wir nur ein einziges Mal aus Sicherheitsgründen das Team einer Abendschicht evakuieren müssen. «Ich habe meine Leute darauf eingestellt, dass hier alles immer totales Chaos ist und alle ständig aufeinander losgehen», meint zum Beispiel Dan, der vor einem Jahr zum letzten Mal hier war. «Damals sind wir in einer Woche dreimal evakuiert worden. Aber jetzt? Es ist so schön ruhig und sauber hier. Mein Team denkt, ich habe total übertrieben bei meinen Erzählungen!»

Total übertrieben – diese Formulierung fällt mir auch des Öfteren ein, wenn mal wieder ein Artikel durch die Medien geistert, in dem Moria als die «Hölle» beschrieben wird, in der sich offenbar ständig irgendwelche Leute gegenseitig die Kehle durchschneiden. («Vor kurzem haben sie vier von unseren Leuten umgebracht», wird in einem aktuellen Dokumentarfilm ein junger Mann zitiert, und: «Es gibt überhaupt keine Sicherheit!» Ich bin sicher, dass wir von einem vierfachen Mord gehört hätten – nicht zuletzt durch die Polizei, die auf dem Gelände durchaus deutlich präsent ist.)

Vielleicht haben wir, die wir länger hier sind, einen gewissen Beschützerinstinkt gegenüber der Umgebung entwickelt, in der wir arbeiten, und reagieren bei Übertreibungen etwas empfindlich. Unwahrhaftigkeit sollte doch nicht nötig sein, um Verständnis für die Situation hier zu wecken, oder?

Manches war vielleicht tatsächlich vor einem Jahr wahr, ist aber inzwischen nicht mehr ganz so dramatisch. Anderes ist nach wie vor katastrophal und zum Weinen – die inhumane Überbelegung und die gesundheitlichen Schwierigkeiten unserer Flüchtlinge zum Beispiel. Oder die Situation unserer vielen unbegleiteten Minderjährigen. Manchmal posten oder mailen die Freunde zu Hause Artikel und Nachrichten über Moria, und ich weiß nicht so recht, wie ich reagieren soll.

Wie kann man den Widerspruch kommunizieren, dass es nicht ganz so schlimm und gleichzeitig noch viel schlimmer ist?

Kapitel 38

Samstag, 20. April

Lost in Ostern

Endlich mal wieder ein freier Samstag! An den letzten Wochenenden habe ich öfters gearbeitet und dann während der Woche versucht, dafür einen Ausgleichstag zu nehmen, aber es hat mich etwas aus dem Rhythmus gebracht. Heute habe ich gemütlich ausgeschlafen, einen hübschen, Brennessel-überwucherten Wanderweg in der Umgebung erkundet und mir zum Abschluss noch ein frisches Brot gekauft.

Zu Hause ist Karsamstag, und die Freunde auf Facebook posten Osterbotschaften. Hier fühlt sich so gar nichts nach Ostern an, obwohl wir gestern nach einem Abendessen mit den Freunden von i58 eine kurze Andacht zum Thema hatten. In Griechenland wird wegen der orthodoxen Tradition auch in katholischen und protestantischen Gemeinden erst nächste Woche Ostern gefeiert, und außerdem arbeiten wir ohnehin an allen Feiertagen durch. Ich habe heute ein bisschen das Gefühl, in einen Spalt zwischen den beiden Ostern zu fallen und deswegen dieses Jahr gar kein Auferstehungsfest zu haben.

Zum Glück bin ich gerade heute beim Bäcker. Auf der Theke liegen Hefegebäckstücke in einer speziellen Form; sie erinnern ein bisschen an Schlossgespenster. «Das sind Lazarakia!», erklärt der junge Mann, der mich bedient. In der griechisch-orthodoxen Tradition feiert man am Tag vor Palmsonntag den «Lazarus-Tag» als eine Art Vorgeschmack auf die Auferstehung der Toten: dass Jesus auferstehen wird, und dass auch für uns der Tod nicht das letzte Wort hat. Eine schöne Tradition, finde ich. Das Gebäck, das nur an diesem Tag verkauft wird, soll an Lazarus in seinen Grab-Tüchern erinnern.

«Ich komme aus Deutschland, und wir feiern an diesem Wochenende schon Ostern», sage ich, als ich meinen Lazarus einstecke.

«Dann bist du Protestantin?»

«Ja», erwidere ich, «wir feiern eine Woche früher als ihr.» Ich überlege, ob ich weiter ausholen und erklären soll, dass in meinem Land auch andere Denominationen an diesem Wochenende feiern, aber ich weiß nicht, ob seine Englisch-Kenntnisse dafür reichen.

Er strahlt. Ich merke, wie er in der fremden Sprache seine Worte zusammensucht:

«Wir feiern an verschiedenen Tagen. Aber wir glauben das Gleiche», fasst er schließlich zusammen.

Ich freue mich. «Ja», stimme ich zu und bekenne – kirchenjahr-liturgisch in jeder Hinsicht völlig unpassend! – gerade jetzt, am Ostersamstag und Lazarustag, das, was uns verbindet: «Jesus ist auferstanden! Er lebt!»

Er nickt begeistert.

Als ich mit meinem Brot und meinem Gespenster-Lazarus die paar Schritte nach Hause laufe, wird mir bewusst, dass ich genau diese Erinnerung gebraucht habe: Jesus lebt, und auch wir werden nach dem Tod auferstehen und ewig leben. Das nimmt diesen unglaublichen Druck aus dem Denken, was ich noch alles erleben und erreichen möchte, bevor ich «den Löffel abgebe» (deswegen führen manche Zeitgenossen ja sogar eine «Löffel-Liste» mit Dingen, die sie unbedingt noch erleben möchten).

Jesus lebt, und ich darf mein Leben mit ihm und für ihn leben – ohne Angst, etwas zu verpassen. Und es ist dabei gar nicht so wichtig, wann ich das feiere und ob ich das überhaupt feiere und ob es irgendwelche Emotionen in mir auslöst.

Ich denke in den letzten Tagen öfter an die Osterzeit vor einem Jahr zurück, die ich sehr stark erlebt und empfunden habe. Damals – und es scheint endlos lange zurückzuliegen und ist mir doch nah, als wäre es gestern gewesen – habe ich in zähem Ringen und Beten den Beschluss gefasst, hierherzukommen.

Seit einigen Wochen stehe ich vor einer ganz ähnlichen Entscheidung, aber ich habe nach dem letzten halben Jahr mit seinen starken Aufs und Abs kaum noch Emotionen übrig, die mit in die Entscheidung einfließen könnten. Und ich frage mich inzwischen ohnehin, wie viele solcher aufreibenden Entscheidungs-Prozesse man innerhalb eines Jahres überhaupt bewältigen kann!

Ich muss in diesen Wochen zu einem Entschluss kommen, ob ich meine Zeit hier verlängern oder wirklich nur bis Oktober bleiben will, wie es ursprünglich angedacht war. Das Warenlager, das ich verantworte, ist nach meinen monatelangen Aufräumarbeiten in einem so guten Zustand, dass ich es getrost in andere Hände übergeben kann. In fünf Wochen werde ich mal wieder für einige Zeit in Deutschland sein und dann hierher zurückkommen. Es reizt mich, danach mehr Verantwortung zu übernehmen, größer und weiter zu denken. Aber das ist nur sinnvoll, wenn ich meine Zeit in Griechenland verlängere.

Ich habe immer noch diese Berufung im Ohr, dort zu sein, «wo die Welt schreit». Bisher hat Gott noch keine anderslautende Platzanweisung ausgesprochen, und ich merke ja auch, dass die Arbeit und das Leben hier ganz gut zu mir passen und ich gerade erst den Eindruck habe, angekommen zu sein. Es wäre schade, schon wieder zu gehen, wenn es gerade interessant wird.

Gleichzeitig verliere ich in Deutschland immer mehr den Anschluss, wenn ich länger hierbleibe. Meine «Karriere» bei «Campus für Christus» habe ich unterbrochen, um für ein Jahr herzukommen; wenn ich länger bleibe, ist das nicht mehr nur eine Unterbrechung, sondern wohl eher ein Abbruch. Zu Hause wird in den nächsten Monaten einiges umstrukturiert; Leitungspositionen werden in der Zwischenzeit mit anderen Leuten besetzt.

In den letzten Wochen habe ich wieder einmal viel gebetet und mit einigen Leuten geredet – mit meinen Ansprechpartnern bei «Campus für Christus» und bei GAiN und natürlich mit den EuroRelief-Kollegen und Verantwortlichen hier auf Lesbos. In der direkten Camp-Moria-Arbeit von EuroRelief, so viel hat sich schon herauskristallisiert, wird in den nächsten Monaten keine Aufgabe frei, die mit ausreichend Verantwortung verbunden und für mich interessant wäre. Gespräche mit unserem griechischen Direktor Stefanos, der über Lesbos und Moria hinausdenkt, waren dafür umso spannender. Er redet schon seit Jahren davon, auf der Nachbarinsel Chios eine weitere Arbeit zu beginnen, und hat EuroRelief vorsorglich sogar schon im Camp als Hilfsorganisation registriert. Es hat sich nur bisher kein Freiwilliger gefunden, der dorthin geht.

«Ich würde dich hinüberschicken, wenn du dir das vorstellen kannst», hat er gemeint. «Es wäre nicht die gleiche Art Arbeit und vermutlich nicht so direkt im Camp, aber es gibt dort genug zu tun. Und wir könnten das Camp und die Flüchtlinge unterstützen, wie es sich ergibt. Schau es dir doch einfach mal an.»

Das Camp in Chios, Vial, ist kleiner als Moria – im Moment leben «nur» etwa 1500 Menschen auf einem Gelände, das für 900 angelegt ist –, und die Aufgaben, die EuroRelief in Moria durch Ehrenamtliche wahrnimmt, werden dort von bezahlten griechischen Mitarbeitern erledigt. Trotzdem fehlt es, wie auch auf Lesbos, an allen Ecken und Enden. Die Verhältnisse sind nicht weniger prekär; Moria ist nur das größte unter den schrecklichen Lagern an der Grenze zur Türkei und hat deswegen traurige Berühmtheit erlangt. Dadurch hat Moria andererseits auch viele Helfer angezogen: auf Lesbos «knubbeln» sich inzwischen die NGOs regelrecht, während es auf Chios bisher nur sehr wenige Hilfsorganisationen gibt.

Etwas Neues aufzubauen, würde mich reizen. Und das Vertrauen, das hier in mich gesetzt wird, ehrt mich natürlich.

Nächste Woche nehme ich die Fähre nach Chios und schaue mich dort ein paar Tage um. Stefanos hat mir einen Termin beim Camp-Management besorgt, und es gibt einige Leute und Vertreter von Hilfsorganisationen, die ich treffen möchte. Und dann muss ich eine Entscheidung über meine Zukunft fällen.

Oben: Camp-Kinder

Mitte: Viele Bewohner von Moria bauen aus Planen und Holz eigene Verschläge, sogenannte «Strukturen».

Unten: Mitarbeiter eines Schweizer GAiN-Teams im Gespräch mit Savvas, unserem griechischen Projektleiter.

Man sieht Moria noch an, dass es einmal ein Militärgefängnis war. Die Bewohner können das Camp aber verlassen und sich zumindest auf der Insel frei bewegen, wenn sie registriert sind.

Im Olivenhain außerhalb des Camps, auch «der Dschungel» genannt, gibt es so gut wie keine Infrastruktur an Sanitäranlagen, Elektrik usw.

Oben: Fortschritt in Moria: Der Müll wird regelmäßig geleert.

Mitte und unten: Warten in der Essensschlange – dreimal täglich stehen die Jungen und die Männer hier bis zu drei Stunden für ihr Essen an. Für Frauen gibt es eine eigene Schlange.

Camp-Leben: Friseure, Schneider und Besitzer kleiner Imbissbuden haben ein kleines (steuerfreies) Extra-Einkommen.

Diese Seite:
Oben: Auf dem Lifejacket-Graveyard, einer Müllkippe im Norden der Insel, rotten Tausende von Schwimmwesten vor sich hin. / Unten: Ein weiterer selbstgebauter Verschlag.

Gegenüberliegende Seite:
Oben: Zeltaufbauen mit Kinderhilfe. / Unten: In Wohncontainern (bei uns «ISO-Boxen» genannt) von drei mal sechs Quadratmetern werden zehn bis fünfzehn Menschen aus zwei bis vier Familien untergebracht. Wenn das Camp voller ist, wohnen viele zwischen den Boxen in kleinen Wurfzelten. / Kleines Bild: Bei all den kleinen Zelten und selbstgebauten «Strukturen» den Überblick zu behalten, ist nicht so einfach. Die Karten müssen ständig angepasst werden.

UNHCR
POLICE
Zone 8
Zone 8

Diese Seite:
Wenn ein LKW mit Hilfsgütern kommt, herrscht im Warenlager Ausnahmezustand.

Gegenüberliegende Seite: Oben: Was da so alles geliefert wird! Für Hosen in XXXXL-Größen haben wir natürlich keine Verwendung ... / Unten links: Liebevoll handgestrickte Kinderpullover aus Norwegen. / Unten rechts: Individuelle Weihnachtspäckchen für alle Kinder im Camp.

DENVER
Alvila

PAPRO.NL
BANANAS

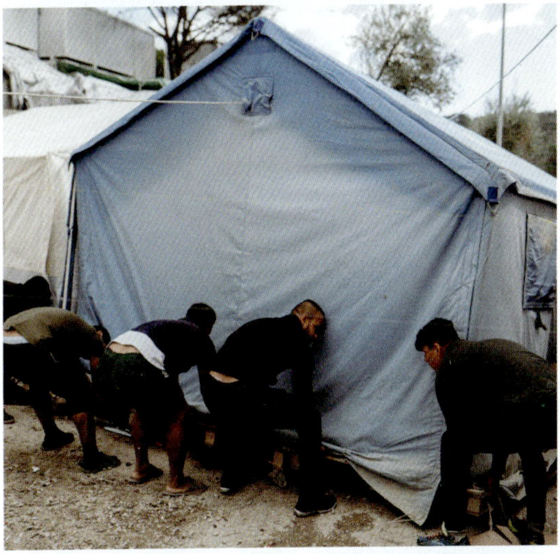

Gegenüberliegende Seite:
Oben: Der frisch gespendete «Hochstapler» schafft Platz und viel Erleichterung. / Mitte: Das Warenlager «atmet» im Verlaufe des Jahres: Es füllt sich, es leert sich, es füllt sich ... / Unten: Unsere in Folie gerollten Kleiderpäckchen für neu angekommene Flüchtlinge nennen wir «Burritos».

Diese Seite:
Oben: Kindliche Freude über ein Weihnachtspaket. / Unten: Zelte versetzen geht nur gemeinsam ...

Diese Seite:
Oben: Was da so alles geliefert wird! Diesmal war sogar ein Brautkleid dabei! Das musste ich einfach mal anprobieren! ... Allerdings: Im Camp Moria wird das Kleid sicher nicht zum Einsatz kommen. / Unten: Zeltaufbau. Die Zelte mit 16 Quadratmetern Innenfläche werden in bis zu vier Abteile unterteilt.

Gegenüberliegende Seite:
Und überall – Kinder! / Unten: Auf 75 Menschen kommt, rein statistisch, lediglich eine Toilette.

geon.wc

Diese Seite:
Die Arbeit im Flüchtlingslager ist für mich nicht ganz neu; schon im Irak habe ich mehrmals mitgeholfen.

Gegenüberliegende Seite: Schnappschüsse aus dem Camp.

Hinweis zum gesamten Bildteil:
Da auf Militärgelände das Fotografieren traditionell beinahe vollumfänglich verboten ist, stand uns nur wenig freigegebenes Bildmaterial zur Verfügung. Außerdem dürfen aufgrund europäischer Fotorechte keine Porträts von Erwachsenen abgebildet werden. Wobei das insbesondere bei Flüchtlingen und ihren etwaigen Asylanträgen gewiss auch Sinn macht.

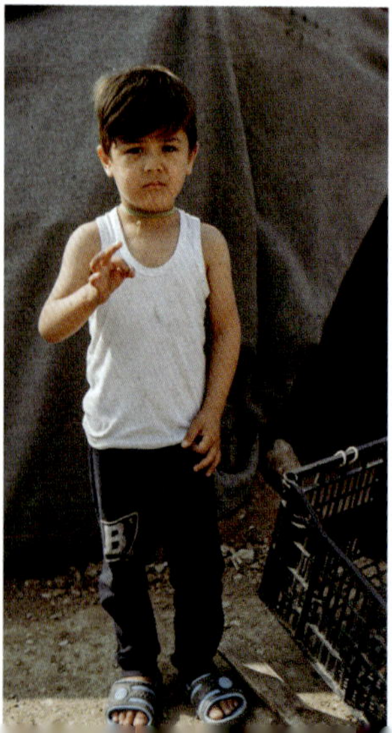

Kapitel 39

Persönlich: David

«Eigentlich wollte ich Dschihadist werden», erzählt David von seinem Kindheitstraum. «Wenn ich groß bin, so habe ich mir das als Kind ausgemalt, gehe ich nach Israel, sprenge mich in die Luft und versuche so viele Leute wie möglich mit in den Tod zu reißen.»

Wir sitzen vor einem kleinen Café am Rand der Bucht von Chios. Es ist schon dunkel, die Fähre nach Athen hat gerade abgelegt. Aus den Restaurants um uns herum dringen Licht und Lärm, und in den Bars in der Umgebung tauchen die ersten Nachtschwärmer auf. Immer wieder müssen wir unser Gespräch kurz unterbrechen, weil laute Motorräder über die Strandpromenade knattern und wir kein Wort verstehen.

Ich kenne David aus Moria, wo er wochenweise als Übersetzer mithilft, und habe mich gefreut, ihn bei meinem Chios-Besuch zu treffen und nach seiner Geschichte fragen zu können.

Er hieß früher Hatem. David ist sein neuer Name, den er bei seiner Taufe angenommen hat. Er ist 26 und stammt aus dem Jemen, und dass ich seinen echten Namen verwende, macht ihm nichts aus. «Auf YouTube ist eh schon ein Film über mich, den 300.000 Leute gesehen haben», zuckt er mit den Schultern.

Sein Nachname al-Hemyari belegt, dass er aus einem alten Königsgeschlecht stammt. Er kann seinen Stammbaum mehrere tausend Jahre zurückverfolgen. Seine Vorfahren haben im ersten Jahrhundert den König von Saba besiegt (Christen wissen von diesem Reich vor allem aus der Geschichte der Königin von Saba, die einige Jahrhunderte zuvor König Salomo besucht) und nicht nur das Gebiet des heutigen Jemen, sondern auch einen Teil Afrikas und des Nahen Ostens beherrscht. Die Familie war jahrhundertelang jüdisch; ungefähr die Hälfte der Großfamilie wandte sich im vierten Jahrhundert dem Christentum zu, und mit dem Einzug des Islams im siebten Jahrhundert wurden dann alle muslimisch.

Vom einstigen Glanz und von ihrer Sprache, dem Sabäischen, mag nicht mehr viel übrig sein, aber manche Werte sind geblieben: «Stolz und stark zu sein und sich nichts bieten zu lassen, das war in meiner Familie das Wichtigste», beschreibt es David, der als ältestes von neun Kindern besondere Verantwortung übernahm. «Die Ehre durfte nicht verletzt werden. Ich habe zum Beispiel gelernt, dass eine Ohrfeige eine so schlimme Beleidigung ist, dass ich den anderen dafür umbringen muss. Das wurde gar nicht hinterfragt; es war einfach eine Art Naturgesetz. Wenn Leute aus unserer Familie sich unverhältnismäßig rächten für irgendein Unrecht, das ihnen geschehen war, konnte das Familienoberhaupt es immer so einrichten, dass es bei den Behörden unter den Tisch fiel und sie keinen Ärger bekamen.

Ich weiß noch, wie der Lehrer in der Schule nach unseren Berufswünschen fragte. Wir waren damals vielleicht dreizehn. Die anderen Jungs wollten Arzt werden, Ingenieur oder Lehrer.

‹Ich werde Dschihadist›, habe ich gesagt.

Der Lehrer ist begeistert aufgesprungen.

‹Großartig, ganz großartig!›, hat er gerufen und mich den anderen als gutes Beispiel hingestellt.

Von meinem Vater hatte ich das sicher nicht. Er war ein gütiger Mann und betonte vor allem die schönen, guten Seiten des Islams. Aber die Religion war ihm so wichtig, dass er da sehr streng sein konnte: Wer nicht gebetet hatte, bekam auch nichts zu essen.

Wir waren Sunniten, und mein Vater war der Imam in dem kleinen Dorf, in dem ich aufwuchs. Er baute eine Moschee neben unserem Haus. Ich studierte natürlich auch von klein auf den Koran, und wenn mein Vater auf Reisen war, übernahm ich seine Aufgaben: Ich rief vom Turm der Moschee aus alle zum Gebet, stand ihnen dann bei den gemeinsamen Gebeten vor und lehrte aus den Hadithen.

Meine Islam-Lehrer waren, im Gegensatz zu meinem Vater, radikal. Sie schwärmten für den Dschihad, den heiligen Krieg. ‹Ihr kommt direkt in den Himmel›, so malten sie uns das aus, ‹und stellt euch vor, da warten auf jeden von euch siebzig Frauen, und jede von denen hat wieder siebzig Dienerinnen, die alle zu eurer Verfügung stehen.›

Ich war noch zu jung, um das mit all diesen Frauen so richtig schätzen zu können, aber ich mochte die Vorstellung, dass ich dann ganz sicher in den Himmel kommen würde. Überhaupt schien es nur eine einzige Möglichkeit zu geben, ganz sicher nach diesem Leben bei Gott zu sein: indem ich andere umbrachte und dabei selbst getötet wurde.

Aber was ist, wenn ich auf andere Weise sterbe, einfach durch eine Krankheit oder bei einem Unfall?, fragte ich mich. Ich wurde den Verdacht nicht los, dass Gott böse auf mich war und mich nicht in den Himmel lassen würde. Die Angst vor Gott fraß mich auf. Ich konnte nicht mehr schlafen, und auf Friedhöfen hielt ich es kaum aus. Je mehr ich Gott im Koran kennen lernte, desto mehr Angst hatte ich vor ihm.

Gleichzeitig war ich verwirrt: Warum ist da so viel Gewalt? Und was hilft es, dass die Gläubigen sich vor dem Gebet so ausgiebig waschen, aber ihre Herzen sind doch danach genauso schmutzig wie vorher?

Aber ich konnte mit niemandem darüber reden. Einmal fragte ich meinen Vater:

‹Was ist, wenn ich sterbe, und es stellt sich heraus, dass wir im Unrecht waren?›

‹Ich weiß die Antwort›, sagte mein Vater, ‹aber stell diese Frage nie, nie wieder, hörst du?›

Ich wurde als Teenager in meinen Ansichten immer radikaler und aggressiver – und dabei gleichzeitig persönlich immer unsicherer. Es waren dann mehrere Ereignisse, die mich zum Nachdenken brachten.

Zum einen waren da diese beiden Krankenschwestern aus Deutschland, die 2009 im Jemen umgebracht wurden. Diese Frauen waren total merkwürdig, denn sie waren nicht nur denen gegenüber großzügig und respektvoll, denen sie nahe standen.

Sie behandelten alle mit der gleichen Liebe. Es gibt im Jemen eine große Gruppe von afrikanisch-stämmigen Leuten, die die niederen Arbeiten verrichten. Sie leben in Armut und oft genug auf der Straße, und sie sterben früh. Sie stehen gesellschaftlich so weit unter uns, dass keiner von ihnen je auch nur unser Haus betreten dürfte. Aber mit genau diesen Leuten gaben sich diese deutschen Christinnen ab. Ich fand das total abgefahren und gleichzeitig bewundernswert.

Als sie dann umgebracht wurden, sprach natürlich auch bei uns das ganze Land davon. Meine Leute waren alle wahnsinnig stolz auf die Täter. Die beiden Frauen mussten doch umgebracht werden, das stand für sie fest. Sie hatten anderen von ihrem Glauben erzählt. Folglich mussten sie aufgehalten werden!

Ich habe gemerkt, dass mir dieses Reden plötzlich wehtat.

Dann kam ich an die Uni und begann mein BWL-Studium. Im letzten Jahr ging es um einen Vergleich verschiedener Volkswirtschaften, und wir lernten auch ein bisschen mehr über andere Länder und welche Werte sie geprägt hatten. Zum ersten Mal erfuhr ich, dass das Christentum weltweit gesehen die größte Religion ist.

‹Das ist doch merkwürdig›, überlegte ich, ‹wie kann eine Religion mit drei Göttern so viele Menschen anziehen? Können die sich alle so sehr irren?›

Gleichzeitig war ich immer desillusionierter vom Islam. Ich sah hier nicht den Frieden, die Liebe und die Vergebung, nach denen ich mich so sehnte. Ich praktizierte meinen Glauben immer weniger. Ich betete nicht mehr und aß sogar heimlich während des Ramadans.

Dann stieß ich 2015 auf eine Facebook-Seite, in der über Islam und Christentum diskutiert wurde. Die Christen in dieser Gruppe sprachen über ihre Religion und über die Bibel auf eine Weise, die ich verstehen konnte. Sie sprachen viel über das Neue Testament und über Jesus. Ich wohnte zu dieser Zeit bei meinem Onkel, und eines Tages hielt ich es nicht mehr aus, obwohl ich große Angst hatte:

‹Weißt du irgendetwas über das Christentum?›, fragte ich ihn.

Mein Onkel sagte ein paar Sachen über den Islam und das Christentum im Vergleich, und der Islam kam dabei nicht sehr gut weg.

Ich dachte, ich höre nicht richtig!

‹Weißt du, im Christentum gibt es einen Grundsatz›, erklärte mein Onkel: ‹Wenn dich einer auf die eine Wange schlägt, halte ihm auch noch die andere hin.›

Das warf mich komplett aus der Bahn, denn es war das Gegenteil von allem, was ich bisher gelernt hatte. Das steht wirklich in der Bibel? Ich konnte es kaum glauben, bis mein Onkel tatsächlich in ein anderes Zimmer ging und mit einer Bibel zurückkam. Er zeigte mir die Stelle in der Bergpredigt. Mein Onkel folgte Jesus schon lange nach, aber er hatte es mir nie erzählen können – aus Angst, dass ich ihn verraten würde.

Ich begann die Bergpredigt zu lesen und das Neue Testament. Dieser Tag war anders als jeder Tag vorher und nachher. Ich sah hier Frieden und Liebe. Ich begriff, dass man umkehren darf und dass es Vergebung gibt. Es war all das, was ich mir so sehr wünschte! Es kam mir vor, als hätte ich mein ganzes Leben lang in einem dunklen Raum gesessen, in den nun ein Licht schien. Ich war damit aufgewachsen, dass Rache, Scheidung und das Morden anderer Menschen völlig normal war. Konnte es wirklich sein, dass man auch ganz anders leben konnte?

In dieser Zeit hatte ich einen Traum. Wir saßen mit vielen Männern aus meinem Dorf in einem Kreis, und neben mir befand sich ein Mann, dessen Gesicht ich nicht erkennen konnte. Er hielt ein Buch in der Hand, aus dem er uns lehrte, und auf dem Umschlag dieses Buches war ein Kreuz. Die Männer aus meinem Dorf wurden wütend und begannen Steine nach ihm zu werfen, und er stand auf und lief davon. Und ich mit ihm. Mir wurde plötzlich bewusst, dass ich auf seiner Seite stand, obwohl ich noch gar nicht viel über ihn wusste.

Dann war mein Studium zu Ende. Ich hatte Angst, dass ich nun in den Krieg ziehen müsste, und die Fronten dieses Kriegs verliefen mitten durch unsere Familie: Ein Teil kämpft mit den Huthi gegen Saudi-Arabien, der andere Teil hält sich zu Saudi-Arabien.

Ich ging mit meinem Diplom und allen möglichen Zertifikaten zum Flughafen und behauptete, dass ich für weitere Studien ins Ausland reisen müsste. Über Ägypten und Katar landete ich in Malaysia. Aber ich studierte nicht, sondern arbeitete in einem arabischen Café. Natürlich illegal; ich hatte immer Angst, dass die Polizei mich findet.

Auf dem Platz vor dem Café war eine Gruppe von Christen aus Südkorea, die die Leute freundlich ansprachen und Bonbons verteilten, um die sie jeweils einen Bibelvers gewickelt hatten. Sie strahlten so viel Frieden aus, dass ich mich in ihrer Gegenwart immer geborgen und getröstet fühlte. Es war ein starker Kontrast zu der aggressiven Stimmung, die bei uns im Café herrschte. Ich richtete es öfter so ein, dass ich über den Platz lief und mir ein Bibelvers-Bonbon geben ließ, und dann kehrte ich am Ende des Platzes wieder um und ging zurück und bekam wieder ein Bonbon. Die Verse bewahrte ich auf.

Ich wollte so gerne in eine Kirche gehen, und die Koreaner nahmen mich mit in ihren Gottesdienst. Ich verstand natürlich nichts, es war ja alles in Koreanisch, aber mein Herz hatte einfach diesen dringenden Wunsch, in der Kirche zu sein. Ich bat sie auch um eine Bibel; sie hatten keine arabische, sondern nur eine englische, aber das war okay.

Morgens um drei, wenn meine Zimmerkollegen noch alle schliefen, las ich heimlich in meiner Bibel. Ich hielt über WhatsApp auch mit meinem Onkel Kontakt und lernte und begriff immer mehr.

Sieben Monate lang ging das so.

Eines Tages muss ich in meinem Café eine unbedachte Bemerkung gemacht haben, dass ich in der Kirche gewesen war oder irgendetwas in diese Richtung. Einer meiner Kollegen, ein Iraker, warf mit einem Kochmesser nach mir. Ich konnte zum Glück gerade noch ausweichen, aber ich wusste, dass ich dort nicht mehr sicher war.

Ich hatte auch Sorge, dass die Polizei mich finden und ich in den Jemen zurück deportiert würde. Also flüchtete ich aus Malaysia, zunächst mit dem Flugzeug in den Iran, drei Tage später dann zu Fuß über das Gebirge in die Türkei.

Es ist nicht schwer, die Schleuser zu finden: Sie stehen am Flughafen und sprechen einen an: Türkei? Türkei? Ich zahlte für diese Etappe 500 Dollar. Wir waren 750 Leute, die diesen zweitägigen Marsch zusammen zurücklegten. Es war wahnsinnig anstrengend, und ich weiß noch, dass ich zwischendurch aufgeben wollte. ‹Lasst mich einfach hier zurück›, bettelte ich, ‹und wenn die Polizei mich umbringt, ist mir das auch egal.› Sie ließen mich eine Pause machen, und dann ging es wieder.

In der Türkei brachten sie uns in einem alten Haus ohne Dach unter. Es gab auch keine Decken, und sie schärften uns ein, dass wir bloß unsere Handys ausschalten und kein Wort reden sollten, damit man uns nicht findet. Wir waren 25 in meinem Raum, die meisten aus Afghanistan, einer aus Pakistan. Es waren auch ein paar minderjährige Jungs dabei, die ohne Familie unterwegs waren. Zu essen gab es nur türkisches Brot und Wasser. Wir waren fünf Tage dort.

Dann wurden wir wieder eingesammelt: 250 von uns wurden auf zwei Busse verteilt, und wir dachten, dass es nun endlich nach Istanbul geht; von dort aus kommt man gut weiter. Aber wir wurden von der Polizei aufgegriffen und landeten alle 250 im Innenhof dieser Polizeistation. Es gab dort auch kein Dach; wir waren Tag und Nacht im Freien. Zweimal am Tag gab es ein Croissant und ein Päckchen Saft.

Ich musste in der ganzen Zeit nicht zur Toilette, weil einfach nicht genug Essen in meinem Körper war. Wir waren vierzehn Tage dort. Die Türken ließen die Afghanen in Ruhe, aber diejenigen von uns, die aus der arabischen Welt stammten, ließen sie ständig militärisch strammstehen und irgendwelche Übungen machen.

Wir hatten Angst, dass sie uns an die türkisch-syrische Küste bringen und dort gegen die Syrer kämpfen lassen würden. Aber dann gaben sie uns allen plötzlich unsere Papiere zurück und ließen uns laufen. Ganz buchstäblich! Kein Taxi nahm uns mit, und wir sind die sechzig Kilometer zur nächsten Bahnstation gelaufen, dreizehn Stunden, die ganze Nacht hindurch. Ein Ticket nach Istanbul sollte von dort aus eigentlich etwa zwölf Euro kosten, aber sie knöpften uns 150 Euro ab. Sie verdienen ganz gut an den Flüchtlingen.

Anfang 2017 landete ich also in Istanbul. Ich hatte kein Geld mehr und heuerte an meinem ersten Tag in einem jemenitischen Restaurant an. Ich hatte doch Hunger! Meine Aufgabe war es, das Essen aus der Küche im Keller nach oben in den Speiseraum zu tragen. Nach der durchwachten Nacht und dem langen Marsch war ich aber so müde und entkräftet, dass ich die Treppe hinunterfiel. Ich hatte furchtbare Rückenschmerzen und konnte mich kaum bewegen. Aber in ein Krankenhaus zu gehen kam natürlich nicht in Frage. Ich riss mich also zusammen und arbeitete weiter. Noch heute habe ich Schmerzen von diesem Sturz.

In der Türkei konnte ich nicht bleiben, es war einfach zu unsicher dort. Vierzehn Tage später war ich in Izmir und fand die dortigen Schleuser, und drei Tage später brachten sie mich außer Landes, über das Meer nach Griechenland. Zu diesem Zeitpunkt war mir völlig egal, wohin. Ich wollte nur weg aus der Türkei! Als ich in das Boot stieg, das dort am Ufer bereitlag, dachte ich: ‹Wenn ich gleich ertrinke, ist mir das auch recht!› Aber ich betete, dass ich es schaffen würde. Ich betete zu Jesus, dem Sohn Gottes.

Wir waren fünfzig Leute in dem Boot, Männer, Frauen, Kinder. Wir waren noch nicht weit gekommen, als das Boot auf einen Felsen auflief und ein Leck bekam. Wasser strömte hinein. Einige der Frauen schrien in Panik und wollten die Polizei rufen.

Die Schlepper brachten das Boot zum Ufer zurück. Wir stiegen alle aus und standen da herum. ‹Wer will es trotzdem probieren?›, fragten sie. Ich überlegte nicht lange. Ich rannte zum Boot, und 15 Männer taten es mir nach.

Das Boot war vom Boden her voller Wasser, aber die Außenwände waren stabil, und in denen hingen wir nun mehr oder weniger; die Beine waren im Wasser. Wir gingen nicht unter! Wir fuhren los, aber irgendwo vor der Südküste von Chios ging uns der Diesel aus. Wir hingen dort von vier Uhr früh bis elf Uhr vormittags fest. Aber mir war alles egal. Wir waren in europäischen Gewässern! Es war der 17. September 2017.

Irgendwann sammelte uns ein Boot der europäischen Küstenwache ein und brachte uns aufs Festland. Da waren Leute, die uns trockene Klamotten gaben, und dann wurden wir ins Lager Vial gebracht. Sie nahmen unsere Fingerabdrücke ab und stellten uns Papiere aus, und dann wurde uns gesagt: ‹Sucht euch selbst einen Platz im Lager!› Es gab keinen Platz innerhalb einer Unterkunft, und so lebte ich die ersten zwei Monate und zwanzig Tage draußen, unter dem Vordach eines Containers. Immerhin brachte mir jemand ein Bett!

Ich begann nach Christen zu suchen. Vor dem Lager sprachen mich einige Zeugen Jehovas an, aber ich fühlte mich bei ihnen nicht wohl. Dann kam ein Deutscher, der Bibelstunden hielt, und ich ging zusammen mit einem syrischen und einem jemenitischen Freund hin. Die Arbeit wurde dann von William von i58 übernommen, der mit seiner Frau Sharon ganz frisch auf der Insel angekommen war. Sie dachten dort wahrscheinlich alle, ich wäre noch Muslim, aber wir machten trotzdem einen Taufkurs.

Die Leute im Camp spürten schneller, was los war. ‹Yemenite Infidel – abtrünniger Jemenit›, sprühte jemand an die Wand meines Containers.

Irgendwann bekam ich meine Aufenthaltserlaubnis und damit auch die Möglichkeit, als Tourist in andere europäische Länder zu reisen. Ein Bekannter erzählte mir von einem Mann in Holland, der mir Arbeit geben würde. Als ich dort ankam, befragte mich ein Polizist, was ich vorhätte. ‹Ich bin Tourist›, versicherte ich ihm, obwohl ich ja nur 150 Euro dabeihatte. Das machte ihn ziemlich misstrauisch, und er stellte viele Fragen. Aber er war freundlich, ließ mich schließlich gehen und half mir sogar, meine Tasche am Kofferband zu finden. So etwas hatte ich noch nie erlebt.

Mit der Arbeit dort wurde es dann doch nichts, ich landete stattdessen bei einem anderen Jemeniten. Der konnte mich nicht auf Dauer bei sich unterbringen, und er fand es auch wichtig, dass ich die muslimischen Gebete mit ihm sprach. Das kann ich doch nicht mehr machen, dachte ich. Ich redete mich heraus, dass ich dringend telefonieren müsste, und rief verzweifelt bei William an: ‹Es ist alles anders gekommen als geplant! Was soll ich tun?›

‹Wie können wir dir am besten helfen, Sohn?›, fragte er. Er nannte mich ‹Sohn›, und das allein bedeutete mir unendlich viel.

William vermittelte mich an einen weiteren Bekannten. Ich konnte dort nicht offiziell arbeiten, aber immerhin bleiben und ein bisschen mithelfen. Dieser Bekannte, Aran, holte mich am Bahnhof ab und brachte mich in sein Haus und zu seiner Familie. Seine Frau und die Tochter bekamen Panik, als er da mit diesem Araber bei ihnen aufschlug. Sie schauten im Internet nach, und was es da über den Jemen zu lesen gab über tief verschleierte Frauen und ständige Kämpfe, machte ihnen nicht gerade Mut.

Aber sie gewöhnten sich an mich. Und Arans Tochter ist inzwischen meine Freundin. Aber das ist eine andere Geschichte.

In Arans Gemeinde wurde ich dann auch getauft. Es war der 21. März 2018, und ich habe den ganzen Tag meine Tränen nicht zurückhalten können. Wenn ich heute entmutigt bin, denke ich daran, wie mir an diesem Tag das Wasser über den Kopf gelaufen ist. Ich gehöre zu Gott!

Ich wohne nun wieder in Chios und helfe i58 als Übersetzer aus. Am liebsten würde ich Pastor werden, aber ich weiß nicht, wie das funktionieren soll. Ich brauche viel Geduld. Ich leide sehr, aber ohne Leiden können wir keine Nachfolger von Jesus sein.

So vieles, was ich hier erlebe, ist so unglaublich ungerecht, dass ich sehr daran knabbere. Ich kaufe das gleiche Ticket für die Fähre wie die anderen Passagiere, aber das Personal lässt mich nicht im Warmen bleiben, sondern schickt mich aufs Oberdeck. Ich will in einem Laden nur eine Hose kaufen, aber die Verkäufer bedienen mich nicht. Sie werden ganz unruhig und scheuchen mich nach draußen.

Meine Familie hat mit mir gebrochen. Manche meiner Schwestern halten heimlich den Kontakt zu mir, aber sie machen sich schreckliche Sorgen: ‹Du kommst in die Hölle, Hatem›, weinen sie, ‹kehr doch wieder um.› Irgendjemand hat auch eine Kopfprämie von tausend Euro auf mich ausgesetzt. Einmal haben Fremde meine Freunde nach mir ausgefragt und wollten meine Adresse haben, aber die Freunde haben zum Glück gut reagiert. Ein anderes Mal kamen Leute und versuchten in meine

Nähe zu gelangen. Sie wollten mir etwas antun, glaube ich, aber meine christlichen Freunde bildeten einen Kreis um mich, so dass sie nicht an mich herankamen. Ich versuche, nicht so viel hier in der Stadt zu sein. Ich bin hier nicht sicher.

Ich habe nichts mehr von dem, was mir früher wichtig war, und ich habe hier auch keine Zukunft. Die Griechen haben doch selbst keine Arbeit, wie soll ich da etwas finden? Ich habe nur meine neue Familie, die Familie Gottes. Und ich habe natürlich Gott selbst.»

Inzwischen geht es auf Mitternacht zu. Wir sitzen immer noch draußen, obwohl es recht kühl geworden ist. Die Café-Besitzerin hat längst das Licht ausgeschaltet und ist nach Hause gegangen, aber von den Schiffen im Hafen und von den anderen Restaurants her dringt noch genügend Licht zu uns herüber, dass ich mitschreiben kann und Davids Gesichtszüge gut erkenne, mal düster bei der Erinnerung an schwierige Zeiten, mal lebendig und sogar amüsiert, wenn er von dem Guten und Skurrilen spricht, das er erlebt hat.

«Dass dein Leben mal so verlaufen würde, hast du dir als Kind sicher nicht ausgemalt», meine ich zum Schluss.

Ein breites Grinsen hellt sein Gesicht auf: «Glaub mir», sagt er, «wenn du mich damals gekannt hättest – du würdest mich nicht wiedererkennen. Mein altes Leben ist tot. Ich habe von Gott ein neues Leben bekommen, und ich möchte das alte wirklich nicht zurückhaben.»

Kapitel 40

Freitag, 18. Mai

Windeln für Afghanistan

«Need Kotex», flüstert Masoumeh, deutet auf sich und rückt so nahe an mein Ohr, wie es die kleine Theke unserer Windel-Ausgabe erlaubt.

«You want diapers? Or pads?», frage ich zurück. Braucht sie Windeln oder Damenbinden?

Die junge Frau schaut mich unsicher an. «Kooo-tex», sagt sie langsamer, und dann noch einmal, etwas lauter: «Kotex!»

Ich bin aber auch begriffsstutzig! Zum Glück ist Mahmoud, einer unserer jungen Farsi-Übersetzer, gerade unbeschäftigt, und ich rufe ihn zu Hilfe:

«Kannst du sie bitte fragen, was sie braucht?»

Masoumeh muss ihre Bitte also nun diesem unbekannten jungen Mann ins Ohr raunen. Mahmoud sieht aus wie fünfzehn, ist aber volljährig und macht seinen Job bei uns schon lange genug, um sich mit Windeln und Monatshygiene auszukennen.

«Sie braucht Binden», meint er ungerührt und geht zurück an seinen Platz an der Info-Theke.

Masoumeh dankt mir leise und mit niedergeschlagenen Augen, als ich ihr diskret eine Vierer-Packung Damenbinden in die Hand drücke – so diskret, wie es der Trubel an unserer Windel-Ausgabe eben erlaubt, an der jeder zwangsläufig alles mitbekommt.

Sie lässt das Päckchen schnell unter ihrer Strickjacke verschwinden und drückt sich mit hochrotem Kopf durch die Menschenmenge.

Es muss doch einen besseren Weg geben, solche Anfragen zu handhaben, denke ich etwas ratlos, als ich ihr nachschaue. Immerhin werde ich beim nächsten Mal direkt «Kotex» anbieten, wenn es Missverständnisse gibt. (Kotex ist eine Marke wie Tesa oder OB, lerne ich später aus dem Internet, aber es lässt sich einfacher merken als das offizielle Wort, das sich ungefähr «Nawar-e bedaschdi» ausspricht.)

Masoumeh ist Afghanin. Sie kommt aus einer Kultur, in der sich Männer und Frauen in so unterschiedlichen Welten bewegen, dass es für unsereins kaum vorstellbar ist. Sie reden auch nicht miteinander. «Wenn einer von euch Jungs mich in Afghanistan besuchen würde», hat es einer unserer Übersetzer unseren Helfern gegenüber beschrieben, «würde er meine Mutter und meine Schwestern nicht einmal zu sehen bekommen – selbst wenn er vier oder fünf Wochen in unserem Haus mitlebte.»

Spätestens in Moria sind unsere Afghanen, die womöglich erst vor drei, vier Wochen ihr Land verlassen haben, reif für einen kräftigen Kulturschock:

Da werden gestandene Männer von westlichen unverhüllten Mädels um die zwanzig ermahnt, sich doch bitte richtig in der Schlange anzustellen und nicht so zu drängeln.

Da bringen amerikanische Jungs einen Arzt-Gutschein zu einem Zelt, sprechen die Frau des Hauses – ihr Mann ist gerade nicht da, aber wir klopfen ja so lange, bis jemand an den Eingang kommt! – ganz direkt an und schauen ihr womöglich noch in die Augen, was bei uns als höflich gilt, von ihr aber als schamlos und übergriffig wahrgenommen werden muss.

Da muss eine junge Frau neben einer Schlange von Männern, die um Windeln für ihre Babys anstehen, nach Damenbinden fragen. Und mancher Ehemann kommt selbst her und bittet, oft genug mit einem schiefen Lächeln, um Monatshygiene-Produkte für seine Frau. Ich kenne genügend Männer selbst in Deutschland, denen das ganz schön peinlich wäre; für die POCs ist es umso unangenehmer, aber wir können auf solche Befindlichkeiten kaum Rücksicht nehmen.

Von solchen Überlegungen einmal abgesehen, mag ich die Windel-Ausgabe sehr, in der ich in meinen Camp-Tagen in den letzten Wochen immer wieder einmal ausgeholfen habe, und das aus ganz verschiedenen Gründen. Erstens geben wir den

Leuten etwas, das sie wirklich brauchen. Wo meine Kollegen vom «Housing» oder am Info-Point sich mit viel Frust und unerfüllbaren Bedürfnissen herumschlagen, habe ich mit dankbaren Eltern zu tun.

Zweitens müssen wir hier nur selten Nein sagen, weil sich herumgesprochen hat, welche Windel-Rationen an wen ausgegeben werden: Für ältere Kinder gibt es sieben Windeln in der Woche, für jüngere vierzehn. Wer noch keinen Monat in Moria ist, bekommt mehr, und auch, wer mit Arzt-Papieren nachweisen kann, dass sein Baby Durchfall hat.

Ausreichend sind die Windeln und Damenbinden nie, aber immerhin sind sie eine Ergänzung dessen, was die Bewohner sonst sehr teuer von ihren neunzig monatlichen Euro kaufen müssten. Wir sind sehr dankbar für Sachspenden aus Holland, England und der Schweiz, die das möglich machen.

Drittens riecht es in unserem Windelraum so schön frisch nach Baby-Feuchttüchern, weil wir die Packungen immer aufschneiden und in kleinere Päckchen unterteilen. (Wir wissen auch, dass sechs oder zehn Feuchttücher nicht wirklich für eine Woche mit einem Windelkind reichen, aber es ist eben auch nur eine Ergänzung.)

Und viertens finde ich es auch spannend, mit den Bewohnern direkt zu tun zu haben und dann, wenn ich die ausgegebenen Windeln in unserer Datenbank eintrage, etwas mehr über ihre Familienverhältnisse zu erfahren. Manchmal lassen sich hinter den nackten Daten schon schwierige Schicksale erahnen.

Sitayesh zum Beispiel ist 33 und mit drei Kindern zwischen 15 und 7 hier, aber ohne Mann. Was ist wohl ihre Geschichte?

Amal ist 44 und holt für sich und ihre vier Töchter – eine ist 15, zwei sind 14 und eine ist 12 – Damenbinden ab. Sie hat auch keinen Mann, aber noch einen Sohn von sieben Jahren. Ich hoffe, dass der Knabe starke Nerven hat, wenn die fünf weiblichen Wesen in seiner Familie alle gleichzeitig ihre Periode haben.

Abdulfazi kommt selbst vorbei, um für seine Zweijährige Windeln abzuholen. Er trägt traditionelle afghanische Kleidung und ist vielleicht auch noch nicht lange genug hier, dass er den

Frauen aus seiner Familie gestatten würde, sich in der Öffentlichkeit zu bewegen. Er ist 48 Jahre alt, seine beiden Frauen Parwana und Melika sind 44 und 36, die zehn in seinem Haushalt gemeldeten Kinder sind in recht gleichmäßiger Verteilung zwischen 26 und 2 Jahre alt.

Ich schaue in der Datenbank nach, ob diese 13 Menschen wirklich in einem einzigen Container leben, und es ist tatsächlich so. Wie sie es auf 18 Quadratmetern miteinander aushalten, ist mir schleierhaft. Wir bringen zwar auch sonst schon mal 14 oder 15 Leute in einem solchen Container unter, manchmal zwei oder drei Familien, aber es sind meistens mehr kleine Kinder dabei. Wie kommen die beiden Frauen, eine genau in meinem Alter, wohl miteinander aus, erst recht in dieser Enge? Sind sie dankbar, immerhin unter dem Schutz eines Mannes zu stehen, und finden sich mit der zweiten Frau ab? Eine Wahl hat man den beiden vermutlich ohnehin nicht gelassen.

Wie läuft überhaupt das Asylverfahren für Familien, in denen ein Mann mehrere Frauen hat?

Asal ist 25, ihr Mann Hekmat 43, die vier Kinder zwischen fünf und einem halben Jahr alt. Die beiden Jüngsten haben Durchfall. Wir geben Windeln bis zum Alter von fünf Jahren aus, so dass Asal mit einem riesigen Paket unsere Theke verlässt. Vier Windel-Kinder und Durchfall an einem Ort wie Moria – was für ein Albtraum!

Trotzdem sind, wenn ich richtig rechne, eine ganze Reihe der Moria-Babys geboren worden, nachdem ihre Eltern schon deutlich mehr als neun Monate hier lebten. Ich finde es faszinierend, dass hier Kinder gezeugt werden, oft genug das siebte oder achte in einer Familie. Sie werden so selbstverständlich in diese elende, perspektivlose Flüchtlings-Welt hineingesetzt, dass ich staune. Manche Familien hoffen vielleicht, mit einem Neugeborenen schneller das Camp verlassen zu können, aber eine Garantie dafür gibt es nicht.

Narges ist 19 und hat drei Kinder; das Älteste hat sie, so rechne ich nach, mit knapp unter fünfzehn Jahren bekommen. Ihr Mann Mehdi holt die Windeln für die Familie ab; er ist 23 und fragt sehr respektvoll nach den Regeln an unserer Windel-Ausgabe. Er spricht auch gut Englisch.

«Wir sind erst seit einigen Tagen hier und kennen uns noch nicht so gut aus», sagt er entschuldigend. «Meine Frau wäre gerne selbst gekommen, aber sie ist schwanger, und es geht ihr hier nicht so gut.»

Kein Wunder. Schwangere müssen nicht fasten, aber der Ramadan, der vor fast zwei Wochen begonnen hat und zumindest nach außen hin von erstaunlich vielen Bewohnern eingehalten wird, hat die Leute zusätzlich müde und schlapp gemacht. Und er ist wohl auch dafür verantwortlich, dass unser Info-Point und die Windel-Ausgabe in diesen Wochen nicht ganz so überlaufen sind wie sonst.

Es liegt eine schwerfällige Müdigkeit über dem Camp. Viele Leute bleiben den Tag über in ihren Zelten und Containern und bewegen sich nicht mehr als nötig.

Mostifa, ebenfalls aus Afghanistan, kommt mit seiner winzigen Tochter vorbei: Die kleine Munira hat einen vollen schwarzen Haarschopf und ist erst acht Tage alt. Sie ist noch gar nicht in unserer Datenbank erfasst. Während meine Kollegin im Euro-Relief-Container das nachholt, darf ich die Kleine ein bisschen hinter dem Ohr streicheln; am liebsten würde ich sie ein Weilchen halten, aber sie schläft gerade, in ein Tuch gewickelt, so friedlich auf dem Arm ihres Papas.

«Gott segne dich», sage ich ihr leise ins Ohr, «und schenke dir, dass du in Frieden aufwachsen kannst.»

Nicht ganz so friedlich, aber trotzdem süß, ist Haweeyo, eine energische Zweijährige aus Somalia. Sie nimmt auf dem Arm ihrer Mutter Afrika die Windeln gleich selbst entgegen und versucht mich dabei an den Haaren zu ziehen und auf die Nase zu boxen.

Viel Zeit, um mit den Kleinen zu schäkern, haben wir nicht. Da stehen ja noch Hishmatula und Sabir, Emad und Mushbulrahman, Dilyar und Khaibar in der Männerschlange, Khatoun und Farideh, Rhadan und Torpekai, Murina und Najia in der Frauenschlange, von den vielen Mohammeds und Ahmeds, Ayshes und Fatimas ganz zu schweigen.

Es führt oft genug zu Heiterkeit, wenn meine Kollegin oder ich mit den Windel-Paketen, die wir in einem kleinen Container individuell zusammenstellen, an die Theke zurücktreten und die Namen aufzurufen versuchen. Manchmal ist es ein Gemeinschaftserfolg, bis wir nach mehreren Versuchen einen Namen so aussprechen, dass sich der oder die Gesuchte auch angesprochen fühlt.

Ich finde ihre Namen so schön klangvoll und gehe gerne sozusagen zwischen ihnen allen in der Datenbank spazieren. Wenn da nicht die Fotos wären, die es hier zu jeder Person gibt! Ich schaffe es nie lange, die Gesichter unserer Bewohner zu sehen, wie sie hier in den ersten Tagen nach ihrer Ankunft festgehalten sind: diese verwundeten Augen, dieser zutiefst verstörte Blick. Nur ganz wenige – vor allem unter den Frauen – haben es geschafft, direkt in die Kamera zu schauen; noch weniger, auch nur den Ansatz eines Lächelns zu zeigen. Viele sehen zwanzig Jahre älter aus, als ihre Papiere sie ausweisen.

Zum Glück stehen diese Menschen nun als Personen hier, und wenn ich sie anstrahle, lächeln viele von ihnen ganz automatisch zurück.

Ich habe mich in der Vergangenheit manchmal gefragt, ob es eigentlich angemessen ist, Leute in einer Notlage überhaupt anzulächeln. Ist das nicht fast ein bisschen zynisch? Ich habe ja gut lachen; ich gehe nach Schichtende in mein bequemes Leben zurück!

Eine irakische Kollegin hat mich diesbezüglich beruhigt, als sie mir beim Abschied nach einer meiner Reisen in ihr Land zusprach: «Behalte dir dein Lächeln! Es ist ein Heilmittel für fast alles!» Ein Heilmittel, das nichts kostet! Die Bewohner von Moria haben es im Lauf ihrer Flüchtlings-Existenz mit viel zu vielen Leuten zu tun, die sie grimmig – oder überhaupt nicht – anschauen, und ich verstehe immer mehr, wie viel schon ein kleines bisschen Freundlichkeit ausmacht.

Seit ich hier bin, gab es oft Zeiten, in denen mir wirklich nicht so recht fröhlich zumute war. Manchmal habe ich morgens im Gebet um eine Extra-Portion Lächeln bitten müssen, um sie an Menschen weiterzugeben, die hier verzweifeln.

Und nun merke ich: Das ist doch wirklich kein schlechter Dienst. Wir dürfen Windeln ausgeben, Damenbinden – und ein Lächeln.

Kapitel 41

Mittwoch, 22. Mai

Abschied von der Insel

Mein letzter Arbeitstag auf Lesbos! Ich rufe dem Polizisten im Eingangstor, dessen Familie in Deutschland lebt und mit dem ich mich in den letzten Wochen deswegen öfters unterhalten habe, zum letzten Mal mein «Kalimera» zu, knuddele auf dem Weg zur Morgenbesprechung die letzten afghanischen Kinder für lange Zeit, werde zum letzten Mal mit «My friend!» um Hilfe gebeten und weise zum letzten Mal meine Warenlager-Helfer in die Kunst des Kleider-Burrito-Rollens ein.

Noemi aus der Schweiz, meine junge Nachfolgerin, übernimmt seit vorgestern schon beherzt manche meiner Aufgaben, und ich weiß mein Warenlager bei ihr in guten Händen. In der Mittagspause nehmen wir uns die Zeit, für sie zu beten und sie in ihren Dienst einzusegnen.

Ermis, mein Werkstatt-Nachbar, nimmt mich zum Abschied noch herzlich in den Arm und drückt mir das letzte griechische Männer-Küsschen auf die Wange. Niemanden auf Lesbos, so wird mir heute bewusst, habe ich in all den unvermeidbaren Wechseln so oft und regelmäßig gesehen wie ihn. Wir haben uns über «Guten Tag», «Danke» und «Bitte» hinaus nie wirklich verständigen können, aber ich habe seine freundliche, zuverlässige Anwesenheit immer zu schätzen gewusst und werde ihn vermissen – ebenso wie die frischen Orangen und die Haselnuss-Schokolade, die er mir gelegentlich mitgebracht hat!

Ein bisschen wehmütig ist mir nach sieben Monaten im Warenlager schon zumute. Morgen fliege ich für einige Wochen nach Deutschland und zum internationalen «Campus für Christus»-Kulturtraining nach Ungarn. Danach werde ich nicht dauerhaft nach Lesbos zurückkehren, zumindest nicht in der gleichen Funktion wie bisher als Managerin des EuroRelief-Warenlagers.

Die Entscheidung ist in den letzten Wochen gefallen: Ich gehe tatsächlich nach Chios, auf die Nachbarinsel fünfzig Kilometer entfernt, und baue dort für EuroRelief eine neue Arbeit auf. Meine GAiN-Kollegen scharren bereits mit den Hufen und fragen jetzt schon, wie sie am besten mitmachen können. Wie die Arbeit genau aussieht und wer kurz- und mittelfristig als Helfer dazukommt, wird sich klären, wenn ich Mitte Juli wieder in der Nordägäis aufschlage und dann nach und nach meinen Lebensmittelpunkt nach Chios verlege.

Ich werde entsprechend auch nicht im Oktober endgültig nach Deutschland zurückkehren, wie es mein erster Vertrag vorsah, sondern um ein gutes halbes Jahr verlängern und bis mindestens Mai nächsten Jahres bleiben. Bis dahin lässt sich bestimmt abschätzen, ob ich länger bleiben oder meine Arbeit in andere Hände übergeben sollte.

Wie das wohl wird in der neuen Situation auf der neuen Insel, mit neuen Nachbarn, einer neuen Gemeinde, neuen Helfern, einer neuen Wohnung und neuen Aufgaben? Ich weiß es nicht! Und was danach kommt? Wer weiß! Aber ich habe in den letzten eineinhalb Jahren so deutlich erlebt, dass Gottes Weg mit mir ein guter ist, dass ich mir um meine Zukunft keine Sorgen mache.

Kapitel 42

Dienstag, 11. Juni

Kein Ende

Heute Morgen sind an der Küste vor dem Dörfchen Pamfila sieben Menschen ertrunken, darunter zwei Kinder. Auf genau dem kleinen Stückchen Meer, auf das ich von meiner Wohnung aus in meinen ersten Tagen auf Lesbos so gerne hinausgeschaut habe, ist gegen sieben Uhr ein Boot gekentert. 64 Leute, offenbar alles Afrikaner, waren darin gewesen; die Einsatzkräfte konnten nur 57 retten.

Fünf Erwachsene sind tot, die vermutlich einfach nur von einem besseren Leben in Sicherheit träumten.

Zwei Kinder sind tot, die vielleicht noch zu jung waren, um überhaupt schon Träume für ihr Leben zu haben.

Die Überlebenden werden nun in Moria ankommen, wo die Behörden sie registrieren und meine Kollegen ihnen trockene Kleider und Hygiene-Päckchen, einen Schlafsack und eine dünne Schlafmatte geben werden. Für ein freundliches Lächeln wird die Zeit sicher reichen, vielleicht sogar für ein mitfühlendes Wort. Dass es für irgendjemanden, der auf diesem Boot war, darüber hinaus psychologische Betreuung geben wird, ist mehr als fraglich.

Zur Abwechslung schafft es die Tragödie von heute auch einmal wieder in die Medien, sogar die BBC berichtet. Insgesamt sind allerdings in den knapp acht Monaten, seit ich in Griechenland zu arbeiten begann, 31 Menschen allein auf dem Weg nach Lesbos ertrunken; die meisten dieser Vorfälle hat nur mitbekommen, wer es wirklich wissen wollte.

Manche Geschichten sind mir nähergegangen: Die der neunjährigen Afghanin zum Beispiel, die mit ihren Eltern und vier Geschwistern auf dem Weg nach Lesbos war und keine Rettungsweste trug, als sie über Bord ging. Ihre kopflose Leiche wurde erst nach einem Monat im Süden von Lesbos angespült. Oder die von dem kleinen Jungen, auch aus Afghanistan, der vor den Augen seines Vaters ertrank.

Von den wenigsten der Menschen, die auf diesen paar Kilometern zwischen der Türkei und unserer Insel so unnötig umgekommen sind, erfahren wir überhaupt je die Nationalität, von keinem je einen Namen.

Wenigstens mit diesen Zeilen will ich dafür sorgen, dass man sich an sie erinnert.

Ich bin seit zweieinhalb Wochen in Deutschland, als ich von dieser neuen Tragödie lese. Und ich merke, wie sich ganz tief in mir, wie von unten an mein Zwerchfell getackert, ein dumpfes, langgezogenes, sprachloses Seufzen festsetzt, das mich den ganzen Tag begleitet und nicht so recht seinen Weg nach draußen findet. Mir fallen nur die Worte ein, mit denen Generationen von Christen vor mir schon das Unsägliche vor Gott gebracht haben:

Kyrie eleison! Herr, erbarme dich!

Ich begegne in diesen Wochen so vielen Freunden, die ich lange nicht mehr gesehen habe. Am liebsten würde ich sie, meiner aktuellen Stimmung geschuldet, begrüßen mit: «Ach hallo, schön, dich zu sehen! Und übrigens sind gerade wieder sieben Menschen gestorben. Da, wo ich einige Monate gewohnt habe. Sozusagen direkt vor meinem Balkon.»

Aber das ist als Gesprächseinstieg eine ziemliche Sackgasse. Was sollen meine Freunde denn auch sagen?!

Was ich stattdessen so lese, höre oder im Fernsehen mitbekomme, sind Sätze, die sich leicht sagen lassen, wenn man in einer bequemen deutschen Blase sitzt (und auch nur dann):

«Was sind denn das für Eltern, die ihre Kinder in so ein unbrauchbares Boot setzen?! (Tststs!)»

«Das sind doch gar nicht alles echte Flüchtlinge! (Gegen echte Flüchtlinge hätten wir ja gar nichts!)»

«Wenn die Umstände doch nur noch katastrophaler wären, dort an den europäischen Außengrenzen, dann würde sich das doch irgendwann herumsprechen, und die Leute würden nicht mehr so massenhaft kommen!»

Von der unerträglichen Vorstellung, Menschen aus Abschreckungsgründen besser gar nicht mehr aus Seenot zu retten («Die bringen sich doch absichtlich in Gefahr!»), einmal ganz zu schweigen – die Diskussion darüber verfolge ich zugegebenermaßen gar nicht mehr, weil sie mir zu sehr an die Substanz geht.

Manche Dinge mag ich nicht einmal mehr denken, seit ich die Menschen hinter den Zahlen kennen gelernt habe: Nooria und Adnan, David, Nasrin und Bahare, Ahmad, Farid und Amina. Wer bin ich, die Motive zu hinterfragen, aus denen sie ihre Heimat verlassen haben? Steht mir ein Urteil zu über all das, was sie in ihrer Verzweiflung zu tun bereit sind? Was würde ich denn an ihrer Stelle machen?

Die Arbeit in Moria geht weiter: In der letzten Woche alleine sind wieder 535 Menschen auf Lesbos gelandet. Der Sommer wird aller Voraussicht nach die Bewohnerzahlen im Camp und im «Dschungel» wieder explodieren lassen, und die 342 Zelte für zwei bis zwölf Personen, die bei meiner Abreise noch im Warenlager schön sortiert im großen Metallregal lagen, werden in den nächsten Wochen sicher im Camp aufgebaut werden.

Ein Ende der Flüchtlingsboote ist nicht abzusehen.

Weltweit sind heute 71 Millionen Menschen auf der Flucht. Das sind so viele wie die Bevölkerung von Deutschland minus Baden-Württemberg; die paar Tausend, die am Rand Europas festsitzen, sind nur ein winziger Bruchteil davon.

Mir ist bewusst, dass globale, komplexe Probleme auch globale, komplexe Lösungen erfordern. Ich habe nicht genug Überblick für die ganz großen Fragen und sehe sie auch nicht als meinen Auftrag.

Und ja, ich weiß natürlich auch, dass wir in Deutschland in puncto Flüchtlingsthema noch eine ganze Menge «nacharbeiten» müssen, das im Willkommens-Trubel im Sommer 2015 untergegangen ist.

Ich werde aber den Verdacht nicht los, dass wir anders reden und anders entscheiden würden, wenn wir bei all den Zahlen und Statistiken, die uns um die Ohren fliegen, einzelne Menschen und ihre Schicksale ganz bewusst im Auge behalten.

Wer sollen sie denn sein, «*die* Flüchtlinge»?

Es gibt hier eine stillende Mutter aus dem Irak, dort einen aufgeweckten Achtjährigen aus Kamerun, bebrillte Teenie-Zwillingsschwestern aus Syrien, einen unbegleiteten Siebzehnjährigen aus Ghana, eine zahnlose Großmutter aus Bangladesch, einen gehörlosen Mittdreißiger aus Afghanistan …

Jeder von ihnen hat eine Geschichte.

Jeder von ihnen hat in seinem Leben schon Schönes und Schwieriges erlebt.

Jeder von ihnen hat eine individuelle Art, die Welt zu sehen.

Jeder hat seine eigenen Ängste.

Jeder von ihnen kommt auf unterschiedliche Weise mit dem Leben und der Flucht zurecht.

Sie alle wünschen sich, mit ihren Bedürfnissen wahrgenommen zu werden. Sie sehnen sich nach Freundlichkeit. Sie möchten ein Zuhause haben. Sie haben Träume und Hoffnungen für die Zukunft.

Genau wie wir.

Anmerkungen

1 **Frontex:**

Die Europäische Grenz- und Küstenwache ist in Zusammenarbeit mit den EU-Mitgliedstaaten zuständig für die Kontrolle der EU-Außengrenzen. Das Wort ist zusammengezogen aus der französischen Bezeichnung für Außengrenzen, «frontières extérieures».

2 **Lesbos:**

Die drittgrößte Insel Griechenlands, an der breitesten Stelle 45 Kilometer breit und an der längsten 70 Kilometer lang, hat ungefähr die Form eines nach unten aufgefächerten Gingko-Blatts. Auf etwa 85.000 Einwohner kommen 10.000 Flüchtlinge. (Zum Vergleich: In ganz Griechenland kommen auf 11 Millionen Einwohner 60.000 Flüchtlinge.)

Es ist nicht die erste Flüchtlingskrise, die Lesbos zu bewältigen hat: Nach dem Zusammenbruch des Osmanischen Reichs 1918 wurden im euphemistisch so genannten «Bevölkerungsaustausch» mit der Türkei Zehntausende griechisch-stämmige Türken nach Lesbos umgesiedelt.

Die Schönheit der Insel steht in starkem Kontrast zu all dem Hässlichen, das sich in Camp Moria abspielt. Ihr gerade erstarkender Tourismus ging zwischen 2015 und 2016 durch die Flüchtlingskrise um siebzig Prozent zurück und erholt sich nur sehr langsam.

Neben dem größten – und berüchtigten – Camp Moria gibt es auf der Strecke zwischen Mytilene und Moria noch das kleinere und gut ausgestattete Familiencamp Kara Tepe mit etwa tausend Bewohnern und südlich des Flughafens das winzige Camp Pikpa mit ungefähr 100 bis 120 Bewohnern, die als hochgradig traumatisiert oder gefährdet eingeschätzt werden.

3 **Campus für Christus:**
Campus für Christus ist eine überkonfessionell geprägte Missionsbewegung. Während der Studentenbewegungen der Sechziger in Berlin entstanden und 1967 als gemeinnütziger Verein registriert, geht die Arbeit inzwischen längst über die klassischen Studentengruppen hinaus. Im Internet, in Seminaren zum Thema Partnerschaft oder zum Thema Gebet, in Auslandsdiensten und nicht zuletzt in der Jugendarbeit «Shine» gilt das Motto «Gewinnen – Fördern – Senden»: Suchende werden über den christlichen Glauben informiert; Christen werden herausgefordert, Gottes Liebe in Wort und Tat weiterzugeben.
Weltweit gehören zur Campus-Bewegung (international auch unter «Cru» und in anderen europäischen Ländern unter «Agape» bekannt) rund 22.000 Mitarbeiter in etwa 190 Ländern. www.campus-d.de

4 **GAiN (Global Aid Network gGmbH):**
GAiN ist der Partner von «Campus für Christus» in der humanitären Hilfe. Das 1989/90 aus einer Studentengruppe in Gießen hervorgegangene Hilfswerk ist inzwischen in mehr als fünfzig Ländern der Welt aktiv und hilft Bedürftigen unabhängig von Geschlecht, Ethnie, Religionszugehörigkeit oder Alter.
Schwerpunkte sind das weltweite Engagement in Krisengebieten, kurzfristige Katastrophenhilfe, langfristige Nothilfe und Hilfe zur Selbsthilfe.
GAiN arbeitet am Aufbau eines weltweiten Logistiknetzwerks, um die Hilfe effizient in die Zielländer zu bringen. Viele Ehrenamtliche unterstützen mit: So gibt es in Deutschland 140 Sammelstellen für Hilfsgüter und Schulranzen.
www.gain-germany.org

5 **Hotspot / Camp Moria:**
Nur wenige Kilometer von Mytilene, der Hauptstadt von Lesbos, entfernt, liegt «Camp Moria» – nicht zu verwechseln mit dem beschaulichen Dörfchen Moria etwa zwei Kilometer weiter, nach dem die Flüchtlingseinrichtung benannt wurde.
Der Begriff «Camp» oder «Lager» ist übrigens nicht korrekt: Eigentlich ist Moria ein «Hotspot» und als schneller Umschlag-

platz gedacht. In der Praxis dient die kleine unebene Fläche, auf der theoretisch etwa 2500 Menschen Platz haben, allerdings seit dem Türkei-Abkommen 2016 als inhumaner Warteraum für bis zu 9000 Männer, Frauen und Kinder.

Das Gelände ist ein ehemaliges Militärgefängnis, daher rühren auch der Stacheldraht und die Umzäunung, die das Camp wie ein Gefängnis aussehen lassen. Grundsätzlich können die Bewohner Camp Moria verlassen. Ein roter Stempel in ihrem «Ausweis» (ja, wirklich: Ausweis!) genannten Identifikationspapier verhindert jedoch, dass sie sich per Fähre oder Flugzeug von der Insel entfernen können.

Im Camp-eigenen Gefängnis kommen nicht nur Bewohner unter, die sich im Camp etwas haben zuschulden kommen lassen, sondern auch männliche Flüchtlinge direkt bei der Ankunft, die keine Bleibe-Aussichten haben und im Prinzip sehr schnell wieder deportiert werden sollten.

Da die Mühlen der Bürokratie allerdings langsam mahlen und die Neuankömmlinge andererseits nur 25 Tage lang eingesperrt werden dürfen, werden sie nach dieser Zeit meist im «normalen» Camp untergebracht wie alle anderen auch.

6 **EuroRelief:**

Die griechische NGO (Nichtregierungsorganisation) wurde 2005 als Reaktion auf starke Erdbeben in der Region um Kalamata gegründet und leistet seitdem Katastrophenhilfe vor allem in Griechenland.

Die Arbeit auf Lesbos begann 2015 zunächst am Küstenort Skala Sykamnias, eine Stunde nördlich von Mytilene, wo zu dieser Zeit viele Flüchtlingsboote strandeten, und legte den Schwerpunkt dann mehr und mehr auf Camp Moria. EuroRelief ist dort unter anderem – aber längst nicht ausschließlich! – für die Bereitstellung und Zuweisung von Quartieren («Housing») verantwortlich, für die Versorgung von Neuankömmlingen und für die Sicherheit in einigen besonders geschützten Bereichen.

Die Organisation finanziert sich ausschließlich durch Spenden und erhält keine EU- oder griechischen Gelder. Abgesehen von einer Handvoll festangestellter griechischer Verwaltungs-Mitarbeiter arbeiten alle EuroRelief-Helfer ehrenamtlich und finanzieren ihren Einsatz selbst bzw. durch eigene Freundeskreise und Gemeindenetzwerke. Die Leitung und die meisten Helfer sind aktive Christen, beschränken sich im Camp aber bewusst – und wie gesetzlich vorgeschrieben – auf die humanitäre Arbeit. Weitere Helfer sind nötig! www.eurorelief.net

7 **Oasis / i58:**

Das mennonitische Missions- und Hilfswerk mit Sitz in Lancaster, Pennsylvania, wurde 2015 bewusst mit dem Ziel gegründet, auf den Inseln der Ägäis Flüchtlingen ganzheitlich zu dienen.

Mitarbeiter finanzieren ihren Einsatz selbst und bleiben aus Visumgründen zwischen einem und drei Monaten. Sie stammen meist aus mennonitischen oder amischen Gemeinden; vor allem die Frauen sind mit ihren langen Kleidern und ihren Kopfbedeckungen auch leicht als i58-Mitarbeiterinnen zu identifizieren.

Etwa die Hälfte der Mitarbeiter arbeitet unter EuroRelief in Moria mit, die andere Hälfte in der direkter missionarisch-seelsorgerlich geprägten Arbeit, wie sie vor allem in der «Oasis» stattfindet.

i58 (kurz für «Isaiah 58») steht für den Bibeltext, in dem Gläubige zu praktischer Nächstenliebe aufgefordert werden: «Teilt euer Brot mit den Hungrigen, nehmt Obdachlose bei euch auf, und wenn ihr einem begegnet, der in Lumpen herumläuft, gebt ihm Kleider! Helft, wo ihr könnt, und verschließt eure Augen nicht vor den Nöten eurer Mitmenschen!» (Jesaja 58, Vers 7)

8 **EU-Türkei-Abkommen:**

Es wurde am 18. März 2016 beschlossen und galt für Flüchtlinge, die ab dem 20. desselben Monats in der EU ankamen. Die Vereinbarung sieht vor, dass Asylsuchende, die die Türkei als Transitland genutzt haben und auf den griechischen Inseln erstmals das Territorium der EU betreten, wieder in die Türkei abgeschoben werden sollen. Nachdem bereits am 9. März 2016 die Balkanroute gesperrt worden war, war das Ziel des Abkommens eine weitere Reduzierung der Bewegung von Flüchtlingen und Migranten über die Türkei in die Europäische Union. Die Türkei erhielt mehrere Milliarden Euro zugesprochen, um – unter anderem – die Küstenwache an den entsprechenden Stellen zu verstärken, abgelehnte Flüchtlinge zurückzunehmen und insgesamt bessere Bedingungen für Flüchtlinge in der Türkei zu schaffen. Das Abkommen gilt bei vielen Kritikern als gescheitert.

9 **Jesusfilm:**
Der Jesusfilm von «Campus für Christus» aus dem Jahr 1979 basiert auf dem Lukas-Evangelium und wurde inzwischen in über 1700 Sprachen und Dialekte übertragen. Obwohl er inzwischen etwas «in die Jahre gekommen» ist, dient er – gerade in der arabischen bzw. muslimischen Welt – vielen Menschen immer noch als guter Einstieg in die Inhalte des christlichen Glaubens. Es gibt eine Version speziell für Kinder («Aufregung um Jesus») und eine für Frauen («Maria aus Magdala – von der Liebe berührt»), die auch Geschichten aus anderen Evangelien mit einbeziehen. Dass Jesus Frauen mit Freundlichkeit begegnet und sie vor ihm die gleiche Würde haben wie Männer, ist für viele der Frauen in Moria, die gerade das nicht kennen, atemberaubend.

Von der Autorin bisher erschienen:

- **Andrea Wegener:** *Ein Quäntchen Trost: Wie ich mein Herz für Haiti entdeckte,* Marburg an der Lahn: Francke 2014, 978-3-86827-465-3
- **Andrea Wegener:** *Entkommen aus dem Netz des Jägers. Begegnungen mit verfolgten Christen im Irak,* Marburg an der Lahn: Francke 2016, 978-3-86827-563-6

Begleiten Sie Andrea auf ihrem Blog:
www.rand-europas.de